Hans Ernst · Das Mädchen vom Ulrichsberg

Hans Ernst

Das Mädchen vom Ulrichsberg

Roman

rosenheimer

6., überarbeitete Auflage 1999

Sonderausgabe 1999 für den Verlag Das Beste GmbH, Stuttgart, Zürich, Wien
3-87070-835-2

Titelfoto: Michael Wolf, München
Satz: Buch-Werkstatt GmbH, Bad Aibling
Druck und Bindung: Wiener Verlag, Himberg bei Wien
Printed in Austria

ISBN 3-475-52209-8

Das Mädchen unter dem blühenden Birnbaum schlägt die Augen auf und sieht durch die Zweige einen Himmel, der so blau ist wie die Adria, die sie einmal gesehen hat, als sie ihrem Vater, dem Ulrichsbauer Simon Klarwein, davongelaufen war, weil er sie immer geschlagen hatte. Dreizehn Jahre war sie damals.

Ja, bis zur Adria hatte sie es geschafft und sie wäre vielleicht noch weitergekommen, zu Fuß oder per Anhalter, wie es eben ging, wenn die Polizei dafür mehr Verständnis gehabt hätte. Die aber hat das Mädchen vom Ulrichsberg einfach in die Heimat zurückgeschickt. Der Ulrichsberger hat die Kosten dafür übernehmen müssen und sie dafür wieder geschlagen. Natürlich, er kann doch nicht zweihundert Mark zum Fenster hinauswerfen, ohne dafür seine Rache zu nehmen!

Wie lange ist das jetzt schon wieder her? Genau acht Jahre, denn Martha Klarwein ist jetzt einundzwanzig Jahre. Damals war noch Krieg und es war gar nicht so einfach gewesen, durch die Fronten zu schlüpfen, um bis zur Adria zu kommen. Aber Martha hatte damals einfach den festen Vorsatz gehabt, der Strenge des Vaters und dem Frondienst am Berghof zu entfliehen. Dass es anders ausgegangen war – wer konnte sagen, dass es nicht gut gewesen war!

Es wäre nicht nötig gewesen, zu Martha so streng zu sein, denn sie schlug in allem ihrer verstorbenen Mutter nach, die eine grundgütige Frau gewesen und neben dem hartherzigen Ulrichsberger einen wahren Dornenweg gegangen war, fast fünfzehn Jahre lang.

Martha ist von einer merkwürdigen Schönheit. Aber sie weiß gar nichts von ihrer Anmut, nichts davon, dass der Blick ihrer Augen so hell aus dem zu jeder Jahreszeit leicht gebräunten Gesicht springt und leuchtet, leuchtet …

Wie denn gleich?

Das ist nicht zu beschreiben. Vielleicht fände ein Dichter das Wort für den Glanz ihrer Augen. Vielleicht gelänge es ihm auch, das Lächeln zu beschreiben, das manchmal um ihren schön geschwungenen Mund spielt, wenn sie sonntags beim Kirchgang an den Burschen vorbeigeht, die dann hinter ihr herstarren.

Es darf ihr keiner nahe kommen! Der Vater wacht über sie wie ein Hütehund. Den einzigen Sohn, den Ulrich, hat ihm der Krieg genommen. Die Tochter darf ihm niemand nehmen, solange er die Augen offen hat. Nein, keiner kommt zum Ulrichsberg, weder der Fronleichner-Jakob noch der Rubatscher-Toni, der es allerdings eines Abends gewagt hat. Aber da hat der Alte groß und hager vor ihm gestanden, mit einem scharf geladenen Jagdgewehr, und der Toni hat schnell den Rückzug angetreten.

Nein, der Ulrichsberger duldete keinen um sich. Und als der junge Adrian, der Sohn einer Witwe aus dem Pfarrdorf Steinkirchen, sich als Knecht bei ihm verdingt hatte, nur um seinem Traumbild nahe zu sein, da hatte der Alte ihn derart schikaniert, bis das Unglück eben geschah.

Martha traf daran keine Schuld. Adrian war ja noch so jung, als das geschah, kaum siebzehnjährig, ein Bub noch, dem gerade der erste Flaum um das Kinn spross. Die Martha war seine erste große Liebe, weil sie so nett zu ihm war und ihm tröstend über das Haar strich, wenn der Bauer ihn wieder einmal gedemütigt hatte.

Dann war der Tag gekommen, wo der Vater sie wieder einmal im Aufwall seines Jähzorns schlagen wollte. Da war der Adrian aufgesprungen und hatte sich schützend vor sie gestellt. Mit harter Faust warf ihn der Bauer zur Tür hinaus und trieb ihn vom Hof.

Daraufhin hatte Adrian ohne Abschied die Heimat verlassen. Nein, Martha trägt daran gewiss keine Schuld. Sie hat ja oft zu ihm gesagt: »Schau, Adrian, du bist drei Jahre jünger als ich. Ich hab dich ganz gern, ja, gewiss, so wie eine Schwester einen Bruder gern hat. Aber lieben, nein, Adrian, das musst du dir aus dem Kopf schlagen.«

Und weil sie so offen und ehrlich zu dem Burschen gewesen ist, darum hat dessen Mutter am Sonntag darauf beim Kirchgang eine Hand zum Himmel gestreckt, als sie Martha sah, und verzweifelt geschrien, dass das Mädchen vom Ulrichsberg ihren Buben verhext hätte und schuld daran wäre, dass nun eine Mutter ohne ihren einzigen Sohn leben müsste und nicht wüsste, wohin es ihn getrieben habe, ja, Martha hätte den Adrian auf dem Gewissen. Die Martha hat sich gegen diesen Vorwurf mit aller Entschlossenheit wehren wollen. Aber niemand hat ihr geglaubt. Und als sie in ihrer Not zum Vater gerannt ist und ihn flehentlich gebeten hat, er möge doch diesen Vorwurf von ihr nehmen und sich selber schuldig bekennen, weil er es doch gewesen sei, da hat er sie spöttisch von oben bis unten angesehen und gemeint:

»Es wird wohl schon so sein, wie die Leut sagen.«

Damals ist etwas in ihr zerbrochen. Geliebt hat sie den Vater nie, aber von dieser Stunde an hat sie ihn verachtet, hat sich zur Wehr gesetzt und ist dann auch nicht mehr geschlagen worden.

Martha wird einmal Erbin des Ulrichsberges sein, weil außer ihr sonst niemand da ist. Aber sie trägt keine Freude darüber in sich, denn sie weiß, dass der Vater ihr den Hof niemals übergeben wird, solange er atmet.

Und wenn er noch zwanzig Jahre lebt, dann ist er achtzig und sie bereits einundvierzig. Zu spät für ein Glück, wie sie es sich erträumt, zu spät für einen Mann, mit dem man in jugendlicher Kraft über die Hangwiesen laufen kann.

Immer noch schaut Martha traumverloren zum Himmel auf. Einmal zieht eine kleine weiße Wolke unter der Sonne hin. Um die Blüten summen die Bienen. Wie ein leiser Orgelbass zieht das Gebrumm durch die Zweige.

Über dem Hochwald leuchten die Berge. Es ist nicht mehr das gleißende, grelle Mittagslicht über den Gipfeln. Nein, es ist schon leicht getönt, denn es geht dem Abend zu und über die schattseitigen Wände ergießen sich bereits violette Töne.

Lange schaut sie so hin auf die Kette der Berge. Sie sieht die breite Schneise im Hochwald, die der Sturm im Winter gerissen hat. Ach, was ist das für eine harte Arbeit gewesen, mit dem Vater die schweren Stämme aufzuarbeiten, im Schnee, der bis zu den Knien reichte. Härteste Knechtsarbeit war es und der Vater hätte auch einen Helfer gedungen, aber seit der Geschichte mit Adrian mag selbst ein Holzfäller nicht mehr für den Ulrichshof arbeiten. Ja, es lastet schwer auf dem Hof, dass Adrian die Heimat verlassen hat und niemand weiß, wo er ist.

Aber sie hat die Arbeit gern getan, denn sie ist jung und kräftig. Und sie hätte dieses schwere Werk noch lieber getan, wenn nur ein ganz wenig Fröhlichkeit dabeigewesen wäre. Aber der Vater sprach den ganzen Tag kaum ein Wort, es sei denn ein tadelndes, wenn einmal der Schlag ihrer Axt ein wenig danebenging, oder wenn sie das Sägeblatt nicht ganz durchzog.

Jetzt ist es endlich Frühling, ein leuchtender, herrlicher Frühling mit Blüten und Blumen.

Martha setzt sich auf. Die Hände um die Knie verschlungen, schaut sie in die Tiefe. Weit drunten liegt das Dorf Steinkirchen, schon von einer leisen Dämmerung umwoben. Nur auf dem See liegt noch ein wundersames Lichtgezitter. Ein Segelboot zieht langsam darüber. Von der Höhe sieht es wie ein winziger weißer Punkt aus.

Nun wird auch hier oben das Licht schon etwas gedämpfter. Nicht dass schon Abend ist. Nein, hier wird es auch in einer Stunde noch hell sein, wenn unten im Tal die Dämmerung schon so tief ist, dass die Lichter beginnen zu brennen.

Aber das Gebrumm der Bienen hat aufgehört, der Wind streicht kühler von den Bergen herunter und mit der Pünktlichkeit einer Uhr trotten die Kühe nun mit bimmelnder Glocke von der großen Weide herunter und stauen sich vor dem Gatter.

Da besinnt Martha sich auf ihre Pflicht. Sie geht durch den Apfelgarten um das Gatter zu öffnen. Ihr Schritt ist weit ausgreifend und von federnder Kraft und ihr Haar leuchtet im Licht der untergehenden Sonne wie Gold.

Die Kühe trotten auf den Hof zu und drängen einander beiseite um recht schnell in den Stall zu kommen. Der Hof ist ein mächtiger Bau aus Quadersteinen. Das obere Stockwerk ist aus Holz, von der Sonne vieler Sommer fast schwarz gebrannt. Auf der Altane, die das ganze Haus umzieht, stehen grüne Blumenkästen. Das Schindeldach ist mit schweren Felsbrocken belastet und hat schon manchem Sturm standgehalten.

Martha nimmt das Milchgeschirr vom Brunnenrand und geht in den Stall. Über den Bergen brennt das Abendrot in wilder Schönheit.

Um diese Stunde zwischen Abend und Nacht steht ein Mann in einer rheinischen Stadt vor einem großen schmiedeeisernen Gartentor und blickt auf ein erleuchtetes Fenster im ersten Stock. Hinter diesem Fenster spielt jemand Klavier und der Mann am Gartentor lächelt schwermütig, denn der Trauermarsch, der da gespielt wird, scheint ihm gerade die rechte Musik zu sein für seine traurige Heimkehr.

Es ist nicht mehr das Haus, wie der Mann es gekannt hat, vor Jahren noch. Der hintere Teil ist weggerissen, ein Balkon hängt in der Luft, und die große Ulme im Garten ist auch nicht mehr da. Immerhin steht noch ein Teil von diesem Haus, in dem Alwin Körner mit seiner Schwester Silvia wohnt.

Vor einer Stunde hat er vor den Trümmern eines Hauses

gestanden, in dem er selber einmal mit seinen Eltern gewohnt hat. Der Krieg hat alles vernichtet, die Eltern und den Bruder und das Haus. Es hat ihn schwer erschüttert. Und darum steht Luzian Manhart lange vor dem Gartentor und traut sich nicht zu läuten, weil er Angst hat, es könne eine neue Enttäuschung auf ihn warten.

Aber warum sollte er denn Angst haben? Gleich wird er Silvia gegenüberstehen, die letzte und einzige, die ihm noch geblieben ist von einer besonnten Jugend.

Die Schwermut in seinen Augen verliert sich. Über sein Gesicht geht der helle Schein einer frohen Erwartung, seine Schultern richten sich auf. Dann drückt er auf die Klinke. Das Gartentor ist nicht versperrt. Dann steht er vor der Haustür und drückt auf den Klingelknopf. Er hört eine Tür und einen Augenblick lang ist ihm so, als setze sein Herz aus. Wie wird sich das Wiedersehen mit Silvia nach so langen Jahren gestalten? Wie wird sie jetzt aussehen?

Ich hätte doch telegrafieren sollen, denkt er und horcht auf einen Schritt, der über die Stiege kommt. Es ist aber nicht Silvias Schritt, es sind die Schritte eines Mannes, der jetzt auf die Tür zukommt und den Schlüssel ins Schloss steckt. Die Tür öffnet sich und Alwin Körner steht vor ihm.

»Sie wünschen?«

Luzian zieht die dargebotene Hand wieder zurück. Es ist ihm, als habe er soeben einen Schlag empfangen.

»Kennst du mich nicht mehr, Alwin?«

Der andere zuckt zusammen.

»Luzian! Menschenskind, bist du es wirklich? Wo kommst du denn her?«

»Geradewegs aus Sibirien.«

»Ja – aber ...« Alwin Körner streckt jetzt dem Freund beide Hände hin und zieht ihn in den Flur. »Jetzt komm nur gleich herauf! So eine Überraschung! Wie wird Elisabeth sich freuen! Ich habe ihr viel erzählt von dir.«

Auf dem Treppenabsatz bleibt Luzian stehen.

»Wer ist Elisabeth?«

»Meine Frau. Ach so, du weißt das nicht. Ich habe nach Kriegsende geheiratet. Einen netten Jungen haben wir auch bereits. Wir haben ihn Luzian getauft, in Erinnerung an dich.«

»In Erinnerung – an mich?«

»Ja, wir wussten nichts mehr von dir. Du galtest als vermisst und …«

»Wir durften nicht schreiben, weißt du«, sagt Luzian müde. »Wie geht es Silvia?«

»Silvia? Gut! Ja, es geht ihr gut. Gib Obacht, die fünfte Stufe ist etwas morsch.«

Sie sind mittlerweile vor der Wohnungstür angelangt. Ungestüm läuft Alwin voran und reißt eine Tür auf.

»Denk dir, Elisabeth, wer gekommen ist!«

Vor dem Küchenherd steht eine auffallend hübsche blonde Frau und schaut auf den Menschen in der verwitterten Kleidung, der so armselig mit einem Pappkarton in der Tür steht.

»Luzian ist es«, lacht Alwin. »Du weißt doch, von dem ich dir soviel erzählt habe.«

Die Frau stellt das Geschirr, das sie gerade in den Händen hält, weg. Dann trocknet sie ihre Hände an der Schürze ab und streckt sie Luzian entgegen.

»Herzlich willkommen! Das ist wirklich eine Überraschung! Wir haben Sie immer für …«

»Und das ist der kleine Luzian«, unterbricht ihr Mann sie schnell und führt den Heimgekehrten an den Tisch, an dem ein etwa dreijähriger Bub sitzt. »Was sagst du dazu?«

Luzian schaut den kleinen an und findet, dass er der Frau am Herd ähnlich sieht. Er streicht ihm über das Lockenhaar und sagt:

»In meiner Schachtel hab ich etwas für dich. Wart, ich will es dir gleich geben.«

Mit einem Ruck reißt Luzian die Schnur ab und überreicht dem Kind einen geschnitzten Vogel, der Kopf und Flügel bewegen kann. Es ist eine Arbeit, wie die Russen sie mit einer erstaunlichen Fertigkeit im Handumdrehen herstellen. Alwin überreicht er ein geschnitztes Zigarettenetui.

»Es tut mir Leid, gnädige Frau«, sagt er dann plötzlich bedauernd. »Ich wusste ja nicht, dass Alwin geheiratet hat. Das da habe ich nämlich für Silvia gedacht.«

Er hebt eine kleine Schatulle aus Birnbaumholz ans Licht. Auf dem Deckel ist eine schmale Mädchenhand, die zwischen den Fingern eine Rose hält. Es ist wirklich eine künstlerische Arbeit, die unter dem Licht der Lampe so recht zur Geltung kommt.

»Ja, für Silvia«, wiederholt Luzian lächelnd. »Ich habe dreihundert Rubel dafür gegeben. Wo ist Silvia eigentlich?«

Die blonde Frau wendet sich schnell ab und macht sich am Herd zu schaffen. Der Mann aber räuspert sich.

»Silvia? Sie ist – im Augenblick verreist. Aber du wirst jetzt wahrscheinlich das Bedürfnis haben, Luzian, dich gründlich zu baden.«

»Wenn das ginge?«

Gleich darauf hört man das Badewasser in die Wanne laufen. Die junge Frau kommt wieder herein und sagt, dass sie ihm auch frische Wäsche hingelegt habe.

»Ja«, sagt Alwin Körner. »Silvia hat frühzeitig einige Sachen hergebracht. Damals konnte man ja nicht wissen, wen es zuerst träfe. Auch ein paar Anzüge von dir sind bei uns. Aber nun geh und bade! Danach werden wir zusammen essen.«

Unter der Tür fragt Luzian noch:

»Und meine Amati?«

»Ist auch gerettet.«

Da geht ein frohes Lächeln über Luzians Gesicht.

»Wenigstens das noch! Dafür muss ich Silvia immer dankbar sein!«

Kaum hat die Tür sich hinter ihm geschlossen, dreht Elisabeth sich um. In ihrem Gesicht ist tiefer Ernst.

»Du musst es ihm sagen, Alwin.«

»Ja, natürlich. Es fragt sich nur, wie ich es ihm schonend

beibringe. Das mit dem amerikanischen Leutnant braucht er übrigens nicht zu wissen. Gerade er wäre zutiefst darüber enttäuscht.«

»Mir tut er schrecklich Leid, Alwin.«

»Mir auch. Aber wir können es nicht ändern, Elisabeth. Silvia war nach dem Krieg wie verblendet. Zunächst wollen wir einmal essen. Dann trinken wir eine Flasche Wein und dabei muss ich eben in den sauren Apfel beißen.«

Das Abendessen ist vorüber. Luzian sitzt jetzt sauber und rasiert in einem hellgrauen Anzug am Tisch. Er hat sich in dem kleinen Zimmer umgezogen und sich sofort an früher erinnert, denn es ist Silvias Zimmer. Und es ist immer noch genauso wie damals; das elfenbeinfarbene Bett steht noch da, der Schrank von gleicher Farbe, den kleinen Schreibtisch mit dem Stuhl davor kennt er auch noch.

Alwin entkorkt die Weinflasche und schenkt die Gläser voll. Der Kleine aber muss ins Bett und steht bereits im Schlafanzug vor dem Schutzengel über seinem Bett und hat die Hände gefaltet. Die Tür steht offen und Luzian kann seinen Namensbruder in seiner ganzen kindlichen Frommheit sehen. Er betet das »Jesukindlein« und als er damit fertig ist, sagt er mit heller Stimme:

»Und noch ein Jesukindlein für den gefallenen Onkel Luzian.«

Zu spät ruft sein Vater. Zu spät läuft die Mutter hinaus. Es ist ihnen entsetzlich peinlich, da doch der, für den der kindliche Mund betet, munter und gesund am Tisch sitzt. Luzian dagegen stört es gar nicht. Nein, er findet es geradezu wunderbar, dass für ihn die ganze Zeit gebetet worden ist.

»Ach, lasst ihn doch«, sagt er gutmütig lachend. »Was für einen Totgeglaubten gut gewesen ist, kann unter Umständen auch für einen Lebenden ganz gut sein.«

Sie heben nun die Gläser.

»Auf eine glückliche Heimkehr«, sagt Alwin.

Luzian trinkt und kostet den Wein auf der Zunge nach.

»Ein ausgezeichneter Tropfen. Der erste wieder nach langen Jahren!« Er stellt das Glas zurück und nimmt von den angebotenen Zigaretten. »Und was treibst du, Alwin?«

»Ich bin beim Magistrat angestellt. Übrigens, ehe ich es vergesse, du musst morgen gleich einmal bei mir vorbeikommen. Es gibt da eine Spätheimkehrerhilfe. Und auch sonst müssen wir sehen, was sich für dich tun lässt. Aber nun erzähl von dir.«

»Es gibt nicht viel zu erzählen«, antwortete Luzian.

»War es sehr schlimm?«, fragt die junge Frau teilnehmend.

Luzian spürt, dass die Frage von Herzen kommt, nicht aus der Absicht heraus, Interesse oder gar Mitleid heucheln zu müssen. Aber was soll er schon erzählen? Er ist wieder in der Heimat und das Dunkle liegt so fern.

»Ich habe es ertragen«, meint er. »Vielleicht erzähle ich euch später einmal davon.«

»Ja, du hast Recht. Sprechen wir lieber von der Zukunft. Was hast du vor?«

»Das ist doch ganz klar. Ich mache noch meine beiden Semester auf der Musikhochschule und dann will ich Dirigent werden. Daran hat sich nichts geändert. Denkst du, dass das nicht mehr geht?«

»Doch, warum nicht?«

»Übrigens«, unterbricht Luzian das Gespräch, »ich habe so viel daran denken müssen: Wie hat Silvia den Zusammenbruch überlebt? Bei ihrer Einstellung müssen doch Welten für sie zusammengebrochen sein!«

Hier wäre es an Alwin und Elisabeth gewesen, hellauf zu lachen. Und Alwin spürt sogar das heftige Bedürfnis dazu, denn Silvia hat den Zusammenbruch mit einer bewundernswerten Geschicklichkeit ertragen. Sie hat zwei Tage vor dem Einmarsch der Sieger ihre Nachrichtenhelferinuniform ausgezogen, hat dann am Abend des Einzuges der Amerikaner mit einem Sergeanten Sekt getrunken und ist ein halbes Jahr später in den Oberleutnant William Hartens so verliebt gewesen, dass sie sich am liebsten öffentlich mit ihm in der Stadt gezeigt hätte, wenn nicht das Verbrüderungsverbot dagegen gestanden hätte. Immerhin hat sie ihre Ideale schnell begraben können, und wer es von ihr hat hören wollen, bekam es zu hören, dass dieses tausendjährige Reich keinen Blutstropfen wert gewesen sei.

Aber kann Alwin Körner, der Bruder der leichtlebigen Schwester, dies dem Heimgekehrten sagen? Der wird an dem anderen noch genug zu würgen haben.

»Tja –«, sagt er daher ausweichend, »sie hat es hingenommen.«

»Verreist ist sie, sagtest du vorhin? Wohin denn?«

»Ich – ich weiß es nicht, Luzian.«

Hier stutzt der Heimgekehrte zum ersten Mal. Die junge Frau steht auf und geht hastig hinaus.

»Hör einmal, Alwin! Du weißt nicht, wohin Silvia gereist ist? Vertragt ihr euch denn nicht mehr?«

»Nein – doch – es ist nur – ach, weißt du, Luzian, das ist nämlich so …«

»Wie ist es?«

»Ach, wie soll ich es dir bloß erklären?«

»Du brauchst mir nichts erklären«, antwortete Luzian mit einem trockenen Würgen im Hals. »Du sollst mir die Wahrheit sagen. Wohin ist Silvia gereist, und wann kommt sie zurück? Bleib hier mit deinen Augen, du brauchst mir gar nicht auszuweichen, wenn ich dich ansehe.«

»Ich weiß es wirklich nicht, Luzian«, antwortet der Jugendfreund bedrückt.

»Ist sie allein gereist?«

»Nein!«

»Nein? Mit wem?«

»Mit ihrem Mann.«

Luzian springt auf und wirft dabei sein Glas um.

»Das ist nicht wahr, Alwin! Das darf nicht wahr sein!«

Alwin verkrampft die Finger ineinander.

»Es tut mir Leid, Luzian. Du musst mir glauben, dass es mir nicht leicht fällt, dir dies sagen zu müssen. Ich weiß, was sie dir bedeutet hat.«

»Viel. Alles! Jedenfalls mehr als ich ihr. Das steht jetzt eindeutig fest. Wen hat sie geheiratet?«

»Den Industriellen Tornstein.«

»Ach so? Des Geldes wegen vielleicht?«

»Ja, leider.«

Luzian lässt sich schwer in den Stuhl zurückfallen und presst die Fäuste an die hämmernden Schläfen. Erst nach einer langen Zeit hebt er die Augen.

»Es war wirklich nicht meine Schuld«, sagt er leise, »dass ich nicht früher heimgekommen bin. Es hätte durchaus sein können, dass ich überhaupt nicht mehr gekommen wäre oder erst nach fünfundzwanzig Jahren. So lautete nämlich mein Urteil. Plötzlich wurde ich dann doch entlassen. Ich weiß nicht, aus welchem Grund. Eines aber steht fest für mich: Ich glaube, dass ich auch die fünfundzwanzig Jahre ausgehalten hätte. Der Glaube an ihre Liebe und Treue ist es gewesen, der mir über die weiten Fernen die Kraft gegeben hat, alles zu überstehen. Und nun?«

»Ich kann wirklich nichts dafür, Luzian.«

»Das weiß ich und ich mache dir auch keinen Vorwurf. Aber du hättest es mir gleich sagen müssen, dann hätte ich nicht erst deine Gastfreundschaft in Anspruch genommen.«

»Bitte, das dürfen Sie nicht sagen«, ruft Elisabeth, die plötzlich wieder da ist. Man sieht, dass sie geweint hat, und deshalb möchte Luzian jetzt unendlich gut zu ihr sein. »Und ich möchte bitten«, fügt sie hinzu, »dass Sie so lange unser Gast bleiben, bis es Ihnen nicht mehr gefällt oder Sie etwas anderes gefunden haben.«

»Ja, darum möchte ich auch bitten«, pflichtete Alwin bei. »Silvias Zimmer steht ja leer.«

»Silvias Zimmer? Nein. Lieber schlafe ich hier auf der Bank.«

Luzian ist von einem grimmigen Zorn erfüllt. Aber je länger er darüber nachdenkt, desto mehr lockert sich sein Groll. Er versucht Silvia zu begreifen. Er hat nie schreiben dürfen und – sie ist jung gewesen und schön.

»Nein, nein«, lacht er krampfhaft. »Ich nehme es durchaus nicht schwer. Mir will nur jetzt nicht aus dem Kopf, was sie mir im letzten Urlaub noch gesagt hat. Aus unserer Liebe musst du die Kraft schöpfen, die dich alles überstehen lässt, hat sie gesagt. Ja, das hat sie gesagt.«

»Mit Worten ist Silvia nie kleinlich gewesen«, erwiderte ihr Bruder. »Aber irgendwie muss auch dein Leben weitergehen, Luzian.«

»Und ob. Es wird weitergehen. Im Augenblick weiß ich nur nicht, wie. Vielleicht versteht ihr meine Enttäuschung, an der ich womöglich selber auch ein wenig schuld bin. Ich war immer der Meinung, Silvia gehöre restlos zu mir, es gäbe keinen Mann für sie als mich. Und nun? – Ach, das Leben ist eine Komödie!«

Weil das alles nun ausgesprochen ist, will kein anderes Gespräch mehr aufkommen. Wie soll man auch reden können, wenn das Gesagte wie eine Wetterwand danebensteht, jederzeit bereit, einen neuen Blitzstrahl hervorzuschleudern. Darum fragt Elisabeth vorsichtig, ob man nicht schlafen gehen und ob Luzian wirklich nicht in Silvias Zimmer schlafen wolle.

Vielleicht hat Luzian zu schnell von dem ungewohnten Wein getrunken, denn er antwortet jetzt mit einer nahezu fröhlichen Bestimmtheit:

»Nein, auf keinen Fall! Ich schlafe auf der Bank.«

Die Bank ist gepolstert und Elisabeth bedeckt sie zusätzlich noch mit Kissen und Decken. Luzian schläft mit dem guten Vorsatz ein, auch im tiefsten Schlaf jede Drehung zu unterlassen um nicht herunterzufallen. Er will so schlafen, wie er es in der Gefangenschaft gelernt hat, nur auf der Seite liegend.

Um zwei Uhr in der Früh aber fällt Luzian doch herunter, weil er die Bank allein besaß und nicht noch ein ausgemergelter Landser sie mit ihm teilen musste, der den Sturz eventuell aufgehalten hätte.

Die Bank aber ist nicht hoch und der Boden ist nicht so

hart wie die gefrorene Erde in Sibieren. Luzian ist nur aus seinem Traum gerissen. Die Nebel der leichten Trunkenheit sind fort. Dafür ist der Zorn wieder da, ein heftiger, leidenschaftlicher Zorn wegen Silvia.

Was soll er tun? Er wird sie suchen! Er wird sie dem anderen wegnehmen, oder sonst was tun, weil alles in ihm nach Rache schreit!

Mit diesem Gedanken schläft er wieder ein. Und er schläft sehr lange, denn als er blinzelnd die Augen öffnet, steht Elisabeth bereits am Herd und lächelt ihm zu.

Sonne liegt über den Bergen in verschwenderischer Pracht. Es ist Sonntag. Kein Laut stört den schönen Nachmittag. Aller Lärm schweigt auf dem Ulrichshof. Nur vor einer halben Stunde ist droben in den Bergen ein Schuss gefallen, Martha hat ihn gehört, sich aber nichts dabei gedacht.

Sie ist allein zu Hause. Der Vater ist unten im Dorf beim Sonntagsbier. Seit kein Helfer mehr auf dem Hof ist, lässt er sie wieder allein. Vorher ist er nie weggegangen.

Nach einer Weile erhebt sich Martha von der Hausbank und geht hinauf zur Altane und beginnt, die jungen Schösslinge in den Blumenkästen zu gießen. Da und dort spitzt schon die hellrote Blüte einer Geranie heraus und das Mädchen streichelt mit zarten Fingern darüber hin.

Auf einmal hebt sie den Kopf und ihre Augen werden schmal. Über die große Hangwiese kommt in jagender Hast ein Mensch gerannt, setzt mit einem mächtigen Sprung über den Weidenzaun und stürmt auf den Hof zu. Je näher er kommt, desto mehr meint Martha, ihn zu kennen. Die Gestalt wenigstens, denn das Gesicht ist geschwärzt.

Als der Bursche sie auf der Altane stehen sieht, stutzt er einen Augenblick. Sein Blick geht gehetzt zum Wald hinauf. Dann stürzt er ins Haus. Schon kommen polternde Schritte die Stiege herauf. Martha hört deutlich den keuchenden Atem des Flüchtigen.

Angst hat sie eigentlich nie gekannt. Wenn der Vater zum

Viehmarkt gefahren ist, ist sie so manche Nacht allein gewesen. Angst ist es auch jetzt nicht, was sie da anrührt, sondern nur eine leise Unsicherheit, weil sie nicht weiß, wie sie dem Menschen entgegentreten soll. Zaghaft macht sie ein paar Schritte in den Flur hinein. Da steht er bereits vor ihr, keuchend und schier atemlos. Der Schweiß rinnt ihm über das verrußte Gesicht den Hals entlang.

»Du musst mich verstecken, Martha! Die Jäger sind hinter mir her!«

Erschrocken weicht sie einen Schritt zurück.

»Du bist es, Toni?«

»Ja, ich bin's. Komm, red nicht lang! Versteck mich! Ich werd dir's vergelten, mein Leben lang!«

»Und wenn sie das Haus durchsuchen?«

Mutlos lässt der Rubatscher-Toni die Schultern sinken.

»Na ja, dann hilft's nichts, dann muss ich mich halt fangen lassen.«

Martha wendet den Kopf und sieht in diesem Augenblick zwei Jäger aus dem Wald kommen. Ihre Gestalt streckt sich.

»Nein, fangen sollen sie dich nicht! Komm, ich versteck dich in meiner Kammer.«

Sie drängt ihn schnell in ihr Zimmer, zieht die Tür wieder zu, dreht den Schlüssel um und steckt ihn ein. Dann geht sie wieder auf die Altane hinaus.

Jetzt streichelt sie nicht mehr die hellroten Geranienblüten, denn ihre Hand zittert ein wenig, je näher die beiden Jäger kommen, der Förster Tobler und sein Jagdgehilfe Eder. Beim Brunnen bleiben sie stehen und schauen über den Hof. Der Förster gewahrt das Mädchen als erster.

»Wie lange stehst du da schon oben?«, fragt er.

»Wie lange ich –« Martha setzt die kleine Gießkanne ab und zwingt sich zur Ruhe, denn sie hat gemerkt, wie unsicher ihre Stimme ist. »Eigentlich schon den ganzen Nachmittag.«

»Hast du keinen vorbeilaufen sehen?«

»Hier – am Hof? Nein, keinen Menschen hab ich gesehen.«

»Vielleicht ist er doch bei der Leiten runter«, meint jetzt der Jagdgehilfe Eder.

»In der kurzen Zeit?«, zweifelt der Förster und schaut wieder über den Hof hin. Aber anscheinend sieht er nichts, was seinen Verdacht erregt, denn er sagt plötzlich: »Für heut wird er uns wohl auskommen sein, der Lump. Komm, Eder!«

Sie gehen durch das Gatter abwärts. Erst drunten, wo das windschiefe Feldkreuz steht, trennen sie sich. Martha sieht, wie der Förster talwärts und der Jäger wieder bergwärts geht.

»Vergelt's Gott, tausendmal«, sagt plötzlich eine Stimme hinter ihr. Erschrocken fährt sie herum. Am offenen Fenster steht der Rubatscher-Toni und lacht. Die Zähne blitzen wie Elfenbein unter dem Schwarz des Rußes, mit dem er sein Gesicht eingerieben hat.

»Geh zurück«, sagte sie hastig. »Er könnte dich noch sehen.«

Dann holt sie den Schlüssel aus dem Kittelsack, sperrt auf und geht in ihr Zimmer. Der Toni sitzt jetzt auf dem Bettrand und sieht ihr erwartungsvoll entgegen. Weil sie nichts sagt, sondern ihn nur stumm ansieht, lächelt er wieder verlegen.

»Das wär bald dumm gegangen! Und ich hab doch gemeint, ich hätt den Förster ums Mittagläuten daheim gesehen! Mich reut bloß mein schöner Stutzen. Wegwerfen hab ich ihn müssen, weil er mich beim Laufen gehindert hat. Hoffentlich haben sie ihn nicht gefunden. Hat einer zwei Gewehre bei sich gehabt?«

Sie schüttelt stumm den Kopf, lehnt am Türrahmen und sieht ihn schweigend an. Sie weiß nicht, was mit ihr los ist. Etwas ist plötzlich anders, fühlt sie. Etwas ist eingebrochen in den schweigenden Bann der Nachmittagsstunde.

»Haben sie einen Namen genannt?«, fragt er plötzlich wie in Angst.

»Nein, sie haben nur von einem Lumpen gesprochen.«

»Ja, das sind so ihre Ausdrücke, wenn ein anderer den Finger krumm macht, weil er nicht einsieht, dass das Wild im Wald nur für die besseren Herren da ist! Aber ein Lump bin ich deswegen keiner, das darfst mir glauben, Dirndl.«

»Ich will es schon glauben. Aber warum tust du es?«

»Warum, warum! Weil ich halt muss, weil es mich juckt in allen Fingern, wenn ich einen Rehbock seh. Aber das verstehst du nicht. Komm, Dirndl, bring mir ein Lackerl Wasser, dass ich mir mein Gesicht waschen kann.«

Nun muss auch Martha lächeln.

»Ein Lackerl Wasser! Damit möchtest du deinen Ruß wegbringen? Ein Schaffel heißes Wasser brauchst, eine Bürste und Seife.«

»Ich sag's ja«, lächelt der Rubatscher. »Du bist halt eine, die man mit einem Laterndl suchen muss. Soll ich mit runtergehn?«

»Nein, bleib da. Es könnt grad zufällig jemand vorbeikommen. Ich bring dir alles rauf.«

Der Rubatscher-Toni setzt sich wieder auf den Bettrand und greift nun an seinen linken Arm. Seine Jacke ist dort zerfetzt. In seiner großen Aufregung hat er bis jetzt nichts gespürt, aber nun merkt er ein heftiges Brennen.

»Mir scheint, er hat mich doch getroffen«, murmelt er und will seine Jacke ausziehen. Aber als er den Arm hebt, stöhnt er leise vor Schmerz. »Teuxl, Teuxl! Hoffentlich brauch ich keinen Doktor!«

Er beißt die Zähne zusammen und zieht die Jacke nun doch aus. Auch das Hemd ist zerfetzt und die Wunde ist nicht ganz so unbedeutend. Es ist wohl nur ein Streifschuss, aber er hat doch einen ganz schönen Fetzen Haut mitgerissen.

In diesem Augenblick kommt Martha mit dem Wasser und erschrickt, als sie die Wunde sieht.

»Du blutest ja!«

»Ja, hat mich ein bissel erwischt. So ein kleiner Aderlass

schadet nicht. Hätt schlimmer ausgehen können. Aber trifft ja keiner richtig von den Patzern!«

»Wasch dich jetzt und zieh dein Hemd aus! Ich bring dir ein frisches vom Vater. Dann will ich schaun, was wir mit der Wunde machen.«

Sie holt zunächst ein frisches Hemd vom Ulrichsberger, dann sucht sie Verbandstoff, Jod und Salbe und holt Huflattich aus dem Garten. Als sie dann die Wunde mit Jod auspinselt, beißt der Toni knirschend die Zähne zusammen.

»Teuxl! Das brennt aber wie das höllische Feuer!«

»Aber es muss sein, Toni. Wundfieber darfst keines kriegen.«

Da legt er plötzlich seine rechte Hand um ihren Nacken und neigt seine Stirn vor.

»Bei so einer Krankenschwester wie du eine bist, da macht auch ein bissel Wundfieber nichts.«

Flammend rot wird Martha Klarwein unter dieser Berührung. Sie möchte sich wehren und kann es nicht. Sie hat ihn immer gern gesehen, diesen hoch gewachsenen, wilden Burschen, der sie ja schon einmal besuchen wollte, vom Vater aber verjagt worden war. Und nun steht er in ihrer Kammer, seine Hand streicht über ihr Haar, seine Augen sind dicht vor ihr. Es ist gut und schön, dieses Hineinschauen in die schwarzen Augen.

Aber da fällt ihr ein, dass dieser Rubatscher-Toni schon mehreren Mädchen den Kopf verdreht hat und darum weicht sie jetzt geschickt zurück und verbindet seine Wunde. Dann hilft sie ihm, das Hemd des Vaters über den Kopf zu ziehen, das dem Rubatscher an Hals und Ärmeln viel zu klein ist, denn der Ulrichsberger ist nur ein Knabe gegen diesen Riesen. Er sieht beinahe drollig aus, wie er nun die Arme vorstreckt und dabei lacht.

»Wie ein kleines Kindl seh ich jetzt aus, das ins Bett gebracht wird!«

Martha wird von seiner Fröhlichkeit angesteckt. Wann

wird in diesem Haus schon einmal gelacht? Je länger sie den Burschen ansieht, desto besser gefällt er ihr. Vielleicht ist es das Verwegene, das aus seinen Augen blitzt, was solchen Eindruck auf sie macht.

»Tut's noch weh?«, fragt sie.

Er schüttelt den Kopf.

»Du bist die reinste Wundertäterin! Ich dank dir auch vielmals!«

»Du brauchst mir nicht zu danken, Toni. Ich hab's gern getan.«

»Wirklich?«

»Ja, wirklich. Und dein Hemd, das wasch ich dir. Und wenn du wieder einmal vorbeikommst ...«

Sie unterbricht sich, weil sie meint, zu viel gesagt zu haben, und dass es wie eine Einladung aussehen könnte.

Da legt er wieder seinen Arm um ihre Schulter.

»Darf ich denn vorbeikommen, Martha?«

Sie fühlt, wie etwas aufsteigt in ihr, der Wunsch, dass ein Mensch gut zu ihr ist, wo es doch niemand ist, seit der Adrian den Weg in die Fremde nahm.

Der Rubatscher-Toni ist nicht so dumm, um nicht zu merken, was in dem Mädchen vorgeht. Aber er weiß auch, dass mit einem raschen Zugreifen bei ihr nichts zu erreichen ist. Hier muss er ein wenig schlauer vorgehen. Zeit lassen, sagt er sich. Nur Zeit lassen! Nichts übereilen! Darum wendet er sich ab und greift nach seiner Jacke. Und da vergisst Martha Klarwein ihre sonstige Zurückhaltung. Erschrocken fasst sie ihn an der Hand.

»Du kannst jetzt nicht raus, Toni! Es könnt sein, dass der Jäger noch oben am Wald steht und dich sieht. Musst schon warten, bis es Nacht ist.«

Nichts hätte er lieber gehört als dies.

»Ich dank dir schön, Martha. Ich merk, dass ich doch recht müde bin von der Hetzjagd. Und im Magen hab ich auch nichts mehr seit der Früh. Wenn ich mich ein bissel hinlegen dürfte auf das Kanapee?«

»Freilich kannst dich ein bissel hinlegen«, sagt sie eifrig. »Und Essen bring ich dir auch gleich.«

In fliegender Hast eilt sie davon und kommt nach kurzer Zeit schon mit Rauchfleisch, Brot und einem Krug Apfelmost. Weil er sich mit seinem linken Arm etwas schwer tut. schneidet sie ihm das Fleisch in kleine Brocken. Und während er langsam und bedächtig isst, sitzt sie neben ihm und betrachtet ihn. Sie hat dabei merkwürdigerweise das Gefühl, irgendwie ein kleines Recht auf ihn zu haben. Sie hat ihn doch vor den Jägern versteckt, hat für ihn gelogen und ihm Schutz und Hilfe gewährt. Da sagt der Toni plötzlich:

»Du hast mir vorhin auf meine Frage keine Antwort gegeben, Martha.«

»Auf welche Frage?«

»Ob ich wieder vorbeikommen darf.«

Ja, möchte sie sagen, ja, ja, komm nur! Komm bitte wieder! Ich bin ja so einsam und allein. Aber sie denkt an den Vater, an seinen Jähzorn und an seine blindwütige Eifersucht auf jeden, der sich ihr nähern will. Sie wird ganz traurig und antwortet:

»Du weißt doch, Toni, wie der Vater ist. Es würde ein Unglück geben.«

Da legt er die Gabel weg, fährt sich über den Mund und fasst nach ihrer Hand.

»Weißt du, Martha, auf diese Weise wirst du nie froh sein können. Warst du es denn überhaupt schon einmal?«

Martha hebt die Augen. Sie sieht ihn an und nickt.

»Ja, Toni. Heute bin ich es.«

Da reißt er sie in seinen gesunden Arm und bedeckt ihren Mund mit Küssen.

Und Martha kommt es plötzlich so vor, als seien Fesseln von ihr abgefallen, als hebe sich alles Schwere aus ihrem Leben fort, als dürfe sie fortan frei und froh über diese Erde gehen.

Vor den Fenstern steigt die Dämmerung hoch. Martha sieht und hört nicht, dass die Kühe vor dem Gatter drunten brüllen, weil sie in den Stall wollen und längst Melkzeit ist. Hingegeben ist sie diesem Neuen, diesem Wunderbaren.

Plötzlich aber besinnt sie sich doch und steht auf.

»Jetzt hätt ich beinahe meine Arbeit vergessen«, ruft sie.

Er will sie nochmals umarmen, aber sie entzieht sich ihm, denn sie muss jetzt wirklich zum Gatter gehen, vor dem die Kühe immer ungeduldiger werden.

Noch nie ist die Stallarbeit Martha so schnell von der Hand gegangen wie heute. Vielleicht macht sie auch nicht alles so gründlich wie sonst. Das wird wohl so sein, denn ihre Gedanken sind bei dem Mann da oben in ihrer Kammer.

Sie wäscht sich am Brunnen und stellt schnell noch den Kaffee für den Vater warm. Sie will jede Minute bis zur völligen Dunkelheit auskosten, in der der Rubatscher-Toni dann untertauchen kann.

Aber gerade als sie aus der Küche geht, um die Stiege hinaufzulaufen, kommt der Vater zur Haustür herein. Martha steht wie angewurzelt und starrt ihn an.

»Du kommst jetzt schon?«

Der Alte reißt seinen Schädel zurück. Sein schneeweißes Haar leuchtet in der Dunkelheit des Flures.

»Warum? Geht's dich was an, wann ich heimgeh?«

Schweigend dreht sich Martha um, geht in die Stube und zündet die Petroleumlampe an, weil der Vater es immer noch nicht hat einsehen wollen, dass man ohne Elektrizität nicht mehr auskommt.

Es ist wie immer. Der Alte wirft seinen Hut auf die Bank, geht zur Kuckucksuhr und zieht die Gewichte hoch, nachdem er die Zeit mit seiner Taschenuhr verglichen hat. Dann zieht er die Jacke aus und hängt sie über den Stuhl.

Angetrunken ist er heute nicht, aber grantig und launisch. Irgendjemand im Dorf muss ihn wieder geärgert haben. Es gab ja immer etwas zu bespötteln bei ihm. Seinen sprichwörtlichen Geiz oder seinen Jähzorn, den außer Martha jedoch niemand fürchtete.

Jetzt sitzt er am Tisch, hat die Ellbogen aufgestützt und

wartet. Sein schmales, braun gegerbtes Gesicht wird von der scharfen Hakennase beherrscht. Darunter ist ein schmallippiger Mund und ein scharfes Kinn, das in der Mitte gespalten zu sein scheint. Wenn er die Lider hebt, sieht man seine hellen grauen Augen. Sein Blick ist so durchdringend scharf, dass einen davon ein Frösteln anfallen kann.

»Wird's bald?«, fragt er jetzt in die Stille hinein.

Und da spürt Martha heute zum ersten Mal die Kraft in sich, ihm zu widersprechen. Woher nimmt sie diesen Mut? Hat die Liebe sie so urplötzlich verwandelt?

»Ich habe auch warten müssen, bis du kommst«, sagt sie.

Der Alte ist zunächst so verblüfft, dass er nichts antworten kann. Aber dann schwillt ihm die Zornesader an der Schläfe.

»Was sagst du? Ja – was erlaubst du dir eigentlich, du Lausfratz! Musst du deinem Vater ein Maul anhängen?«

Martha gibt keine Antwort. Sie denkt nur verzweifelt an den Rubatscher-Toni, der nun vielleicht nicht mehr länger wird warten wollen, da er ja die streitenden Stimmen hören muss.

Wenn er aber trotzdem wartet? Das ist ja zum Verzweifeln! Der Vater wird ihn vielleicht hören, wenn er bei der Altane hinunterspringt. Das Gehör des Ulrichsbergers ist zwar nicht mehr ganz so gut, aber er hat einen schlechten Schlaf und nimmt nur zuweilen ein paar Schlaftabletten.

Wie eine Erleuchtung überkommt es Martha plötzlich da hinten an der Anrichte, wo sie nun auch für sich den Kaffee herrichtet. Sie nimmt die Schachtel mit den Schlaftabletten, wirft schnell zwei Stück in des Vaters Tasse, trägt zuerst ihre, dann des Vaters Tasse zum Tisch und legt Brot und Messer hin.

Sie essen schweigend, wie jeden Tag. Der Perpendikel der Kuckucksuhr quietscht leise. Plötzlich fragt der Alte in die Stille hinein:

»War jemand da heut?«

Nur ein paar Sekunden zögert Martha, dann antwortet sie:

»Wer soll schon dagewesen sein?«

Unwillig schaut der Bauer auf.

»Fragen wird man doch noch dürfen. Was gibst du mir heut für patzige Antworten?«

Martha aber denkt: Nun hab ich zum ersten Mal bewusst den Vater angelogen. Und wenn man für einen Menschen so lügen kann, dann muss man ihn doch lieben, grübelt sie.

Im nächsten Augenblick aber erschrickt sie wirklich bis in die Tiefe ihres Herzens hinein, denn von oben ertönt tiefes und regelmäßiges Schnarchen.

Ihre erste Regung ist, dass sie mit dem Schuh an der unteren Tischleiste entlangfährt. Beim zweiten Mal rückt sie den Stuhl ein wenig. Aber wo mit einer solchen Beharrlichkeit weiter geschnarcht wird, kann auch auf die Dauer die listigste Vortäuschung nichts mehr nützen. Schließlich meint auch der Alte etwas zu vernehmen und hebt den Kopf.

»Was ist denn das?«

»Was meinst, Vater?«, fragt Martha und rückt wieder ihren Stuhl.

»Da hab ich doch grad was gehört?«

»Die Uhr quietscht so, die musst morgen gleich schmieren.«

Damit gibt er sich zunächst zufrieden, löffelt seinen Kaffee und trinkt den Rest mit einem Schluck aus. Dann nimmt er seine lange Pfeife von der Wand und stopft sie. Aber er zündet sie nicht an, sondern steht plötzlich auf.

»Und ich hör doch was«, sagt er. »Das muss im Stall draußen sein.«

Schon geht er hinaus. Martha aber rennt in fliegender Hast die Treppe hinauf und rüttelt den Schläfer derb an der Schulter.

»Um alles in der Welt, Toni, man hört dich ja bis runter schnarchen!«

»Was ist?«, fragt er schlaftrunken.

»Schnarchen sollst nicht! Bleib wach, ich komm gleich!«

Schon ist sie wieder draußen und unten in der Stube. Sie

räumt das Geschirr ab und breitet die Sonntagsdecke wieder über den Tisch. Da kommt der Vater wieder herein.

»Was war?«, fragt sie.

Keine Antwort. Sie hat auch keine erwartet. Gähnend streckt sie die Arme über den Kopf.

»Gute Nacht«, sagt sie, obwohl sie weiß, dass sie auch darauf keine Antwort bekommt.

Als sie die Tür schließt, sieht sie gerade noch, wie der Vater die Pfeife anzündet und sich zurücklehnt. Es dauert, wie sie weiß, eine knappe Viertelstunde, bis er sie ausgeraucht hat. Dann geht auch er zu Bett, wie jeden Tag um diese Zeit.

Dunkelheit erfüllt die Kammer. Durch das geöffnete Fenster dringt der Duft der frühen Sommernacht. Man hört das Wasser in den Brunnentrog plätschern und manchmal geht ein sanftes Rauschen durch die Kronen der alten Obstbäume im Garten.

Martha traut sich noch nicht, die Kerze anzuzünden. Sie muss erst den klirrenden Laut vernehmen, wenn der Vater die Haustür zuriegelt und dann in seine Kammer geht, die zu ebener Erde auf der Südseite des Hofes liegt. Darum wird Toni auf der Nordseite über die Altane hinunterklettern müssen.

Das Mädchen kauert vor der Liegestatt nieder. Ihre Hand tastet nach seinem Gesicht.

»Still sein jetzt«, flüstert sie, »bis er im Bett ist.«

»Wenn er aber dann nicht schläft?«

»Er wird bald schlafen. Hab ihm Schlaftabletten in den Kaffee getan.«

Sie kichern beide fröhlich dazu. Dann zieht der Toni ihren Kopf zu sich nieder.

»Du bist doch ein ganz g'scheites Dirndl!«

»Hast mich lieb?«, fragt sie flüsternd.

»Und wie!«

»Nur mich allein? Oder?«

Ganz energisch wird der Toni da.

»Geh, für was schaust denn du mich an!«

»Na, gehört hab ich schon genug von dir.«

»Ja, wenn du glaubst, was die Leut reden, wenn du kein Vertrauen hast, dann hat alles keinen Wert.«

»Ich möcht dir doch glauben! Aber versteh doch, Toni, das alles ist heut so schnell gekommen. Wie soll ich da schon Vertrauen haben können?«

»Das kommt schon noch, wenn du mich näher kennst.«

»Sei still«, flüstert Martha und legt schnell ihre Hand auf seinen Mund.

Martha richtet sich auf und horcht.

Man hört den Riegel an der Haustür klirren. Dann fällt die Stubentür zu.

Jetzt erst zündet Martha die Kerze an und stellt den Leuchter auf den Stuhl. Dann kniet sie sich neben das Bett, obwohl er geschäftig zur Seite rückt, damit sie neben ihm Platz hat. Aber sie will es nicht, sein Gesicht ist ihr auf diese Weise näher.

Der Rubatscher-Toni fasst nach ihrer Hand und legt sie auf seine Wange.

»Willst mich wirklich in die Nacht rausjagen?«

»Ja, Toni, was soll ich denn mit dir sonst machen?«

»Ah geh, lass mich halt noch ein bissel da. Ich bin ganz brav.«

»Ja, wenn du ganz brav bist. Aber bevor es Tag wird, musst fort, Toni.«

»Freilich! Wann werden wir uns dann wiedersehen?«

Martha denkt nach, recht lange und angestrengt denkt sie nach.

»Sonntags geht er allweil schon mittags fort«, meint sie. »Und er ist sonst auch länger aus als heut. Weiß nicht, warum er so früh heimgekommen ist.«

»O weh«, jammert er, »bis zum Sonntag soll ich warten! Aussteigen kannst du nicht?«

»Aussteigen? Wie meinst denn das?«

»Na ja, wenn er schläft, dann kannst du dich doch leicht fortschleichen.«

Unschlüssig schaut sie vor sich hin. Die Kerze flackert, weil ein Windhauch durchs Fenster gekommen ist. Die Hand des Mannes will den Docht niederdrücken. Aber Martha hindert ihn daran.

»Lass das«, sagt sie.

Eine Unstimmigkeit ist da, eine ganz kleine Missstimmung bei ihm wie bei ihr.

»Soll denn bei uns allweil ein Licht dazwischenstehn?«, fragt er nach einer Weile.

»Ja, heut schon.«

»Und morgen?«

»Auch.«

»Aha. Vielleicht in einem Jahr auch noch?«

»Das weiß ich nicht. Aber sein könnt es schon.«

Der Toni schiebt die Unterlippe ein wenig vor und siniert vor sich hin. Dann wendet er den Kopf und sieht ihr in die Augen.

»So eine Hartherzige bist du. Für das hätt ich dich eigentlich nicht angeschaut.«

Zwischen ihren Brauen steht plötzlich eine kleine, scharfe Falte.

»Für was schaust du mich denn dann an?«

»Für ein recht vernünftiges Dirndl«, lenkt er schmeichlerisch ein. »'s Blut hast mir aufgewirbelt heut, ja, ganz ordentlich. Aber der Rubatscher ist nicht so, wie du meinst! Der Rubatscher geht jetzt!«

Da wirft sie die Arme um seinen Hals und küsst ihn, drückt ihren Kopf an seinen Hals und lässt sich von seinen starken Armen umschließen.

Zwölf Uhr schlägt drunten in der Stube die Kuckucksuhr, als der Toni sich auf den Balkon hinausschleicht. Noch einmal umarmt er sie, bevor er sich über das Geländer schwingt und flüstert:

»Beim Heustadel drunten, auf halbem Weg zum See, tät ich halt warten auf dich, am Mittwoch, wenn's dunkelt.«

»Ich weiß nicht, ob das geht«, flüstert Martha zurück.

»Wenn man will, geht alles«, antwortet er, dann schwingt er sich über das Geländer. Aber er hat vergessen, dass er einen wunden Arm hat, und unwillkürlich stößt er einen leisen Schmerzensschrei aus. Gleich darauf aber hört man einen gedämpften Aufsprung und sein Schritt verliert sich in der Dunkelheit.

Die Mittwochnacht ist ohne Mond und ohne Sterne. Manchmal geht sogar ein leichter Regen nieder, und als Martha durch die hintere Stalltür den Hof verlässt, bleibt sie überlegend einen Augenblick stehen.

In diesen drei Tagen hat es wohl keine Stunde gegeben, in der sie nicht an diese Mittwochnacht gedacht hätte. Und vor einer Stunde noch ist sie festen Willens gewesen zu vergessen, was der Rubatscher-Toni von ihr verlangt hat.

Und doch! Wie eine unerklärliche Macht ist er in ihr Leben getreten und zieht sie zu sich hin. Er ist der erste, der sich rühmen könnte, ihren Mund geküsst zu haben. Und seitdem hätte sie den ganzen Tag singen und lachen oder mit einem hellen Juchzer das Unfrohe, das auf dem Hof lastet, durchbrechen mögen.

Was hätte sie nicht schon alles tun mögen in diesen drei Tagen! Wie hat sich bloß mit einem Schlag alles so verändern können.

Während sie noch so dasteht und überlegt und der Regen leise auf ihr Kopftuch klopft, fällt ihr plötzlich ein, dass er ja am Arm verwundet gewesen ist. Vielleicht hat er noch Komplikationen damit bekommen, liegt mit Fieber im Bett und wird gar nicht zum Stadel gegangen sein.

Der Stadel gehört zum Ulrichsberg und nimmt das Heu von den unteren Wiesen auf, das dann erst im Winter, meist mit dem Schlitten, zum Hof hinaufgefahren wird. Und während Martha nun den Berg hinunterrennt, denkt sie, dass sie eigentlich den Schlüssel für das Vorhängeschloss hätte mitnehmen können.

Rabenschwarz ist die Nacht. Aber Martha hätte den Weg

gefunden, auch wenn es noch dunkler gewesen wäre. Atemlos kommt sie beim Stadel an und läuft geradewegs in zwei ausgebreitete Arme hinein.

»Ach Toni«, atmet sie heftig, »dass du nur da bist! Ich hab schon Angst gehabt wegen deinem Arm.«

»Ach, der verheilt wunderschön«, lacht er. »Was du in die Hand nimmst, hat halt alles seine Ordnung.«

Eng umschlungen stehen sie unter dem weit vorspringenden Vordach. Nur der Wind weht so kalt um die Ecke.

»Den Schlüssel hätt ich mitnehmen sollen«, meint sie arglos. »Drinnen wär's wärmer.«

»'s Schlüsserl zu deinem Herzen hab ich jetzt, mein ich. Und den andern für das Vorhängeschloss, den gibst mir halt, wenn ich am Sonntag zu dir komm. Hat er was gemerkt, dein Vater?«

»Nein, geschlafen muss er haben wie ein Bär«, lacht Martha fröhlich wie ein Kind und küsst ihn.

»Wirst ihm schon genug Tabletten hineingetan haben.«

»Bloß zwei, die nimmt er sonst auch manchmal. Sag, Toni, hast du auch so Sehnsucht gehabt wie ich?«

»Und wie! Ich hab gemeint, es will gar nimmer Mittwoch werden. Ich weiß nicht, was das ist. Mit dir bin ich ganz stocknarrisch.«

»Ist's wahr, Toni?«

»Wenn ich's dir sag, ganz krank bin ich, und wenn es nicht wegen deinem Vater wär, dann hättest mich am Montag schon wieder bei dir gesehn. Ich mein allweil, bei dir bleib ich hängen.«

Nachdenklich bewegt sie die Brauen. Sie möchte ihm so gerne glauben und doch ist etwas da, was sie irgendwie warnt. Aber weil sie selber nicht herausfindet, was es ist, sucht sie bei etwas anderem Zuflucht.

»Wenn das wirklich so ist, Toni, dann müsstest du mir zulieb auch das Wildern aufgeben können.«

»Wenn dir daran was liegt, das kann ich morgen schon bleiben lassen.«

Ein freudiges Erschrecken geht durch sie. Ja, ja, ruft sie sich selber zu, er meint es ehrlich, wenn er damit meinetwegen aufhören will.

»So gern hast du mich?«, fragt sie.

»Du darfst es mir glauben, Dirndl. Aber das Schlüsserl musst mir geben, dass ich nicht heraußen stehen muss, wenn es kalt ist.«

»Den Schlüssel zum Stadel? Den geb ich dir gern, Toni. Haben ja zwei daheim. Aber ich weiß nicht, ob das immer so geht, dass ich kommen kann. Wenn der Vater was merkt, ist der Teufel los.«

»Ach geh, der wird's doch nicht gleich merken! Du darfst dich nicht so ducken vor ihm. Bist doch kein kleines Kind mehr.«

Er küsste sie wieder und kann nicht verstehen, dass das Dirndl zurückweicht, als er es eng an sich presst. Das ist ihm noch nicht passiert. Warum läuft sie dann durch Nacht und Regen zum Stadel herunter, wenn sie weiter nichts sucht als ein paar Küsse? Im selben Augenblick sagt Martha:

»Wie ist es denn jetzt, Toni? Wenn die Leut wieder einmal recht über mich schimpfen, schimpfst dann auch mit oder stehst zu mir?«

»Wie kannst denn da noch fragen! Ich und nicht zu dir halten? Für dich geh ich durchs Feuer, wenn es sein muss! Hast du überhaupt schon einmal gehört, dass ich auch über dich geschimpft hab?«

»Nein, das nicht. Aber ich weiß doch, was sie alles sagen wegen Adrian. Aber du darfst mir glauben, Toni, es war nichts zwischen mir und ihm. Ich hab wirklich keine Schuld an seinem Fortgehen aus der Heimat.«

»Das glaub ich ohne weiteres.«

Er ist wirklich davon überzeugt, denn so viel versteht er von den Mädchenherzen, dass er erkennt: Die Martha hat noch nie einen Burschen geliebt. Er weiß, mit ihr muss er Geduld haben um das zu erreichen, wonach es ihn drängt.

»Dass wir weiterreden«, sagt er nach einer Weile. »Du

bist schon selber auch ein bissel schuld, weil du nie unter die Leute gehst. Nie sieht man dich im Fasching oder sonst beim Tanz.«

»Weil mich der Vater nicht gehen lässt.«

»Da musst eben deinen Willen durchsetzen!«

»Das sagst du so leicht! Ich muss ja mit ihm zusammenleben und nicht du.«

»Pass einmal auf, Martha. Am Sonntag in vierzehn Tagen ist beim Ochsenwirt ein Gartenfest. Da kommst einfach hin.«

Merkwürdig, wie dieser Mensch ihr seinen Willen aufzwingen kann! Martha fühlt eine tiefe Glückseligkeit dabei. Ich bin nicht mehr so allein, denkt sie. Ich hab nun einen Menschen, der zu mir steht, auf den ich mich verlassen kann. Ein Gefühl der Dankbarkeit überwältigt sie so stark, dass sie aufschluchzend seinen Hals umschlingt.

Mit weinenden Mädchen aber hat der Rubatscher-Toni nie recht viel anzufangen gewusst. Er tätschelt ihr den Rücken und sagt:

»Ist schon recht, Dirndl. Wein dich nur aus, dann wird's schon leichter.«

Und der Regen tropft weiter eintönig auf das Stadeldach. Er wird immer stärker und baut eine rauschende Wand um sie beide. Aber es ist doch merkwürdig, wie für Verliebte eine solche Nacht schnell zu Ende geht. Schon graut es über den östlichen Bergspitzen, als Martha wieder leise zur Stalltür hineinschlüpft und eine Stunde darauf schon ihre Arbeit beginnt.

Sie ist eine andere geworden, das ist nicht zu leugnen. Es ist, als ob in ihrem Gang noch mehr federnde Kraft wäre und als ob ihre Augen noch tiefer leuchteten. Auf ihrem Gesicht liegt ein so glückliches Lächeln, dass es auch der Alte merken müsste. Er merkt auch etwas, aber das sind nicht die äußeren Veränderungen, sondern der Mut des Mädchens ihm plötzlich zu widersprechen. Sie fürchtet sich nicht mehr vor ihm, das ist es. Und wo keine Furcht mehr ist, verliert auch die Macht ihren Einfluss.

Argwöhnisch beobachtet er sie. Aber er kann nichts feststellen. Martha verrät sich durch gar nichts. Sie tut ihre Arbeit mit Lust und Freude. In Gedanken aber befasst sie sich jetzt fast ausschließlich mit ihrer Zukunft. Sie weiß, dass es nicht auf lange Zeit hinaus so bleiben kann, wie es jetzt ist. Der Rubatscher-Toni ist ein Bursche, mit dem man sich sehen lassen kann. Er ist aber auch ein Mensch, den man nicht auf Jahre hinaus mit Küssetauschen beglücken kann. Er fordert mehr, das fühlt sie.

Ja, sie will ihn heiraten und mag sich der Vater auf den Kopf stellen! Das ist die Zukunft, sagt sie sich. Meine Zukunft! Er ist der richtige Bauer für den Ulrichsberg, jung und voll strotzender Kraft. Sie wird Kinder mit ihm haben, gesunde, starke Kinder, Mädel, die ihr, und Buben, die ihm gleichen. Lachen wird sein auf dem Berg und alle Schatten werden weichen.

Ihr Vertrauen zu dem Burschen ist grenzenlos. Die anfänglichen Bedenken sind alle verwischt. Sie glaubt ihm jedes Wort.

Und sie wird zu dem Gartenfest gehen, so oder so! Sie will sich in aller Öffentlichkeit zu ihm bekennen. Mag der Vater dann toben und schreien, wie er will. Mehr als vom Hof jagen, kann er sie nicht. Dann wird sie eben mit dem Toni ziehen, wohin er sie führt. Es geht ihm nicht um den Hof, hat er ihr gesagt. Es geht ihm nur um sie, um sein herzliebes Dirndl.

Eines Mittags, nach dem Essen, ist es so weit. Martha weiß, dass sie es nicht mehr länger hinausschieben kann und darf. Während sie das Geschirr abräumt, sagt sie so ganz nebensächlich:

»Am Sonntag in acht Tagen geh ich runter ins Dorf zum Gartenfest.«

Statt aller Antwort lacht der Vater nur, so seltsam und unmöglich findet er diesen Gedanken seiner Tochter.

»Da brauchst du gar nicht lachen«, sagt Martha in aufsteigendem Trotz. »Ich geh hin, und wenn alles bricht!«

»Meinst du?«

»Ja, das mein ich.«

Jetzt erst steht der Ulrichsbauer auf und tritt mit zwei schweren Schritten vor sie hin. Dann reißt er die Hand hoch zum Schlag. Aber er bringt ihn nicht an, denn blitzschnell schlägt Martha seinen erhobenen Arm zur Seite. Das verdutzt ihn so sehr, dass er dasteht, als hätte er soeben selber einen Schlag empfangen. Ihre Augen glühen ihn an.

»Merk dir das, Vater! Ich lass mich nicht mehr schlagen! Du musst endlich begreifen, dass die Zeit vorbei ist, wo ich mich geduckt hab vor dir.«

Seine schmalen Lippen sind fest aufeinandergepresst, so dass sein Mund nur mehr wie ein dünner Strich aussieht.

»Wer hat dich aufgehetzt?«

»Niemand. Ich bin jetzt selber alt genug, um zu begreifen, dass das kein Leben ist. Ich bin doch jung. Warum darf ich nicht lachen und scherzen wie andere? Bist du selber nie jung gewesen oder hast du alles vergessen?«

»Vergessen«, antwortet der Alte mit verbissenem Gleichmut. Dann schaut er sie mit einem raschen Blick an. »Sag, was erwartest du denn eigentlich vom Leben?«

»Nicht viel. Nur ein wenig Freude. Glücklich möcht ich sein wie andere auch.«

»Weißt du das? Weißt du, ob andere glücklich sind? Du bist ja auf einmal ganz mächtig gescheit geworden, du Fratz, du! Am Sonntag in acht Tagen, hast gesagt? Am Montag drauf ist die Hochzeit vom Antmüller-Girgl mit der Seetaler-Vroni. Da sind wir eingeladen und da musst du hingehn.«

»Zur Hochzeit? Ich darf auf eine Hochzeit gehn?« Martha ist plötzlich wie umgewandelt. Das Gartenfest ist vergessen. Sie wird auf eine Hochzeitsfeier gehen und es wird der Toni da sein und alle werden es sehen, wie sehr sie zusammengehören! Am liebsten hätte sie jetzt Abbitte geleistet, weil sie ihm vorhin so hartnäckig ihren Willen kundgetan hat. Aber der Ulrichsberger hat die Stube bereits verlassen.

Also zur Hochzeit soll sie gehen. Oh, wie will sie sich dafür schön machen!

Gleich an diesem Abend noch probiert sie die schwere Tracht, die von der Mutter noch da ist, vor dem Spiegel. Aber das schwere Seidengewand ist in vielen Jahren von Motten zerfressen, Schultertuch und Schürze sind so ausgeblichen, dass die beiden Stücke kaum mehr getragen werden können. Nur das Silbergeschmeide und der Bänderhut mit der Goldquaste sind noch unbeschädigt.

Da muss sogar der Vater zugeben, dass etwas Neues angeschafft werden muss. Als Martha, so in vollem Staat, die Stube betritt, leuchtet es in seinen Augen ganz flüchtig auf. Er hat sie noch nie so schön gesehen. Vaterstolz regte sich in ihm und der ist auch berechtigt.

»Schau her, Vater«, sagt Martha traurig, »das Gewand ist ganz von Motten zerfressen.«

Er beschaut es und denkt dabei an die Zeit, in der seine Bäuerin diese Tracht noch getragen hat. Das ist so viele Jahre her, dass er es kaum mehr weiß. Da ihm aber die mottenzerfressene Tracht so deutlich vor Augen geführt wird, sieht er wohl ein, dass man da etwas tun muss. Er weiß nur nicht, was. An etwas Neues denkt er nicht,.

»Musst es halt zusammenflicken«, sagt er.

»Aber Vater, das geht doch nimmer! Da werden wir ja zum Gespött vom ganzen Dorf! Ich brauch was Neues.«

Das sieht er auch ein, aber sofort regt sich der Geiz wieder bei ihm.

»Was Neues? Was kostet das?«

»Ich weiß nicht, müsst halt heut einmal zu Näherin gehen.«

»Heut? Nein, heut geht es nicht. Müssen die Streu runterholen. Morgen früh gehst. Aber bloß einmal fragen, was es kostet. Wenn's mehr kostet als dreißig Mark, gehst lieber nicht zur Hochzeit.«

Martha erschrickt. Sie weiß nicht viel um diese Dinge, weil sie selten ein Kleid bekommt, aber auf siebzig Mark wird das schon sicher kommen.

So geht sie also am nächsten Morgen, gleich nachdem sie mit der Stallarbeit fertig ist, ins Dorf zur Näherin. Sie fragt nicht lang und feilscht nicht lang, weil sie das Empfinden hat, dass dies ihrer unwürdig wäre. Den schönsten Seidenstoff sucht sie heraus beim Kaufmann und das beste Unterfutter.

Als sie bei der Näherin fertig ist, geht sie noch schnell auf den Friedhof ans Grab der Mutter. Der Friedhof liegt ein wenig erhöht und man kann von ihm aus das halbe Dorf übersehen, an dessen Ende in nördlicher Richtung das Häuschen der Rubatscherin liegt. Feiner Rauch schlängelt sich aus dem Rauchfang in den klarblauen Himmel.

Ob der Toni daheim ist? denkt Martha und empfindet sofort wieder große Sehnsucht, obwohl sie erst vor zwei Tagen beisammen gewesen sind.

Dann schaut sie wieder auf den Grabstein. Da stehen sie, in halb verwaschener Schrift, all die Klarweins, die in den letzten siebzig Jahren gestorben sind. Ganz am Ende steht:

Ulrich Klarwein
Unteroffizier im Geb.-Jäg.-Rgt. 100
geb. 12.4.1918 – gef. 12.5.1942 in Russland

Unter ihm wird der jetzige Ulrichsberger noch zu lesen sein, dann ist das Geschlecht der Klarwein ausgestorben, und es wird fortan heißen: Rubatscher.

»Martha Maria Rubatscher«, spricht sie leise vor sich hin, als sie zum Friedhof hinausgeht. Und plötzlich weiß sie, dass sie noch nicht heimgehen kann, ohne den Toni gesehen zu haben.

Es ist merkwürdig. Etwas sagt ihr, dass sie es nicht tun sollte. Eine andere Stimme aber lenkt ihre Schritte unwiderstehlich zum nördlichen Dorfausgang und nach kurzer Zeit steht sie vor dem etwas heruntergekommenen Rubatscherhäuschen.

Ein wenig beklommen und zögernd betritt sie die ärmlich eingerichtete Stube. Breite Sonnenstrahlen fallen durch die kleinen Fenster und verleihen der Ärmlichkeit einen freundlichen Schimmer. In der Ecke beim Ofen sitzt die Rubatscherin, eine kleine, zusammengeschundene Frau, weißhaarig und mit rot geränderten Augen. Sie erkennt die Besucherin nicht gleich und fragt freundlich:

»Was willst denn, Dirndl?«

Martha tritt ein paar Schritte näher.

»Kennst mich nicht, Rubatscherin? Ich bin die Martha Klarwein vom Ulrichsberger.«

Sofort verschließt sich das faltenreiche Gesicht und wird abweisend.

»So, die bist du? Und was willst?«

Der unfreundliche Ton nimmt Martha allen Mut und sie bereut es, hierhergekommen zu sein. Aber da sie einmal da ist, muss sie doch den Grund angeben.

»Ist der Toni nicht da? Ich hätte ihn gern einmal gesprochen.«

»Der Toni? Mein Bub? Was möchtest von ihm? Möchtest ihn auch in die Fremde treiben wie den anderen?«

Diesmal erblasst Martha nicht bei dieser Beleidigung. Nur flammendrot wird sie vor Empörung.

»Rubatscherin, das ist nicht wahr! Mich trifft keine Schuld. Das weiß der Toni ganz genau.«

Irgendwie wird die Rubatscherin jetzt doch nachdenklich. »Na ja, reg dich nur nicht so auf, Dirndl. So hab ich's ja auch wieder nicht gemeint. Komm, setz dich nieder und trag mir die Ruh nicht aus dem Haus. Was willst denn vom Toni?«

Diese Freundlichkeit tut Martha ungemein wohl und sie fasst Vertrauen zu der Frau.

»Hat der Toni dir denn noch nicht gesagt, dass wir uns lieb haben?«

Überrascht schaut die Frau auf.

»Der Toni und du? Ich weiß kein Wort. Mir sagt er ja nichts.«

Martha ist einen Augenblick verblüfft. Warum spricht der Toni sich mit seiner Mutter nicht aus? Wenn sie es mit dem Vater nicht kann, so ist das schließlich etwas anderes.

»Das versteh ich nicht«, sagt sie und setzt sich neben die alte Frau. »Bei der Näherin war ich und da hab ich mir gedacht, ich schau einmal her. Ich wollte dich näher kennen lernen, Rubatscherin, und wollt dir sagen, dass ich ihn gern hab, deinen Buben, und dass du mir schon vertrauen darfst. Ich meine es ehrlich mit ihm. Und wenn es auch hart hergehen mag, aber ich werd es schon durchsetzen, dass er Bauer auf dem Ulrichsberg wird.«

Lange schaut die Rubatscherin in Marthas Gesicht. Und plötzlich laufen ihr die Tränen über das Gesicht.

»Was hast denn, Rubatschermutter?«, fragt Martha teilnehmend und fasst nach ihrer Hand.

»O mein Dirndl! Wenn du nur Recht hättest! Wenn du nur einen ordentlichen Menschen aus ihm machen könntest! Ich würd es dir danken noch in meiner Sterbestunde.«

Erschrocken starrt Martha vor sich hin.

»Was heißt denn das, einen ordentlichen Menschen? Ist er es denn nicht?«

Traurig schüttelt die Alte den Kopf.

»Einmal war er es, ja. Aber seit er aus dem Krieg heimgekommen ist, ist es wie verhext. Zu keiner Arbeit hat er mehr eine rechte Lust. Dabei kann er die Bauernarbeit wie nicht leicht ein anderer. Zimmerei hat er ja auch gelernt und der Zimmermeister Daxer sagt, dass er ein guter Arbeiter ist, wenn er mag. Er mag aber selten. Kann auch selten, weil er nicht aufsteht in der Früh, weil er seine Räusche ausschlafen muss. Ich weiß überhaupt nie, wo er steckt. Schau, am Sonntag ist er erst um zwei in der Früh heimgekommen. Am Montag hat er geschlafen bis Mittag. Am Abend ist er wieder fort und heut früh grad ums Tagwerden heimgekommen.

Jetzt liegt er wieder oben und schläft. Wo soll denn das bloß hinführen? Ich darf überhaupt nichts sagen. Das geht mich nichts an, sagt er, und einmal hat er mich sogar geschlagen, als ich ihm Vorhalt gemacht hab über seinen liederlichen Lebenswandel.«

Martha ist zumute, als hätte ihr jemand ein Messer ganz langsam ins Herz gestoßen, und sie müsse nun langsam verbluten. Gleich darauf aber merkt sie, dass es in einem geradezu rasenden Rhythmus schlägt. Sie kann es nicht fassen, was sie da gehört hat. Und doch. Wenn eine Mutter solche Anklagen erhebt, dann muss es die Wahrheit sein.

»Ist denn das wirklich alles wahr, was du da sagst?«, fragt sie nach einer Weile tonlos.

»Warum soll ich dich denn anlügen, Dirndl.«

»Am Sonntag, da war er bei mir«, gesteht Martha ehrlich. »Wenn er es sich nicht zu sagen getraut, dann weißt du es also jetzt von mir. Am Sonntag war er auf der Ulrichshöh. Er ist nach zwölf Uhr fort und die Zeit kann schon stimmen mit seinem Heimkommen. Wo er aber dann gestern war, das weiß ich nicht. Aber ich werd ihn schon fragen.«

Die Rubatscherin öffnet ein paar Mal den Mund, als ob sie etwas sagen wolle. Aber es fehlt ihr nun plötzlich selber der Mut, diesem vertrauensseligen Mädel ins Gesicht zu sagen, wo der Toni in der letzten Nacht gewesen ist. Sie hat ihn bei einbrechender Dunkelheit mit der Weinberger-Cilli engumschlungen vorbeigehen sehen, zu den Moosgründen hin, wo diese Frau, von der im Dorf niemand viel hält, in einer halbverfallenen Hütte wohnt.

»Ach«, sagt sie jetzt, »wenn du ihn nur wieder zu einem richtigen Menschen machen könntest.«

»Das weiß ich nicht«, antwortet Martha und steht auf. Aus ihrem Gesicht ist jetzt alle Farbe gewichen.

»Willst nicht raufgehen und ihn wecken?«

»Nein, ich kann jetzt nicht. Ich muss erst über alles genau nachdenken. Behüt dich Gott, Rubatscherin.«

»Willst mir nicht die Hand geben, Dirndl?«

»Doch. Da hast meine Hand. Und denk nicht schlecht von mir.«

Noch ehe die Rubatscherin darauf etwas erwidern kann, ist Martha schon hinausgestürzt. Sie ist ganz verstört. Sie sieht nicht den leuchtenden Sommertag, nicht die Menschen, die ihr begegnen, und besinnt sich erst wieder auf sich selber, als sie im Kahn sitzt und ihn mit kräftigen Ruderstößen über den See treibt.

Martha mag vielleicht erst die Hälfte des Sees überquert haben, als Toni in die kleine Stube herunterkommt, ohne freundlichen Gruß für die Mutter. Zuerst will er sich rasieren, als er in die Küche zurückkommt, da sagt die Mutter:

»Besuch hättest heut schon gehabt.«

»Wer war denn da? Höchstens der Daxer wieder. Der soll mich gern haben mit seinem Dachstuhl! Wenn er keinen höheren Tarif zahlt, soll er mir überhaupt den Buckel herunterrutschen.«

»Nein, der Daxer war nicht da. Die Klarwein-Martha war da.«

Toni hat gerade die Rasierklinge angesetzt, als er, wie von einer Natter gestochen, herumfährt.

»Sacklziment! Jetzt hab ich mich auch noch geschnitten!« Er wischt mit dem Handrücken das Blut weg.

»Wer war da?«

»Ich hab dir's ja gesagt. Die Klarwein-Martha.«

»So ist's recht! Warum hast mich denn nicht geweckt?«

»Ich hab gemeint, sie soll dich wecken. Aber sie hat nicht mögen.«

Verdrossen schaut der Toni vor sich hin.

»Wirst schon wieder recht saudumm dahergeredet haben.«

»Ja, ja«, meint die alte Frau bitter. »Deine Mutter redet nie was Vernünftiges, grad allweil dummes Zeug. Aber eins sag ich dir, so ein Mädel bist du gar nicht wert. Sag mir bloß, was bist denn du für ein Mensch geworden? Am Sonntag warst du oben auf der Ulrichshöh und gestern bist mit der andern wieder losgezogen!«

»Aha, hast mir nachspekuliert?«

»Dir braucht man nicht nachspekulieren, du machst es ja offen genug.«

Toni gibt darauf nicht gleich Antwort, sondern rasiert sich zuerst. Als er den Schaum abgewaschen hat, fragt er:

»Hat sie dir das selber gesagt vom Sonntag?«

»Wüsst ich's denn sonst?«

»Freilich, freilich. Sonst könntest es ja nicht wissen. Ja, sie ist schon ein rechtes Mädl, da gibt's gar nichts.«

»Und so was verscherzt du dir mit deinem Lebenswandel.«

»Ach geh, das verstehst du nicht! Ich kann die Cilli jetzt nicht mir nix, dir nix auf die Seite werfen! Das muss schön langsam gehen, weißt. Und wegen der Martha, da brauchst dir nichts denken. Die ist verliebt in mich! Und wenn ich Bauer bin auf dem Ulrichsberg, dann wird der Krempl hier verkauft und du ziehst mit rauf. Dann kannst den alten Geizkragen da oben ein bissel aufpulvern.«

»Verkaufen? Hier verkaufen?« Die Alte schüttelt den Kopf. »Nein, ich bleib, wo ich bin, bis ich die Augen zumach. Von deinem Gnadenbrot will ich nicht essen.«

»Ja, wenn du meinst, mir ist das gleich. Hast denn einen Kaffee für mich?«

Ohne noch ein Wort zu verlieren, stellt ihm die Mutter den Kaffee hin. Dann geht sie hinaus in den kleinen Gemüsegarten.

Gar so gleichgültig ist es dem Toni nun doch nicht. Hat er auch damit rechnen können, dass Martha hier nach ihm sucht? Hoffentlich hat die Mutter nichts verlauten lassen, dass er heut früh erst heimgekommen ist.

Jetzt wird's aber wirklich Zeit, dass ich mit der Cilli Schluss mach, sagt er sich. Wenn es nur leichter wäre dieses Mädel loszubringen. Nur eine wäre vielleicht dazu in der Lage. Die Martha eben. Es ist nämlich nicht wahr, dass diese

Liebe ihn nicht stark beschäftigt. Erstmalig ist ihm eine begegnet, bei der er nicht gleich zum Ziel gelangen kann. Bei ihr muss er Geduld haben, das hat er erkannt. Und er will sie haben, denn das Ziel lohnt sich.

Den Vorsatz hat er wenigstens und vielleicht auch die Einsicht, dass sein Leben endlich wieder einen festen Untergrund haben muss. So kann es auch nicht weitergehen. Wenn er dann einmal Bauer ist, wird er schon alles an sich reißen und sein Leben so einrichten, wie es ihm behagt.

Ja, Vorsätze hat so mancher, nicht nur der Rubatscher-Toni. Nur dass andere Menschen diese Vorsätze auch einhalten können. Als aber der Rubatscher-Toni eine halbe Stunde später, das grüne Filzhütl mit der Adlerfeder keck aufs linke Ohr gedrückt, die sonnenbeschienene Dorfstraße zum See hinuntergeht und ihm die nette Sommerfrischlerin vom Angerer begegnet, macht er schon wieder seine frechen Augen und lüftet auf kecke Art sein Hütl.

»So, Fräulein Anna, sind wir auch schon auf? Gut geschlafen?«

»Ja, danke.« Das Fräulein mustert die schmucke Gestalt des Burschen mit Blicken, die der Toni nicht missversteht.

»Wann haben Sie einmal Zeit, mit mir zu rudern?«, fragt sie jetzt. »Sie haben es mir doch versprochen.«

Der Toni überlegt. Eigentlich sollte er zum Daxer und ihm den Dachstuhl aufsetzen helfen. Aber wenn so was Nettes lockt?

»Wenn es Ihnen nichts ausmacht, heut Nachmittag?«

»Fein, ich freue mich riesig.«

Anna Lutz, Sekretärin in einem Rechtsanwaltsbüro in München, reicht ihm die Hand und verschenkt wieder einen ihrer leuchtenden Blicke, die der Toni so gut versteht.

Gemütlich schlendert sie weiter, während der Toni die Richtung zum Metzgerwirt einschlägt, weil ihm diese freundliche Begegnung eine halbe Maß wert erscheint.

In fiebernder Ungeduld wartet Martha Klarwein, bis sie die regelmäßigen Atemzüge des Vaters aus dem offenen Fenster hört. Dann rennt sie über den Hang hinunter. Die Nacht ist diesmal ziemlich hell, denn der Dreiviertelmond steht blank über den Bergen. Von weitem schon sieht sie den Heustadl und den Menschen unter dem Vordach. Die Tür des Stadels steht offen. Natürlich, sie hat ihm ja den Schlüssel gegeben.

Der Toni streckt ihr lachend die Arme entgegen. Aber da bleibt sie wie eine Salzsäule stehen und sieht ihn an. Kein Wort bringt sie über die Lippen, sie starrt nur in sein Gesicht, als ob sie es ergründen möchte bis in alle Tiefen hinein.

Für den Toni ist die Situation auch recht peinlich und er sinnt krampfhaft nach einem richtigen Anfang. Wärme und alle Zutraulichkeit legt er in seine Stimme, als er sagt:

»Geh, was hast denn heut? Jetzt hab ich mich so gefreut!«

Immer noch sagt sie nichts. Ihr Gesicht ist angespannt und sieht im Mondlicht aus wie eine Maske, unbeweglich, starr.

»Weißt du, dass ich gestern Vormittag bei deiner Mutter war?«, fragt sie endlich.

»Freilich weiß ich's. Ja, und denk dir, Dirndl, du warst grad fort, da bin ich runtergekommen. Was meinst, wie ich mich geärgert hab!«

Langsam merkt Martha, wie ihre innere Spannung nachlässt. Nach einer Weile sagt sie nicht ohne Spott:

»Du, sag einmal, Toni, meinst du, dass du, wenn du dann Ulrichsbauer wirst, auch bis um zehn Uhr am Vormittag im Bett bleiben kannst?«

»Aber geh, wie kommst denn auf so was?«, fragt er mit unsicherem Lächeln.

»Weil ich von vornherein keine Unklarheiten lassen möchte, und weil das bei einem Bauern nicht ging.«

»Das weiß ich doch selber. Gestern, weißt, da ist es halt ein bissel spät geworden.«

»So?«, fragt sie gespannt und wartet, dass er ihr sagt, wo er so lange gewesen ist. Es wäre ihr wie eine Erlösung erschienen. Aber er sagt nichts und darum ist sie gezwungen, selber die Frage zu stellen: »Und wo warst du so lange?«

Toni hat darauf gewartet und daher die Antwort längst vorbereitet. Sie besteht zunächst einmal in Schweigen und zerknirschtem Niederblicken auf den Boden. Eine entsetzliche Angst umklammert Marthas Herz. Ist er wirklich bei einer anderen gewesen? Dann ist alles aus, das weiß sie. Zugleich spürt sie eine Welle von Hass und Zorn in sich aufsteigen.

»Ich hab dich gefragt, wo du so lange warst. Bei mir nicht. Also warst bei einer andern.«

Nun schaut er langsam auf. Traurig, unendlich traurig, er hat den Blick eines geschlagenen Hundes.

»Das glaubst du wirklich von mir? Dann hat es keinen Zweck, dann muss ich gehn, wenn du mich für so schlecht anschaust.«

»Warum sagst du mir dann nicht, wo du warst?«

»Weil ich dir's nicht sagen kann. Weil ich dir das Versprechen gegeben hab, dass ich ...«

»Ach sooo«, unterbricht ihn Martha und ist auf einmal wie von einer Zentnerlast befreit. »Aber Toni, ist denn das gar so schwer aufzugeben, was ja sowieso verboten ist?«

»Nein, Martha, es ist nicht schwer. Dir zulieb kann ich ja alles tun. Aber schau, versteh mich doch. Mein Büchsl hab ich verloren, das hab ich doch suchen müssen. Und ich hab's gefunden! Aber zusammengeschlagen hab ich's auch gleich. Jetzt ist Ruh und das neue Leben kann anfangen.«

Last um Last fällt jetzt von ihrem Herzen. Wie hat sie ihm aber auch so Unrecht tun können.

»Und schau«, fährt er voller Eifer fort, als er ihren Stimmungswandel merkt. »Ich bin doch nicht allein gewesen bei der Wilderei. Zwei oder drei waren wir, und die hab ich doch verständigen müssen, dass ich nimmer mitmachen kann. Darum bin ich gestern auf der Steinberg-Alm oben gewesen, wo wir uns zum letzten Mal getroffen haben. So, jetzt weißt, wo ich gestern war, und warum ich so spät heimgekommen bin.«

»Ja, Toni, jetzt weiß ich es«, lächelt sie froh zu ihm auf. Dann schlingt sie wieder vertrauensvoll die Arme um seinen Hals. »Ach du«, seufzt sie beglückt, »ich muss dir halt immer wieder glauben.«

»Ja, aber zuerst wird gezweifelt und ein Mensch, der es gut meint, verdächtigt, nicht wahr?«

»Toni, ich hab dich nicht verdächtigt. Aber was mir deine Mutter sagt, das muss ich doch glauben. Sie sagt, du hättest sie sogar schon einmal geschlagen.«

Über seine Brauen geht ein leichtes Zucken hin. Aber dann hat er sich schon wieder gefasst und lächelt mitleidig.

»So? Hat sie das wieder gesagt?« Schwermütig nickt er mit dem Kopf. »Ist oft ein rechtes Kreuz mit ihr, weißt. Manchmal hat sie's nimmer ganz beinander im Hirnkastl, dann redet sie solche Sachen daher. Haha! Ich und mein Mutterl schlagen! Dabei tu ich ihr alles, was ich ihr von den Augen ablesen kann. Also, da darfst wirklich nichts drauf geben, was sie sagt, glaub mir's.«

»Ja, Toni, ich glaub dir.«

»Na also«, lächelt er und ist nun voller Liebe.

Die Nacht ist so schön. Der Mond erhellt die Wiesen und bestäubt sie wie mit Silber. Sie sitzen an der Wand des Stadls und hören die Stundenschläge über den See heraufklingen und merken kaum, wie die Zeit verrinnt.

»Dank dir auch recht schön für den Schlüssel«, sagt Toni einmal.

Martha begreift nicht, weshalb er davon solches Wesen macht. Wenn so schönes Wetter ist, kann man sowieso im Freien sitzen.

Der Mond zieht seine Bahn am Himmel hin und es sieht so aus, als ob die Sterne schon blasser würden. Oder nimmt ihnen nur der Mond den Glanz?

Da schlägt auf einmal im nahen Gebüsch eine Amsel an. Und wie auf ein Kommando folgen diesem lockenden Ruf hundert andere. Der ganze Wald ist plötzlich erfüllt von Vogelgesang und einem leisen Blätterrauschen.

Da wissen die beiden, dass ein neuer Tag anbrechen will.

Martha freut sich unbändig auf die Hochzeit im Ochsenwirtsaal zu Steinkirchen. Es ist die erste Hochzeit, zu der sie gehen darf. Die Klarweins sind der Braut nahe verwandt und es lässt sich daher nicht umgehen, der Einladung zu folgen.

Zum ersten Mal tritt Martha dabei in die Öffentlichkeit. Zum ersten Mal in ihrem Leben repräsentiert sie den Ulrichsberg. Und sie will ihn schon würdig vertreten, diesen herrlichen Berg, von dem man so weit ins Land schauen kann, wo einen die Sonne am Morgen zuerst und am Abend zuletzt begrüßt.

Das Mädchen zählt die Tage, so wie es früher in der Schule oft die Tage gezählt hat, die es noch bis zu den Ferien waren.

Am Freitag wird ihre Tracht fertig bei der Näherin und sie geht am späten Abend noch hinunter, um sie zu holen. An diesem Tag haben sie das erste Gras gemäht. Es ist drückend heiß gewesen, und als Martha jetzt ins Dorf geht, sieht sie, dass eine dunkle Wetterwand hinter den Bergen hochsteigt.

Die Klarweins haben auf dem südlichen Seeufer einen kleinen Bootsschuppen mit einem Kahn, der mit Schloss und Kette an einem Pfosten festgemacht ist, damit mutwillige Hände ihn nicht fortnehmen können. Als sie den Kahn vom festen Grund ins Wasser schiebt, zerreißt der erste Blitzstrahl die dunkle Wetterwand.

Nun eilt es aber. Wie ein Pfeil schießt das Boot über das Wasser, das jetzt noch ruhig ist. Aber als sie eine halbe Stunde später zurückrudert, ist der Sturm da und peitscht das Wasser. Blitz auf Blitz zuckt aus den jagenden Wolkenbänken und die Donner grollen durch das Tal, wie ein Sperrfeuer vor einer großen Schlacht.

Mit aller Kraft muss Martha sich in die Ruder stemmen. Regen peitscht ihr ins Gesicht, und als sie endlich im Schuppen ankommt, ist sie so matt, dass sie eine Weile ganz still sitzen und rasten muss. Bei diesem Sturzregen könnte sie sowieso nicht weitergehen.

Wie mit tausend Hämmern trommelt der Regen auf das Dach. Die Blitze spiegeln sich im See. Im Dorf drüben läutet die Wetterglocke. Irgendwo muss der Blitz in ein Transformatorhaus eingeschlagen haben, denn plötzlich sind alle Häuser dunkel. Aber es dauert nur eine Weile, dann flammen kleine Lichtlein auf. Es sind wohl die schwarzen Wetterkerzen, die sie in den Bauernstuben anzünden.

Wenn der Toni jetzt da wäre, denkt sie. Sie fürchtet sich nicht. Aber es wäre schön, in diesem Aufruhr einen Menschen bei sich zu haben, sich an ihm wärmen zu können, denn es fröstelt sie jetzt wirklich ein wenig.

Ja, da ist sie wieder, diese Sehnsucht nach dem Menschen, von dem sie glaubt, dass er die Liebe für ihr ganzes Leben sei. Natürlich ist er es. Sie hat ihn doch lieb, sie hat ihn geküsst. Sie kann doch nicht im nächsten Jahr einen anderen lieben. Sollen sie es am Montag auf der Hochzeit nur alle sehen, wie sehr sie zusammengehören!

Allmählich lässt der Regen nach. Der Donner grollt bereits nur noch aus der Ferne und die Blitze gehen nur mehr als fahles Wetterleuchten über das Wasser hin. Da nimmt Martha ihr Bündel auf und beginnt den Anstieg. Dunkelheit umschlingt sie im Wald. Und da es bei jedem Windstoß von den Bäumen tropft, schlägt sie ihren Kittel von hinten her über den Kopf als Schutz.

Bald muss der Wald sich lichten und der etwas abseits liegende Stadel kommen, wo sie sich am Mittwoch noch mit dem Toni getroffen hat. Heute braucht sie ja nicht hingehen. Aber gerade als Martha aus dem Wald kommt, setzt wieder ein heftiger Regen ein und sie springt schnell hinüber unter das schützende Dach.

Wie das rauscht und braust ringsum! Der Wind orgelt in den Bäumen. Dann wird es auf einmal ganz still. Und in dieser Stille meint Martha plötzlich, dass ihr Herzschlag aussetze, denn sie hat vom Stadel heraus halblaute Stimmen vernommen.

Leise schleicht sie sich näher. Tatsächlich, das Tor ist aufgesperrt und nur angelehnt.

»Regnet es denn immer noch?«, fragt eine Mädchenstimme.

»Freilich, Annerl, freilich«, antwortet eine Männerstimme. Und diese Stimme hätte Martha unter Tausenden herausgekannt. »Macht ja nichts«, fügte er nach einer Weile hinzu. »Da herinnen sitzen wir trocken.«

»Ja, ja, schon. Aber meine Quartierleute könnten sich sorgen um mich. Schließlich sind wir ja am Morgen schon fortgegangen in die Berge.«

»Ach, mach dir doch darum keine Gedanken, Dirndl. Wer weiß, wann wir wieder zusammenkommen!«

Martha meint, das Blut erstarre ihr in den Adern. Wie kann denn ein Mensch so schlecht sein! Darum also hat ihm so sehr an dem Schlüssel gelegen, dass er jederzeit und mit jeder hier hereinschlüpfen kann!

Stille ist drinnen. Nur manchmal ein unterdrücktes Lachen des Mädchens. Dann fragt es:

»So lieb hast du mich, Toni?«

»Ganz narrisch bin ich auf dich. Ich glaub, von dir komm ich überhaupt nimmer los.«

Da hält es Martha einfach nicht mehr aus. Das sind ja die gleichen Worte, die er ihr gesagt hat! Mit einem Ruck reißt sie das Tor auf und schreit:

»Rubatscher!«

Stille, nichts mehr rührt sich.

»Komm doch raus, du feiger Kerl!«

Da raschelt das Heu und Toni tritt zögernd heraus.

»Aber – aber, was ist denn?«, fragt er unsicher.

»Was ist? Du bist mit einem fremden Frauenzimmer da drinnen und fragst mich, was ist?«

»Geh, Dirndl, reg dich doch nicht so auf. Eine Sommerfrischlerin hab ich auf den Berg führen müssen und da hat uns halt das Gewitter überrascht. Wirst doch nichts Schlechtes denken von mir?«

»Lüg mich doch nicht so dumm an. Einmal hab ich dir geglaubt, ja! Aber ein zweites Mal nimmer! Meinst denn du, ich höre nicht? Steh schon lang genug da! So ein gemeiner Lump bist du! – Es ist aus, Rubatscher, das weißt doch. Bild dir ja nicht ein, du könntest mich ein zweites Mal umgarnen. Das ist vorbei. Und das da – das gehört für deine Schlechtigkeit.«

Und ehe Toni noch daran denkt, die Hand schützend zu heben, schlägt Martha ihm mit der geballten Faust zweimal mitten ins Gesicht.

Dann stürzt sie davon. Die Dunkelheit nimmt sie auf und ein leise rieselnder Regen.

Fast vier Wochen reist nun Luzian Manhart hinter einer Frau her, die einmal Silvia Körner hieß und seine Braut war. Eigentlich weiß er gar nicht, was er von ihr will. Rache liegt ihm fern. Aber trotzdem hat er sich auf ihre Spur gesetzt, als er erfahren hat, dass sie sich mit ihrem Mann irgendwo in den Bergen befinde.

An den Rand des Gebirges ist er sehr schnell gekommen, weil ihn von Bonn aus ein Lastzug nach Oberstdorf mitgenommen hat. Und nun wandert er an dieser Gebirgskette einfach entlang und ist bereits über Garmisch und Tölz bis nach Bayrischzell gekommen ohne auf eine Spur von Silvia zu treffen.

Ja, er ist ein wenig in Unordnung geraten, der ganze Luzian. Er sieht kein rechtes Ziel mehr in seinem Leben. Es ist ihm alles so grenzenlos gleichgültig. Darum wandert er auch nur mit einem Rucksack. Darin hat er einen besseren Anzug verstaut und seine Geige, die er in eine Wolldecke eingewickelt hat, und deren Hals über die Schnüre des Rucksackes herausschaut.

Manchmal schläft er in einem Heustadel, abseits des Weges. Zuweilen arbeitet er auch ein paar Tage bei einem Bauern, um sich wieder einmal richtig satt essen zu können. Alles andere ist nicht so wichtig. Nur Silvia will er noch einmal sehen und sie fragen, woher er denn jetzt nach ihrem Treubruch die Kraft nehmen soll zu einem geordneten Weiterleben.

Es ist ein Sommertag und Sonntag dazu. Es geht schon gegen Abend. Das Licht ist noch klar und hell, nur im Westen beginnt der Himmel gelb zu zittern. Aber er schaut ja nicht zurück, sondern vorwärts, und da sieht er von dem Saumweg aus in der Tiefe ein Dorf an einem See liegen. Dunkelgrüne Wälder, über denen ein bläulicher Dunst liegt, umsäumen es. Darüber aber leuchten in einem hellen Blau die Berge.

Schneller schreitet Luzian jetzt aus. Einen Buchenstock in der Hand, so wandert er dahin und pfeift zum Rhythmus seiner Schritte ein Marschlied.

Es geht gleich leichter jetzt. Neben einem schäumenden Wildbach geht er dahin. Einmal hält er und wäscht sich das brennende Gesicht. Und immer näher kommt er dem Dorf, bis er auf einer gelben Tafel liest, dass es Steinkirchen ist, und dass man nicht hupen soll, weil es ein Kurort ist.

Vielleicht kann ich hier Silvia finden, denkt er und geht langsam die Straße hinunter, die von schmucken Häusern gesäumt wird. Auf einmal hört er Musik und bleibt stehen. Er zieht die Oberlippe hoch, weil er ein paar falsche Töne gehört hat, die ihn bis in die Seele hinein schmerzen.

Einen halbwüchsigen Burschen, der gerade des Weges kommt, fragt er, was hier los sei, warum die Musik spiele.

Ja, beim Ochsenwirt sei heute ein Gartenfest. Gleich da vorn wäre das.

Als Luzian um die Ecke biegt, sieht er dicht gedrängt die Menschen in einem schattigen Kastaniengarten sitzen. Mit Mühe findet er einen Platz.

Vorn, neben dem Eingang zum Gasthaus, spielt auf einem Podium eine kleine Kapelle zum Tanz auf. Auf einem niederen daneben wird getanzt.

Es ist eine erbärmliche Kapelle. Ein Saxophon, ein Akkordeon, eine Flöte und eine Bassgeige. Zuerst hört Luzian eine lange Zeit schmunzelnd zu. Aber dann regt sich etwas wie Unwillen in ihm. Die vier Männer spielen wohl ganz nett zusammen, aber ihren Melodien fehlt etwas, es fehlt die führende, helle, fordernde Stimme.

Schließlich hält er es nicht mehr aus. Er öffnet die Verschnürung seines Rucksackes und nimmt die Geige heraus. Wenig später steht er oben auf dem kleinen Podium und setzt den Bogen an. Jubelnd schwingt sich der Ton seiner Geige über den Rhythmus der anderen Instrumente, reißt sie unerbittlich mit und bestimmt den Takt.

Hernach stellt sich heraus, dass der Bassgeigenspieler der Kapellmeister ist. Er ist im Hauptberuf Schuhmacher. Den Bart nass vom Bierschaum, aber in den Augen Herzensgüte, richtet er seine wasserhellen Äuglein auf den Fremden. Dann langt er seinen halbvollen Bierkrug unter dem Stuhl hervor und hält ihn Luzian hin.

»Da, trink«, sagt er. Es soll so viel heißen wie: Willkommen in meiner Kapelle …

Die anderen drei haben ihm kein Bier zu bieten. Der Akkordeonspieler gibt ihm lediglich eine Zigarette. Der Flötist blinzelt ihn mit schläfrigem Blick von unten her an. Luzian ist Menschenkenner genug, um zu fühlen, dass hinter der gespielten Schläfrigkeit ein helles Misstrauen steht. Will dieser fremde Geiger mich hier verdrängen, mag der Mann wohl denken. Nur der Saxophonist reicht ihm die Hand und nennt seinen Namen. Er ist sicher der einzige in der Kapelle, der etwas von Musik versteht. Er kommt vom Nachbarort herüber und hilft hier nur aus.

Später tritt der Wirt hinzu und der Bassgeiger erwähnt wie beiläufig, indem er auf Luzian deutet, dass dieser Geiger künftig mitspielen werde. Luzian lächelt dazu, denn er hat wirklich nicht die Absicht dies zu tun. Der Wirt aber hat das schon als Tatsache hingenommen, wenigstens insofern, dass er eine Stunde später im Nebenzimmer einen fünften Kalbsbraten servieren lässt. Weil der Wirt aber zugleich sagt, dass er nur vier Musikanten bestellt habe und folglich der fünfte

Kalbsbraten bezahlt werden müsse, kommt sich Luzian beim Essen wie ein Klosterbettler vor, dem man eben auch eine Portion zugeschoben hat, weil man ihn nicht zuschauen lassen kann.

Als der Braten verzehrt ist, erlebt aber Luzian eine brüderliche Kameradschaft, weil der Bassgeiger dem Wirt einfach erklärt, und zwar im Namen der anderen drei, wie er ausdrücklich betont, dass die Kapelle sich jetzt eben sehr Zeit lassen werde mit dem Spielen, wenn der fünfte Kalbsbraten bezahlt werden müsse.

Der Wirt sagt zwar, dies sei Erpressung, sagt aber dann der Kellnerin doch, dass sie das fünfte Essen von ihrem Block wieder streichen soll.

Luzian ist nun in glänzender Stimmung. Warum auch nicht? Er hat weder Hunger noch Durst. Und er hat festgestellt, dass er noch die Geige spielen kann wie eh und je. Er spielt mit aller Lust und Hingabe. Es macht ihm Freude zu merken, wie sein fester Geigenstrich die anderen mitreißt. Dass sein Spiel auch den Leuten gefällt, ist an dem lebhaften Beifall zu merken und daran, dass immer öfter volle Bierkrüge heraufgereicht werden. Dies versöhnt schließlich auch den Flötisten und er raunt in einer Pause dem Geiger zu:

»Kannst dableiben bei uns.«

Luzian aber denkt gar nicht daran zu bleiben. Er sieht sich bereits am nächsten Morgen wieder auf der Straße dahinwandern, Berchtesgaden zu.

Ja, es liegt ihm nun schon im Blut, dieses Hinziehen über Berg und Tal. Gibt es denn etwas Schöneres, als so frei zu sein, so völlig ungebunden? Auf niemanden braucht man Rücksicht zu nehmen. Vöglein singen auf dem Weg, der Morgenwind bläht das Hemd über dem Gürtel und hinter seinen Füßen wirbelt leicht der Staub der Straße auf. Es ist herrlich, vom Schicksal zum Ritter der Landstraße geadelt worden zu sein. Schattige Wälder umfangen ihn, dann wieder sonnige Hügel mit blühenden Blumen und Bäumen. Immer ist rechtzeitig ein Bach da oder ein kleiner See, an dem man sich den Staub der Straße vom Körper waschen kann. Und es ist ein Baumschatten um die Mittagsstunde da, wenn die Glocken von allen Seiten läuten.

Nein, er wird nicht hierbleiben. Gleichgültig sieht er über den Kastaniengarten hin, in den schon die Dämmerung fallen will. Auf dem Bretterpodium sieht er die Menschen tanzen. Er hat Zeit und Muße, sie zu beobachten oder die Verrenkungen eines Jünglings zu belächeln, der aus einem Wiener Walzer ganz was anderes zu machen versucht.

Da ist dieser große Bursche mit der wallenden Adlerfeder doch etwas ganz anderes. Er hat eine kleine Frau im Arm und dreht sich mit ihr im Dreivierteltakt, dass alle Walzerkomponisten der Welt ihre helle Freude daran gehabt hätten. Wie seine schwarzen Augen blitzen, und wie er lacht, wenn er sich niederbeugt, um seiner Tänzerin etwas ins Ohr zu flüstern.

»Wer ist denn der Große dort?«, fragt er den Bassgeiger.

»Der Rubatscher-Toni.«

»Ein sauberer Bursch.«

»Ja, aber taugen tut er nichts.«

So geht es nun schon über Stunden fort. Zwischen dem Kastanienlaub flammen bunte Glühbirnen. Jeder leise Windhauch lässt die Lichter schaukeln. Und während die anderen, vom vielen Bier schon benebelt, oftmals den Takt durcheinanderbringen, steht Luzian völlig nüchtern vorn am Geländer und führt den Bogen und seine Geige jauchzt in den Abend hinein.

Wann hat er das letzte Mal getanzt? Ach, das ist noch vor dem Krieg gewesen, bei einem Fünfuhrtee in einem Hotel in Köln. Und jetzt? Eine Welt ist inzwischen in Trümmer gegangen und Silvia hat er verloren.

Auf einmal ist alles zu Ende im bunt beleuchteten Kastaniengarten. Beim Ausschank hinten stehen zwei Polizisten und wachen darüber, dass die Polizeistunde eingehalten wird, weil der Ochsenwirt versäumt hat um Verlängerung anzusuchen.

Die Musikanten packen ihre Instrumente ein. Luzian hat sich kurz vor der Ortschaft einen offenen Heustadel gemerkt, in dem er diese Nacht verbringen will, denn ein Zimmer kann er sich nicht leisten, obwohl er nun fast sechs Stunden lang mitgespielt hat.

Als er sich aber verabschieden will, bleibt der Bassgeiger hartnäckig.

»Du kommst mit mir«, bestimmt er. »Ich weiß zwar nicht, ob ein Bett für dich da ist, aber auf alle Fälle ist ein Kanapee in der Stube.«

»Ob ich das annehmen kann?«, meint Luzian, denn er will sich nicht verpflichtet fühlen.

Sie trotten zusammen durch das Dorf. Der kleine Schuster ist ganz gehörig beschwipst und muss sich mit seiner Bassgeige elendig abschleppen, bis Luzian sie ihm kurzerhand abnimmt. Jetzt kann der Schuster gesprächiger werden.

»Jetzt pass auf, du«, beginnt er und fuchtelt mit dem Zeigefinger in der Luft herum. »Morgen haben wir eine große Hochzeit im Dorf. Und da musst du unbedingt mitspielen. Gegen Lohn natürlich. Man merkt zwar, dass du noch ein blutiger Anfänger bist und noch nicht viel gespielt hast. Aber deine Geige hat einen guten Klang. Und gerade in der Kirche, bei der Trauung, brauchen wir so was. Kennst du die G-Dur-Messe?«

»Von Johannes Weiß?«

»Das weiß ich nicht, von wem sie ist. Aber sie wird morgen gespielt und da brauch ich deine Geige. Auch auf der Hochzeit dann. Wirst sehen, da geht es dir gut. Essen und trinken kannst, was du magst.«

»Das ist nicht gerade die Hauptsache.«

»Und ob das die Hauptsache ist! Essen und Trinken hält Leib und Seele zusammen! Wenn einem das nimmer schmeckt, ist der Mensch krank.«

Mittlerweile sind sie vor dem Haus des Schusters Josef Prantl angekommen. Es ist ein kleines, niedriges Haus mit grünen Fensterläden und steht von der Straße abseits in einem Obstgarten. Der Schuster sucht hinter einem Fensterladen den Hausschlüssel und sagt, bevor er aufsperrt:

»Wenn sie schimpft, meine Mathild, dann musst du dir gar nichts dabei denken. Dann ist sie eben schlafgrantig. Sie ist nämlich ganz in Ordnung und ich kann machen, was ich will.«

Den Eindruck hat Luzian allerdings nicht, denn der Schuhmacher Josef Prantl betritt nur auf Zehenspitzen die Stube, schaltet das Licht ein und ruft gegen die nur angelehnte Kammertüre hin: »Schlafst schon, Mathilde?«

Von drinnen eine mürrische Stimme:

»Wie spät ist's?«

»Grad ist's zwölf Uhr vorbei.« (Es ist genau halb zwei Uhr.) »Und horch einmal, Mathilde, ich hab einen dabei. Was meinst denn, Mathilderl, kann er in der Kammer droben schlafen oder ...?«

»Was? Bei der Nacht ziehst einen wildfremden Menschen ins Haus? Da hört sich doch schon alles auf.«

»Aber lass dir doch sagen, ...«

»Nichts lass ich mir sagen! Meine Ruh möcht ich haben in der Nacht!«

Man hört das Knarren einer Bettstelle und dann wird es ruhig. Der Schuster schließt die Tür jetzt ganz und lächelt zufrieden.

»Jetzt ham mir's schon überwunden. Wenn sie sich ausgeschimpft hat, ist sie die beste Frau von der Welt.«

Dann führt er seinen Gast über eine windschiefe, knarrende Stiege nach oben. In einer kleinen Dachkammer steht ein Bett, ein blau bemalter Schrank und ein Tisch. Und da es nach langer Zeit wieder einmal ein Bett ist, in dem Luzian schlafen soll, hat er nur Augen für dieses. Er schläft mit dem festen Vorsatz ein, nur morgen noch auf dieser Hochzeit mitzuspielen. Dann will er weiterwandern. Hier jedenfalls soll ihn nichts halten können.

Wohl oder übel muss Luzian am nächsten Morgen seinen besseren Anzug aus dem Rucksack nehmen, weil er mit seiner abgeschabten Manchesterhose und der Windjacke bei der Hochzeit nicht gut spielen kann. Man soll ihn nicht für einen bettelnden Straßengeiger ansehen, der nach Meinung des Kapellmeisters Josef Prantl sowieso nicht viel kann.

Den Anzug hätte er aber auf alle Fälle in der Nacht noch herausnehmen sollen aus dem Rucksack. Vielleicht hätte sich der Stoff in der Zwischenzeit ein wenig ausgehängt. So aber bleibt ihn nun nichts übrig, als in die Stube hinunterzugehen und die Frau des Schusters Prantl um ein Bügeleisen zu bitten. Auch der Selbstbinder und das Hemd müssen aufgebügelt werden.

Frau Mathilde Prantl steht in der Stube drunten vor dem Ofen. Sie ist recht rundlich, wie es einer Schuhmachersgattin zusteht. Ihr Gesicht ist vom Herdfeuer beschienen und ihre Augen sehen blank und kalt auf den Fremden, der, mit einem zerbeulten Anzug über dem Arm, schüchtern in der Tür steht.

»Gestatten«, sagt er. »Sind Sie vielleicht die Frau des Hauses?«

»Ob ich was bin?«

»Die Frau des Hauses. Ich meine, die Schuhmachermeistersgattin Prantl? Ihr Gatte war so freundlich und hat mich gestern mitgenommen. Sie brauchen mich gar nicht zu fragen, wie ich geschlafen habe. Gut nämlich. Sehr gut, ja. Und nun würde ich Sie herzlich bitten, mir ein Bügeleisen zu leihen. Ich soll nämlich heute bei dieser Hochzeit mitspielen und ...«

»Sie und spielen?«, fragt die Frau keifend, während ihre Augen noch kälter werden. »Was denn? Mundharmonika vielleicht oder Trommel?«

»Geige, wenn es erlaubt ist.«

»Was? Geige möchten Sie spielen können? Leute, die das richtig können, sehen ein bissel anders aus.« Sie stemmt plötzlich beide Fäuste in die Hüften. »Wollen Sie vielleicht ganz hier bleiben, wollen Sie sich einnisten in unserem Dorf und den andern Musikern das Brot wegnehmen? Sie wollen wohl gar die erste Geige spielen?«

Da muss Luzian nun doch lächeln und er antwortet liebenswürdig:

»Dazu wäre ich wahrscheinlich zu spät gekommen. Denn hier spielt schon jemand die erste Geige, in diesem Haus wenigstens und das sind Sie.«

Luzian hat sich auf einen saftigen Zornesausbruch der Frau gefasst gemacht. Aber da füllen sich die kalten Augen der Frau wider allen Erwartens mit Wärme und sie nickt ihm anerkennend zu.

»Da haben Sie Recht. In diesem Haus rede ich und sonst niemand. Aber das sag ich Ihnen, ich geh auch in die Kirche heut, und wenn Sie mit Ihrer Geige die Mess umschmeissen, können Sie in der nächsten Nacht schlafen, wo Sie wollen. Bei mir wenigstens nimmer.«

»Ich werde mir alle Mühe geben«, versichert Luzian lächelnd und bittet um ein feuchtes Tuch und das Bügeleisen.

»Ach was«, sagt die Schusterin nun halb versöhnt. »Geben Sie her! Das mach ich Ihnen!«

Mittlerweilen ist auch der Schuster erschienen, rasiert sich, wäscht sich umständlich und redet nebenbei viel von der Messe, die es in der Kirche zu spielen gilt.

»Der Lehrer hat die Noten«, sagt er. »Und du musst bloß auf die Einsätze genau obacht geben. Es wird schon schiefgehen. Und hernach spielen wir im Saal vom Ochsenwirt zum Hochzeitstanz auf.«

Die Schusterin hat nun den Anzug aufgebügelt und hängt ihn über einen Stuhl. Dann verschwindet sie in der angrenzenden Kammer um sich für den Kirchgang umzuziehen.

Die Glocken läuten feierlich vom Turm der Kirche. Ihr weihevoller Gesang tönt über das Dorf, wird vom Morgenwind über Wiesen und Felder bis zu den einsam gelegenen Bauernhöfen hinaufgetragen und bricht sich erst am Fuße der Felsen.

Der Schullehrer Wagner, zugleich Organist, sitzt bereits auf der Orgelbank und ordnet die Noten, als der Schuster Prantl mit seinem Gast erscheint. Der Lehrer ist ein blasser Vierziger und hat seinen kleinen Chor in strenger Zucht. Bei ihm gibt es schon im ersten Augenblick keinen Zweifel, dass dieser fremde Mensch mit seiner Geige etwas könne. Er würde ja sonst kaum heraufgestiegen sein auf die Empore. Freimütig reicht er ihm die Hand und sagt.

»Freut mich, freut mich. Wagner ist mein Name. Eine Geige ist das, was uns hier immer fehlt. Kennen Sie die G-Dur-Messe?«

Luzian nickt und greift nach dem Notenblatt, das der Lehrer ihm reicht. Halblaut summt er das »Credo« vor sich hin und dann den Anfang des »Kyrie« und sieht dabei in das Schiff der Kirche hinunter, das sich langsam füllt. Was ist das für ein Geflimmer und Gewoge da unten in den Kirchenstühlen! Trachten aus allen Tälern der Umgebung sind zu sehen. Die Silbergeschmeide flimmern hell im Sonnenlicht, das durch die hohen Kirchenfenster fällt. Die Goldquasten auf den Hüten glitzern bei jeder Bewegung. Es ist ein Rausch von Farben, Samt und Seide. Dazwischen drängt sich das strenge Schwarz der langen Flügelröcke, die in der Gegend die Bauern bei Hochzeiten noch zu tragen pflegen.

Jetzt zieht das Brautpaar in die Kirche ein und nimmt vorm Altar Platz. Das Sakristeiglöcklein ertönt und der noch junge Pfarrer Lechner schreitet mit zwei Ministranten zum Altar. Er wendet sich dem Brautpaar zu und spricht in schlichten Worten vom Sakrament der Ehe. Der Pfarrer hat eine tiefe, wohltönende Stimme, die ans Herz greift. Luzian verspürt etwas Weihevolles, sein Herz wird ein wenig schwer. Er schluckt ein paar Mal und plötzlich hat er die Vision, als sei er es selber, der da vorn kniet. Und das Mädchen neben ihm sei Silvia.

Noch ist es ganz still im Chor. Die Noten sind aufgeschlagen. Der Lehrer hat die Hände schon auf den Tasten der Orgel liegen. Drunten gibt der Pfarrer dem Paar gerade die Ringe.

Da hält es Luzian einfach nicht mehr aus. Er hebt die Geige unters Kinn und setzt den Bogen an.

Das »AveMaria« klingt durch den Kirchenraum, so schön und rein, wie man es hier noch nie gehört hat. Noch keinem Brautpaar in Steinkirchen ist solche Begleitmusik zum Ringwechsel zuteil geworden.

Verwundert sieht der Pfarrer zur Empore hinauf. Es schauen der Bräutigam und die Braut, obwohl es vielleicht abwegig ist, die Gedanken in einem solch heiligen Augenblick auf etwas anderes zu richten oder abzulenken von dem kleinen und doch so bedeutungsvollen »Ja«, mit dem sie sich Liebe und Treue fürs ganze Leben geloben. Aber sie sind so betroffen und erschüttert zugleich von den silbernen Tönen, die von da oben herunterfluten und ihre Herzen umschmeicheln.

Und es sieht die Schuhmachersgattin Prantl sogar ganz ungeniert herauf und hat tatsächlich Tränen in den Augen. Es schaut auch Martha Klarwein herauf. Und ihr Blick ist es vielleicht allein, den Luzian bewusst in sich aufnimmt. Er neigt sich ein klein wenig vor um besser sehen zu können. Ein schmales, ebenmäßiges Gesicht, leicht gebräunt, große, leuchtende Augen und ein Mund in herber Strenge, stellt Luzian fest. Jetzt öffnen sich die Lippen leicht wie im Staunen, dass ein einzelner Mensch einen solchen Silberregen von Tönen in alle Winkel des Kirchenschiffes schütten kann.

Der letzte Ton ist verklungen. Luzian sieht, wie das Mädchen das Gesicht wieder zurückwendet und demütig den Nacken beugt. Unter dem schwarzen Bänderhut glänzt ihr Haar wie altes Gold. Das alles nimmt er in sich auf, bevor er sich umwendet.

Aber da steht der Lehrer vor ihm und reicht ihm die Hand. In seinen Augen schimmert es feucht.

»Das ist Musik! Weiß Gott, das ist Musik! Dagegen sind wir alle nur Stümper.«

Der Schuster Prantl aber schaut zufrieden in die Runde und nickt, als sei er es gewesen, der diesem jungen Kerl das Geigenspielen beigebracht hätte.

Nach dem Hochamt versammeln sich etwa hundert Gäste im Saal des Ochsenwirtes. Die Musiker nehmen auf der Bühne Platz und beginnen zu spielen. Und da geschieht es, dass Braut und Bräutigam zu dem fremden Geiger hintreten und ihm öffentlich danken für die schöne Einlage während der Trauung.

»Ich habe es wirklich gern gemacht«, lächelt Luzian und wünscht den beiden Glück.

»Ja, aber es war gar nicht vorgesehen und bestellt«, sagt die Braut.

»Es kam ganz einfach so über mich, wie ich euch da vorn knien sah. Da dachte ich, ich müsste euch eine Freude machen.«

»Schön war's«, lobt auch der Bräutigam.

Ob er morgen nicht einmal vorbeischauen möge, fragen sie ihn weiter. Ihr Hof sei der letzte rechter Hand, wenn man in nördlicher Richtung aus dem Dorf geht.

»Morgen?«, fragt Luzian und schaut über die beiden hinweg wie gebannt nach jenem Mädchen hin, das er in der Kirche schon gesehen hat. »Eigentlich wollte ich morgen weiterziehen.«

Ja, aber dann dürfe er es nicht, bevor er nicht bei ihnen eingekehrt sei.

»Wollen mal sehen«, verspricht er halb und halb. »Vielleicht ziehe ich auch erst übermorgen weiter, denn hier gefällt es mir eigentlich.«

Da zupft der Schuster an der Bassgeige, zum Zeichen, dass wieder gespielt werden solle.

Luzian sitzt mit der Geige ganz vorn. Er übersieht alles. Er sieht auch, dass das Mädchen den schweren Bänderhut abgenommen und eine hohe, glatte Stirne hat, über der die dunkelblonden Zöpfe wie eine Krone aufgesteckt sind.

Wie graziös sie sich beim Tanz bewegt!

Im Vorübertanzen trifft ihr Blick einmal kurz den seinen. Und in diesem Augenblick weiß Luzian, dass er etwas Unentrinnbarem entgegentreibt. Ihre Augen haben ihn mit einer heftigen, übergroßen Klarheit angesehen. Als wundere sie sich, dass sie den Mann nun hier zu gewöhnlichem Tanz aufspielen sieht, mit derselben Geige, mit der er alle Leute in der Kirche verzaubert hat.

Ihr Blick vewirrt ihn ein wenig, so dass seine Bogenführung für ein paar Sekunden aus dem Konzept kommt. Dann ist es vorüber – das Mädchen und seine eigene Verwirrung. Ganz ruhig kann er jetzt in der Pause den Akkordeonspieler fragen:

»Wer ist das Mädchen dort?«

Der Gefragte pfeift leise durch die Zähne.

»Martha Klarwein heißt sie und vom Ulrichsberg ist sie. Vergaff dich nur nicht in sie. Du würdest genauso enttäuscht sein wie alle anderen, die nach ihr schmachten.«

»Tatsächlich? Aber ich verstehe, dass man sich in sie vergaffen kann, denn sie ist wirklich schön.«

»Ja, und kalt wie ein Stein. Glaub's nur, es ist kein rechtes Glück mit ihr. Einmal ist schon einer ihretwegen in die Welt gegangen und verschollen. So ein armer Narr. Adrian hat er geheißen.«

»Narren sind wir alle, wenn wir lieben«, antwortet Luzian. Dann fragt er nichts mehr. Ja, er bereut es schon, überhaupt nach ihr gefragt zu haben. Was geht ihn dieses Mädchen an? Morgen zieht er weiter und sucht nach Silvia.

Und doch. Immer wieder muss er sie verstohlen ansehen. Ihre Bewegungen beim Tanz sind so formvollendet schön. Ihre Hand liegt leicht auf der Schulter des Partners. Ihr Kopf ist etwas zurückgeneigt und manchmal schließt sie die Augen, als lausche sie nur der Melodie nach. Dann setzt Luzian den Bogen fester an und seine Geige steht jubelnd wie ein Lerchengesang über allen anderen Instrumenten.

Kalt wie ein Stein soll sie sein? Luzian schüttelt ungläubig den Kopf. Nie und nimmer kann er das glauben. Diese junge Frau leuchtet und sprüht doch vor gesunder Lebenskraft.

Freilich, wenn er sie so beobachtet, sieht er schon, dass sie sich aus ihren Tänzern nicht viel macht. Sie lächelt nur immer, als glaube sie nicht eine Minute, was man ihr sagt. Hat sie vielleicht eine Enttäuschung hinter sich? Luzian hat das Gefühl, dass nicht viel aus ihr herauszubringen wäre. Verschlossen und streng, ja, das mag so ihre Art sein. Aber nicht kalt. Niemals kalt wie ein Stein!

Die Stunden vergehen schnell. Es kommt jetzt nicht mehr vor, dass das Mädchen seine Blicke auf den fremden Geiger richtet. Er sieht es wenigstens nicht. Aber sie tut es trotzdem immer wieder und ganz heimlich.

Ja, immer wieder schaut Martha zur Bühne. Sie weiß nicht, was sie dazu bringt, weiß nur, dass dieser Mensch, der so vollendet Geige spielen kann, aus einer ganz anderen Welt als der ihren kommt. Immerzu könnte sie ihn ansehen und sie ist tief bewegt, wenn er den schmalen Kopf so zurücklegt und die Augen schließt. Dann meint sie, die perlenden Töne kämen nicht aus seiner Geige, sondern tief aus seinem Innern und teilten sich der Geige nur mit, dass sie die Töne weitergäbe.

Ja, so merkwürdige Gedanken hat Martha Klarwein, als sie wieder hinter einer der Säulen steht, die die Galerie tragen, und hinüber zur Bühne blickt. Plötzlich spricht sie jemand an und sie zuckt zusammen.

Der Rubatscher-Toni steht neben ihr.

»Grüß dich, Martha«, sagt er.

Martha gibt ihm keine Antwort. Zwischen ihren Brauen zeigt sich eine Falte.

Der Rubatscher aber lässt sich nicht so leicht abwimmeln, zumal er sie noch nie so schön gesehen hat wie heute. Ganz verrückt ist er nach ihr und kann nicht glauben, dass sie ihm widerstehen könnte. Alle Wärme legt er in seine Stimme, als er ihr jetzt zuflüstert:

»Kannst mir denn gar nicht verzeihn, Dirndl?«

Da fährt sie herum. In ihren Augen funkelt es zornig.

»Was willst?«

»Auweh«, sagt er bekümmert. »Da fehlt's weit. Aber schau, Martha – ich hab ja eingesehen, jetzt …«

»Was hast du eingesehen?«

»Dass ich nicht recht gehandelt hab an dir. Ich kann dir nicht sagen, wie mich das oft drückt.«

»Ich weiß nicht, was du da alles daherredest. Das hab ich alles vergessen. Das ist tot in mir, so tot, wie du es für mich bist.«

»Ich leb aber, Martha. Du siehst ja, ich steh bei dir und leb.«

»Ich versteh nicht, warum du dich vor mich hinstellst. Schau doch hin. Da steht eine, dort steht eine, da und da. Lauter Mädchen, die auf dich noch hereinfallen können, wenn sie es nicht schon sind. Mich aber kannst du nimmer rumkriegen. Der Jäger steht auch dort. Geh hin und sag ihm, dass ich dich einmal versteckt hab. Oder soll ich es ihm sagen?«

»Bist du verrückt?«, zischt er sie an.

»Nein, das war ich einmal. Jetzt ist das vorbei. Wenn ich dir für etwas danken müsste, dann nur dafür, dass du mir die Augen geöffnet hast.«

Unwillkürlich sind sie so laut geworden, dass auch andere aufmerksam werden. Der Rubatscher will die Sache noch schnell geradebiegen und fasst sie bei der Hand.

»Tanzen wir«, raunt er ihr zu.

In diesem Augenblick reißt sie sich von ihm los.

»Rühr mich nicht an!«, schreit sie in loderndem Zorn. Dann rennt sie, wie gejagt, zur Saaltür hinaus.

»Auweh, jetzt hat's ihn abfahren lassen, den Rubatscher-Toni«, sagt lächelnd der Akkordeonspieler, der die Szene auch verfolgt hat.

Luzian hat es natürlich ebenfalls gesehen und spürt eine merkwürdige Freude in sich. Er weiß nicht, woher sie kommt, sie ist einfach da und erfüllt ihn auf eine wunderbare

Weise. Jetzt erscheint das Mädchen noch einmal, hat wohl etwas vergessen im Saal. Ja, ihren Hut hat sie liegen lassen.

Bevor sie den Saal nun zum zweiten Mal verlässt, bleibt sie in der Tür stehen und wendet den Kopf zurück. Sie sieht sich suchend um bis ihr Blick an Luzian haften bleibt.

Nein, es ist keine Täuschung. Ihre Augen haben ihn gesucht und zum Abschied gegrüßt. Und weil ihn dies mit einer solchen Freude erfüllt, setzt er rasch den Bogen an. Eine Melodie springt auf, schwebt für Minuten allein und traumverloren durch den Saal, bis die anderen Instrumente einfallen.

»Auf Wiedersehn, auf Wiedersehn,
bleib nicht zu lange fort …«

Die Burschen springen auf und suchen sich eine Tänzerin. Nur der Rubatscher-Toni steht wie verloren am Ausschank, lässt sich einen Krug mit Bier füllen und stürzt den Inhalt in einem Zug hinunter.

Das Mädchen aber, dem die Geige das »Wiedersehen« nachsingt, geht rasch durch das nachtstille Dorf, biegt bei der Kirche rechts ab zum Fußweg hin, der an den See führt. Dort steigt sie in den Kahn und ergreift die Ruder.

Nichts ist jetzt mehr zu hören als der leise Wellenschlag unter den Rudern. Und doch glaubt Martha, es sei die ganze Nacht erfüllt vom Klang dieser Geige. Von den Uferbüschen perlen die silbernen Töne und von den Sternen fallen sie herab als klingender Melodienreigen. Und auf dem Wasser schwimmen sie mit, bis der Kahn am anderen Ufer raschelnd ins Schilfrohr stößt.

Immer wieder bleibt Martha Klarwein auf ihrem Weg zum Ulrichsberg stehen. Ein merkwürdiger Tag ist das heute gewesen, denkt sie. Sie hat Verwandte kennen gelernt, von denen sie bisher gar keine Ahnung gehabt hat. Man hat ihr gesagt, man freue sich, dass sie endlich auch unter die Menschen ginge und dass sie tüchtig sei und schön. Vor wenigen

Wochen noch hätte ihr Ohr vielleicht diese Schmeicheleien willig aufgenommen. Jetzt ist sie abgestumpft dagegen.

Ja, sehr merkwürdig ist dieser Tag gewesen. Das Merkwürdigste aber war der fremde Geiger.

Es ist so beruhigend gewesen ihn anzusehen, ein wenig im Bannkreis seines Blickes zu verweilen und seiner Geige zu lauschen. Das war wohl das Schönste vom ganzen Tag.

Und das Hässlichste des Tages war die Begegnung mit dem Rubatscher-Toni.

Woher er nur sein mag, der Geiger, grübelt sie im Weitergehen und hat plötzlich das Gefühl, dass sie ihn noch einmal sehen wird. Ich muss ihn noch einmal treffen, denkt sie. Und dann lacht sie über sich, weil sie nicht weiß, wie und wo sie ihm wohl begegnen sollte.

In diesem Augenblick löst sich am Himmelszelt eine Sternschnuppe und saust als glühender Funke durch das Dunkel. Sie ist nicht abergläubisch, doch wünscht sie sich jetzt aus tiefstem Herzen:

»Lass mich ihn wiedersehen. Nur einmal lass mich ihn noch sehen ...«

In dieser Nacht hat Luzian geträumt, er hätte Silvia getroffen. Aber diese Begegnung ist gar nicht mehr so bedeutungsvoll gewesen. Beim Aufwachen sucht er den entfliehenden Traum noch festzuhalten, die einzelnen Bilder aneinanderzureihen, aber es wird nichts Gescheites daraus.

Heute will er endlich weiterwandern. Silvia aber nachzulaufen, nein, das hat keinen Sinn mehr. Heimkehren will er wieder und ernsthaft sein Studium beenden.

Warum will er jetzt die Suche nach Silvia aufgeben?

Mit einem Mal ist er hellwach und springt aus dem Bett. Jetzt erst wird ihm klar, wo er sich befindet, was am Abend vorher gewesen ist, und dass er nicht wie sonst mit dem Gedanken an Silvia eingeschlafen war, sondern dass er an dieses merkwürdige Mädchen vom Ulrichsberg gedacht hat.

Wie hat doch der Akkordeonspieler gesagt?

»Vergaff dich nicht in sie. Du würdest genauso enttäuscht werden wie alle anderen, die nach ihr schmachten …«

Enttäuscht? Nun, er ist von Silvia schon so enttäuscht worden. Das nagt an seinem Herzen. Soll er sich denn in eine neue Enttäuschung stürzen?

Nein, weiterwandern wird er. Er sucht nach seinem Rucksack und findet ihn leer am Stuhl hängen. Wohin ist denn seine Wäsche gekommen, seine Kleidung, sein zweites Paar Schuhe?

Er tritt ans Fenster und sieht drunten im Garten seine Wäsche und den Anzug an der Leine hängen. Die Schustersfrau muss das gestern gewaschen haben, während er auf der Hochzeit gespielt hat. Auf alle Fälle kann er jetzt nicht weiterziehen, bevor alles trocken und gebügelt ist.

Als er hinunterkommt, sieht er den Josef Prantl über seinen zerrissenen Schuhen sitzen. Auf dem Tisch steht für ihn ein großartiges Frühstück bereit und Frau Mathilde ist heute wie umgewandelt. Freundlich lacht sie ihn an und fordert ihn auf, nur tüchtig zuzugreifen. Und während er sich Kaffee einschenkt, setzt sie sich neben ihn.

»Wie Sie gestern das Ave Maria gespielt haben!«, sagt sie. »So etwas hat man in Steinkirchen noch nicht gehört. Ich hab geweint, das sag ich Ihnen ehrlich.«

»Und vorher hatten Sie Angst, ich könnte die Messe umschmeißen«, antwortet Luzian lächelnd.

»Weil man Ihnen nicht ansieht, dass Sie so viel können.«

»Manchmal ist es besser, man sieht einem Menschen nicht an, was er kann.«

»Ja, das ist wahr. Schauen Sie meinen Alten an. Der lässt sich auch nicht anmerken, was er kann. Früher hat der Seiler-Wastl die Bassgeige gespielt. Gar kein Vergleich, sag ich Ihnen, so wie sie mein Sepp spielt. Ist's nicht wahr, Sepp?«

»Kann schon sein«, meint der Josef und hämmert hurtig auf Luzians Schuhe ein.

»Sie haben auch meine Wäsche gewaschen«, sagt Luzian nach einer Weile. »Vielen herzlichen Dank.«

»Ja – und ich werde sie auch noch flicken und bügeln, weil man Sie so nicht rumlaufen lassen kann in Steinkirchen.«

»Ich hab nicht die Absicht länger hier zu bleiben. Wenn meine Wäsche nicht da draußen hinge, würde ich jetzt schon aufbrechen.«

Da legt Josef Prantl den Schuh aus der Hand und steht auf. »Eigentlich haben wir gedacht, du könntest dableiben«, meint er. »Du passt so gut in unsere Kapelle und zu spielen wird es immer was geben. Samstag und Sonntag musizieren wir immer. Und unter der Woche hab ich mir gedacht, da könntest du Geigenunterricht geben. Dem Postmeister sein Maxl möchte es schon lang lernen und der Sepperl vom Metzgerwirt auch. Wirst sehen, du kriegst Schüler grad genug.«

Luzian muss lächeln über soviel Fürsorge. Er weiß, dass es gut gemeint ist. Trotzdem schüttelt er den Kopf.

»Das ist alles ganz schön und gut, ihr lieben Leut. Aber ich kann nicht hier bleiben, ich muss weiter.«

»Schad, wir haben uns alles so schön ausgedacht. Bei uns hättest wohnen und essen können.«

»Es geht aber leider nicht, obwohl es mir hier recht gut gefällt.«

Immerhin muss Luzian für diesen Tag noch in Steinkirchen bleiben, denn vor dem Abend wird die Frau mit seiner Wäsche unmöglich fertig, sagt sie.

Und da begreift er, dass auch dies Bestimmung ist. Er weiß jedenfalls auf einmal, wohin er gehen wird, und wofür dieser Tag angebrochen ist. Wohl denkt er daran, dass ihn ja auch das Brautpaar gestern eingeladen hat, sie zu besuchen. Aber was soll er denn dort? Er hat ihnen mit seinem Spiel eine Freude gemacht und will dafür keinen Dank haben.

Langsam schlendert er am Seeufer entlang, geht fast um den ganzen See herum, bis er jemand fragt, wo es zum Ulrichshof gehe.

Er hätte sich über den See rudern lassen können, sagt man ihm. Dann hätte er sich eine Stunde Weg erspart.

»Macht nichts«, lacht er. »Ich habe Zeit! Viel Zeit!«

Fast zwei Stunden ist er jetzt schon gewandert und ist immer noch nicht am Ziel. Mitunter bleibt er stehen, wischt sich den Schweiß von der Stirn und sieht sich um. Großartig breitet sich die Landschaft um ihn herum aus. Da und dort klebt ein Hof an einem Hang wie ein Vogelnest. Schwermütig steht der Hochwald vor den Bergen, über die das Sonnenlicht gleißend hell und veschwenderisch niederfließt.

Ja, schön ist es. Aber Luzian kann sich nicht vorstellen, dass man ein ganzes Leben so auf einem Berg leben kann, abgeschnitten von aller Welt.

Warum geht er denn eigentlich auf den Ulrichsberg? Diese Frage verwirrt ihn. Läuft er dem Mädchen nach, das ihn gestern so bezaubert hat?

Langsam steigt er weiter und denkt, was den ersten Ulrichsberger wohl bewogen haben mag, seinen Hof in diese Einsamkeit zu setzen. Ist er ein Menschenverächter gewesen? Oder wollte er dem Himmel recht nahe sein?

Nun hat er die letzte Bodenwelle überschritten. Der Hof liegt zu seinen Füßen. Er sieht, dass die Stalltüren weit offen stehen. Das Vieh weidet hinter dem Haus. Melodisch rieselt ihr Glockengeläute durch den hellen Sommertag. Im Vordergrund aber sieht Luzian das Mädchen Martha auf einer Wiese arbeiten. Ihre Bewegungen sind wunderbar ausgeglichen, die große Heugabel in ihren Händen tanzt wie leichtes Schilf.

Etwas weiter vorn mäht ein Mann. Er ist alt, sein Haar ist weiß und seine Schultern sind gebeugt. Luzian denkt, dass es wohl der Ulrichsberger sein wird.

Er schlendert am Haus entlang, geht durch den Obstgarten und steht plötzlich vor dem Mädchen.

Ein leichtes Erschrecken überkommt sie. Kaum merklich, nur über die Augen läuft es hin. Dann hat sie sich wieder gefasst und nichts in ihrem Mienenspiel verrät, ob sie ihn erkannt hat.

Sie trägt heute einen kurzen schwarzen Faltenrock, darüber eine weiße Bluse aus grobem Leinen. Die Verschnürung am Hals hat sie der Hitze wegen gelöst. Die Haut ist von der Sonne gleichmäßig braun getönt. Barfuß steht sie im Gras. Luzian aber meint, dass sie heute, ohne die schwere Festtagstracht, noch viel schöner sei. Dieses Mädchen braucht keinen Schmuck.

»Grüß Gott«, bringt er endlich heraus.

Sie antwortet nicht gleich. Aber in ihrem Gesicht ist eine kleine Veränderung vorgegangen. Es ist von einer klaren, aufrichtigen Freude erfüllt; der schöne, volle Mund ist halb geöffnet.

»Der Geiger«, sagt sie leise. »Ich wusste, dass du kommen würdest!«

»Das konnten Sie unmöglich wissen! Ich wollte es ursprünglich gar nicht. Nur ein besonderer Umstand hielt mich heute noch in Steinkirchen zurück.«

»Man meint manchmal, man will es nicht und dann tut man es doch.«

Mit welcher Bestimmtheit sie das sagt!

Jetzt richtet sich der Mäher vorn auf und blickt zu ihnen her.

»Er will uns helfen«, ruft Martha mit einer Stimme, die eigentlich keinen Widerspruch duldet.

Luzian aber meint, dass man über ihn nicht mehr so einfach verfügen kann. Das ist einmal gewesen, als er Soldat und dann Gefangener war. Jetzt aber hat er niemandem mehr zu gehorchen und darum antwortet er mit etwas spöttischer Auflehnung:

»Sie irren sich, mein Fräulein! Ich habe nämlich nicht die Absicht hier zu bleiben.«

»Warum wärst du dann den weiten Weg gegangen?«

»Vielleicht wollte ich mir die Welt einmal von oben ansehen.«

»Ach so! Und ich hab gedacht, du würdest uns helfen. Wir haben so viel Arbeit und er«, sie deutet auf den Mäher, »er ist schon alt. Er ist mein Vater.«

Ihre Augen sehen ihn jetzt voll an. Und es ist ihm, als könne er in der wundersamen Tiefe dieser Augen begraben liegen …

»Na also, du willst uns doch helfen«, sagt sie wieder mit ihrer dunklen, ein wenig singenden Stimme. »Mähen wirst du ja wohl nicht können. Nimm diese Heugabel, da, und streue das Gras aus.«

Damit drückt sie ihm einfach ihre Heugabel in die Hand. Sie selbst geht von ihm weg, nimmt eine Sense, die etwas abseits im Schatten liegt, und wetzt sie. Dann holt sie aus zum Schwung und rauschend stürzt die grüne Mauer vor ihr zusammen.

Einen Augenblick zögert Luzian. Etwas wie Trotz würgt ihn, der Wille, ihr zu widerstehen. Aber dann fühlt er diesen Willen erlahmen. Zögernd stößt die Heugabel ins Gras. Dann wird der Schwung seiner Arme lebendiger. Und auf einmal hat es ihn umfasst: der Duft des frisch gemähten Grases, der Gesang der Vögel, der leise singende Wind vom Berg und nicht zuletzt der halb abwägende, halb spöttische Blick des Mädchens, wenn sie an ihm vorbeigeht, um eine neue Mahd zu beginnen. Auch der Bauer sieht ihn so mitleidig an, ohne ein Wort zu sagen. Da erfasst ihn ein brennender Ehrgeiz, vor den beiden, vor allem vor dem Mädchen, zu bestehen.

Als es Mittag geworden ist, wird im kühlen Flur des Hofes ein einfaches, kräftiges Essen aufgetragen. Dazu gibt es Apfelmost. Luzian hat von der ungewohnten Arbeit einen mächtigen Hunger bekommen und das Mädchen hätte ihn nicht erst aufzufordern brauchen, tüchtig zuzugreifen. Das Geräucherte, im Kraut gekocht, schmeckt ihm wunderbar.

Der Ulrichsbauer hat auch jetzt noch kein Wort mit ihm gesprochen. Ist dieser Mann ein Sonderling oder schweigt er aus Hochmut und Stolz, überlegt Luzian. Schweigend gabelt der Weißhaarige sein Kraut. Nicht ein einziges Mal schaut er auf. In diese Stille hinein sagt Martha:

»Der Geiger wird den Sommer über bei uns bleiben.«

»Und sonst bist gesund?«, fragt der Alte ohne aufzublicken.

»Den Sommer über bleibt er«, betont Martha noch einmal.

»Und dann?«, will der Alte wissen.

Luzian sieht, wie Martha leicht die Brauen zusammenzieht. Ihre Antwort kommt ungewöhnlich heftig:

»Bilde dir doch nicht ein, dass wir immer alles allein machen können.«

»Wir haben es immer allein geschafft.«

»Das ist nicht wahr. Früher waren die Mutter und Ulrich noch da. Du selber warst noch nicht so alt und im Sommer hatten wir manchmal einen Knecht. Freilich hat es keiner lange aushalten können bei uns.«

Da wirft der Alte einen schnellen Blick auf Luzian. Dann sagt er mit trockenem Spott:

»Auch er wird es nicht bei uns aushalten. Die Einsamkeit des Berges bringt ihn um. Zudem ist er kein Bauer. Ich hab gesehen, wie er die Heugabel in die Hand nimmt, und man braucht bloß seine Händ anschaun.«

»Mit deiner Art, Vater, tötest du jedem Menschen den Willen helfen zu wollen«, entgegnet Martha scharf.

Nun findet es Luzian an der Zeit sich einzuschalten. Er legt Messer und Gabel weg und richtet sich auf.

»Darf ich auch einmal etwas sagen? Schließlich liegt es doch bei mir, ob ich bleiben möchte oder nicht.«

Das Mädchen sieht ihn durchdringend an. Dann senkt sie den Kopf und meint traurig:

»Ja, das liegt allerdings bei dir. Und es würde mich wundern, wenn du bleiben wolltest. Es war nur so ein Gedanke von mir.«

»Ich nehme dir diesen Gedanken nicht übel«, antwortet Luzian, nun auch zum Du findend. »Dass ihr viel Arbeit habt, habe ich schon gesehen, wenn dein Vater auch meint, ich verstünde nichts von dieser Art Arbeit. Ich habe im Bergwerk gearbeitet und im Steinbruch, es hat mich nicht umbringen können. Gegen das, was hinter mir liegt, muss eure Arbeit ein Kinderspiel sein. Aber das nur nebenbei. Damit ihr aber seht, dass ich nicht umsonst habe essen und satt werden wollen, helfe ich euch heute Nachmittag noch. Einverstanden?«

»Einverstanden«, lächelt das Mädchen.

Am Nachmittag arbeiten sie dann wieder im Heu. Es ist eine gar mühsame Arbeit an den steilen Hängen und Luzian spürt heftige Schmerzen im Kreuz und in allen Gliedern. Aber auch am Abend ist das Tagewerk noch nicht so schnell beendet. Drunten in der Tiefe webt schon die Dämmerung ihre Schleier. Hier oben jedoch geht das Abendleuchten noch in warmen Wellen über die steilen Lehnen hin. Das frisch gemähte Gras duftet berauschend süß.

Hinter dem Haus hervor kommt das Läuten vom Dengeln der Sensen. Der Ulrichsberger macht sie bereit für den Schnitt am nächsten Tag. Martha schafft im Stall, während Luzian langsam durch den alten Apfelgarten geht und den heutigen Tag überdenkt.

Da hat er nun Stunde um Stunde mit dem Mädchen auf der Wiese gearbeitet. Sie haben kaum zwanzig Worte miteinander gesprochen. Wie ein grauer Schatten hat immer das Adlergesicht des alten Bauern zwischen ihnen gestanden. Nur an dem warmen Aufleuchten ihrer Augen hat er erkennen können, dass seine Anwesenheit sie froh macht.

Aber jetzt? Was soll er jetzt tun? Immer wieder stellt er sich die gleiche Frage. Es ist nicht mehr Silvia, die ihn weiterwandern heißt. Das Suchen nach ihr hat ein jähes Ende gefunden. Jetzt will ihn etwas anderes mit Gewalt zurückziehen zur Landstraße. Er fühlt, dass er von diesem Ulrichsberg fort muss, und doch hält es ihn hier fest, wie mit Stricken gebunden.

Die Nacht will schon kommen. Im Hof werden ein paar Fenster zu ebener Erde hell. Luzian sieht plötzlich die Umrisse Marthas unter der Haustür.

»Geiger!«, ruft sie langgezogen und laut. »Komm zum Essen!«

Mit schnellen Schritten geht er auf das Haus zu. Das Mädchen steht noch in der Tür. Sie lächelt, wie ihm scheint.

»Nenn mich nicht immer Geiger«, sagt er hart. »Es hört sich wie Spott an.«

Sie erschrickt vor der Strenge seines Tones.

»Wie dann?«, fragt sie leise.

»Ich heiße Luzian. Luzian Manhart.«

»Ja«, sagt sie. »Aber nun komm. Du wirst Hunger haben. Und dann – es ist Nacht geworden, Luzian. Du könntest den Weg verfehlen ins Dorf. Kannst du nicht morgen früh erst gehen?«

»Ich weiß nicht«, sagt er. »Mal überlegen.«

»Und wenn du uns halt morgen noch helfen möchtest?«, sagt Martha mit bittender Stimme.

»Morgen noch einmal? Dann komm ich vielleicht auch morgen noch nicht fort und ich muss doch weiter.«

»Musst du?«

»Natürlich, was soll ich hier?«

»Ja, ja, was sollst du hier.« Ihre Unterlippe schiebt sich ein wenig vor. In diesem Augenblick hätte er sie in den Arm nehmen mögen.

Nach dem Essen steht Luzian auf und nimmt seine Jacke, die an der Tür hängt. Sofort erhebt sich auch Martha.

»Wohin willst du?«

»Ich habe es mir überlegt. Ich habe nichts zu rauchen bei mir. Werde mich nicht gleich verlaufen.«

»Wenn es bloß das ist«, meint Martha. »Dann kannst du dir den Weg schon sparen, Luzian. Es ist immerhin eineinhalb Stunden hinunter und zwei herauf. Die gehen dir vom Schlaf ab. Tabak haben wir schon da.«

In diesem Augenblick nimmt der Alte seinen Tabaksbeutel vom Tisch und schiebt ihn in die Hosentasche. Luzian sieht es und lächelt. Martha aber wird brennend rot vor Scham über den Geiz des Vaters.

»Wenn ich wirklich ein paar Tage bleiben wollte«, sagt Luzian freundlich, als hätte er das gar nicht gesehen, »so habe ich auch keine Wäsche da und keine Arbeitskleidung.«

Martha sieht in dieser Bemerkung nur eine neue Ausflucht, dass er nicht bleiben will, und sagt aus einer unerklärlichen Erregung heraus:

»Und keine Geige, mit der du die Herzen betörst.«

Sagt es und geht schnell hinaus. Die Tür fliegt krachend hinter ihr ins Schloss.

»Die ist zu«, meint Luzian mit trockener Heiterkeit.

Dann sieht er zu dem Bauern hin. Der rührt sich nicht. Er zieht an seiner Pfeife und hat die Augen geschlossen. Er sieht jetzt wirklich wie ein alter, schlafender Adler aus. Luzian tritt hart an den Tisch heran.

»Hör zu, Ulrichsberger! Ich habe das Gefühl, dass es dir lieber ist, wenn ich nicht hier bleibe.«

Keine Antwort. Nur ein schiefes Lächeln um den dünnen Mund.

»Ich gehe jetzt ins Dorf und werde nicht wiederkommen.«

Jetzt erst öffnet der Schlafende seine Lider. Für Sekunden sieht man das Grau seiner Augen. Im Licht der Lampe glänzt es wie Eis. Dann öffnet sich sein Mund.

»Die Mücken treibt es immer wieder ins Licht«, sagt er. »Und du bist auch bloß so eine Mücke.«

Dann schließt er die Augen wieder. Heftig zieht er an seiner Pfeife. Aber es quillt kein Rauch mehr auf. Sie ist erloschen.

Langsam wendet sich Luzian um und verlässt den Raum. Bevor er die Tür schließt, juckt ihn noch einmal der Spott:

»Dank schön für Speis und Trank. Geld werde ich von dir sowieso keins bekommen. Ich hätte dir nämlich gerne ein Päckchen Tabak gekauft.«

Keine Antwort. Der Alte öffnet nicht einmal die Augen. Nur das linke Lid zuckt ein wenig hoch, wie vor Zorn.

Im Flur draußen bleibt Luzian noch einen Augenblick stehen.

»Martha«, ruft er leise und dann nochmals lauter: »Martha.«

Wenn sie sich jetzt nicht zeigt, werde ich wirklich nicht

wiederkommen, denkt er. Dabei hat er das brennende Verlangen, sie nochmals zu sehen. Er geht bis in die Tiefe des Flures, dorthin, wo in einer Mauernische eine kleine Ölfunzel brennt. Er schaut in die Küche und ruft nochmals leise ihren Namen. Keine Antwort.

Da geht er hinaus. Jetzt erst merkt er, wie sein Herz sich nach ihr sehnt. Nicht nur sein Mund hat ihren Namen gerufen, sondern auch sein Herz.

Still und verschwiegen hängt die Nacht über dem Hof. Die Sterne flimmern am Himmel und aus dem Hochwald weht ein schwacher Wind.

Nur ein paar Augenblicke braucht Luzian, um sich zu vergewissern, welche Richtung er zum Dorf zu nehmen hat. Durch den Obstgarten muss er gehen, gleich dahinter beginnt der Fahrweg ins Tal. Auf halbem Weg dorthin taucht plötzlich zwischen den Bäumen ein Schatten auf. Sofort weiß er, dass es das Mädchen ist, und bleibt stehen. Langsam kommt sie näher, bleibt dicht vor ihm stehen und sucht im Dunkel seine Augen.

»Dann gehst du also jetzt wirklich?«

»Ja, ich gehe ins Dorf.«

»Und du kommst nicht wieder?«

Er gibt keine Antwort. Ihre Nähe verwirrt ihn maßlos.

»Keine Antwort ist auch eine. Jetzt weiß ich, dass du nimmer kommst.«

Ihre Stimme zittert, als sie das sagt. Er spürt ihren warmen Atem an seinem Hals. Sein Herz klopft rasend schnell.

»Ich wollte ja, aber dein Vater …«

»Ach!«, schreit sie zornig auf. »Immer er und immer er! Wie ein Stein liegt er auf meinem Leben. Ich hasse ihn manchmal!«

»Martha«, sagt er, erschrocken über diesen heftigen Ausbruch. »Er ist dein Vater.«

»Was weißt denn du, wie schwer es für mich ist, mit ihm allein zu leben! Kein Lachen die ganze Woche! Nur Schweigen und Trostlosigkeit! Manchmal spricht er im Monat keine zwanzig Worte mit mir. Weißt du, was das heißt? In einer Minute kann man zwanzig Worte sprechen und mehr. Bei uns aber wird immer geschwiegen und das tötet das Leben!«

Ruckartig wendet sie den Kopf und sieht zu den Sternen auf. Luzian sieht, dass ihre Augen feucht schimmern. Er will schon die Hand nach ihrer Schulter ausstrecken, da fährt sie fort:

»Da sieht man einmal einen Menschen und hört seine Geige. Man begreift, dass er aus einer anderen Welt kommt. Aus einer Welt, in der nicht bloß geschwiegen wird, in der auch die Herzen fröhlich schlagen.« Sie wendet den Kopf und sieht ihn wieder an. »Und heute bist du zu mir gekommen. Als ich gestern Nacht heimgegangen bin, ist eine Sternschnuppe heruntergefallen und da hab ich mir gewünscht, dass du kommst. Aber wenn du bloß gekommen bist, um wieder zu gehen, hätte ich es mir nicht gewünscht.«

»Du hast dir das gewünscht?«, fragt er betroffen.

»Ja, aber ich weiß nicht, warum. Nur um mir beim Heu zu helfen, gewiss nicht.«

»Bedeute ich dir denn etwas, Martha?«

»Ich weiß es nicht«, flüstert sie. »Noch nicht«, fügt sie leise hinzu. »Vielleicht war es auch nur deine Geige.« Plötzlich fasst sie nach seiner Hand. »Du ...«, flüstert sie ergriffen. »Mit deinen Händen zauberst du aus dem braunen Holzkasten ...«

Luzian lacht auf. Holzkasten sagt sie zu seiner Amati!

»Warum lachst du?«, fragt sie stirnrunzelnd.

»Sprich nur weiter! Was ist mit dem Holzkasten?«

»Ja, ich weiß nicht. Du bringst etwas heraus aus diesem Holz – ist es richtig, wenn ich sag, etwas Betörendes?«

»Hm«, staunt er. »Woher nimmst du nur solche Worte?«

»Ich weiß nicht. Vielleicht soll ich es anders sagen?«

»Nein, nein, das ist durchaus richtig«, bestätigt er. Zauber, betören, Holzkasten, denkt er. Wie das alles gesagt ist, so ganz schlicht, aus einem einfachen Herzen heraus. Und da meint man, die Bauern verstünden nichts von diesen Dingen!

Da spricht sie schon wieder weiter:

»Ich verstehe es jetzt, dass es hässlich von mir war, dir diese harte Arbeit aufzuzwingen.«

»Im sibirischen Bergwerk war es härter.«

»Sibirien? Warst du in Sibirien? Aber wird deine Hand jetzt nicht schwer? Wirst du nun nicht mehr spielen können, Luzian?«

»Warum denn? So schlimm war diese Arbeit nicht.«

Sie sieht wieder zu den Sternen auf, als warte sie, dass wieder eine Schnuppe fällt und sie sich etwas wünschen kann.

»Du müsstest einmal für mich ganz allein spielen.«

»Ich täte es gern, aber dann müsste ich wirklich wiederkommen. Liegt dir denn so viel daran?«

»Ich kann es nicht sagen, Luzian. Ich weiß nur, dass es wieder so leer sein wird hier auf dem Ulrichsberg, dass wieder niemand da ist, mit dem ich sprechen kann. Ich werde wieder sehr einsam sein.«

»Einsam? Ist das nicht vielleicht auch ein wenig deine eigene Schuld? Ich hörte gestern abend, dass man dich für so unnahbar und abweisend hält.«

»Ich weiß, was man im Dorf über mich redet. Ins Gesicht schmeicheln sie mir, aber hinter meinem Rücken klatschen sie über mich. Natürlich wird man dir auch erzählt haben, dass ein Bursche meinetwegen sogar die Heimat verlassen hat und dass man nie wieder etwas von ihm gehört hat.«

»Stimmt, das hat man mir auch zugetragen.«

»Und du glaubst, dass ich wirklich schuld daran bin?«

»Dazu kenne ich dich zuwenig. Ich ginge jedenfalls nicht wegen einer unglücklichen Liebe von hier fort.«

Doch kaum hat er das gesagt, da durchzuckt es ihn: War er denn nicht auch nur deswegen unterwegs, weil er in der Liebe eine Enttäuschung erlebt hatte? So berührt es ihn eigenartig, als Martha nun fortfährt:

»Nein, du nicht. Das weiß ich. Es war auch nicht meine Schuld, Luzian, glaube es mir.«

»Ja, ich glaube es dir, Martha.«

»Der Vater hat ihn dazu getrieben. Adrian war so jung, kaum siebzehn. Ich habe ihn nicht geliebt, aber ich war ihm gut wie eine Schwester. Er kam auf den Ulrichshof und war treu und anhänglich. Der Vater aber hat ihm jede Stunde verbittert. Und als er ihn dann vom Hof hetzte, wusste der arme Bub sich keinen Rat mehr.«

»Jetzt verstehe ich, Martha, warum du deinen Vater hasst.«

»Nein, nicht deswegen, Luzian. Sondern weil er die Schande auf mir hat sitzen lassen. Er wusste, dass man überall mir die Schuld gab. Aber er war zu feige, die Wahrheit zu bekennen. Er will überall der Ehrenmann sein, der redliche Bergbauer mit der weißen Weste, der auf seinen Reichtum pocht und schweigend zusehen kann, wenn andere hungern oder zugrunde gehn.«

»Was musst du alles durchgemacht haben. Armes Mädel«, sagt Luzian erschüttert.

»Es war viel, Luzian. Manchmal sehr viel. Einmal bin ich ihm auch davongelaufen, dann haben sie mich wieder zurückgebracht. Aber ich bin nicht zerbrochen. Nur verbittert bin ich und noch einsamer geworden. Darum nennt man mich im Dorf abweisend und ohne Mitgefühl. Aber ich bin stärker, als du meinst. Meine bittere Jugend hat mir viel Kraft zuwachsen lassen. Nur manchmal brauche ich ein wenig Licht für meine dunkelsten Stunden. Dein Geigenlied war mir mehr als ein tröstendes Wort.«

»Gut, Martha«, sagt Luzian plötzlich entschlossen. »Ich werde wiederkommen. Wenn nicht heute Nacht, dann morgen früh.«

»Dann nimm den Schlüssel hier.«

»Welchen Schlüssel?«

»Zur Bootshütte. Wenn du den Fußweg hinuntergehst, kommst du gerade darauf zu. Dort ist unser Kahn. Du müsstest ja sonst um den ganzen See herumlaufen.«

Sie macht eine kleine Pause und fährt sich mit der Hand über die Stirn.

»Ach«, meint sie dann, »was wird morgen alles sein?«

»Ich habe dir doch versprochen, dass ich komme, Martha.«

»Ja, für einen Tag. Und dann wird es wieder das gleiche sein.«

»Und wenn ich den Sommer über bleibe?«

»Wäre das schön! Aber du darfst dich auch keiner Täuschung hingeben, Luzian. Es würde ein schwerer Sommer sein für dich auf dem Berg. Wenn du meinst, dass du nicht wiederkommen kannst, dann gibst halt den Schlüssel beim Schuster ab. Ich hol ihn mir schon gelegentlich.«

Ehe Luzian darauf etwas antworten kann, ist Martha schon zwischen den Bäumen verschwunden. Er hört ihre Schritte durchs Gras, aber ihre Gestalt ist schon vom Dunkel verschlungen.

Rasch tritt er jetzt den Weg ins Tal an. Die Sterne weisen ihm den Weg. Und wenn er auf diesem nächtlichen Gang den heutigen Tag so überdenkt, dann begreift er, dass das Schicksal ihn an einen Wendepunkt in seinem Leben gestoßen hat.

Mittlerweile ist Martha zum Haus gekommen. Als sie die Stube betritt, hebt der Alte ruckartig den Kopf.

»Wo warst?«

»Ich hab ihm den Bootsschlüssel gegeben.«

»Aha. Und dass er wiederkommen soll, wirst ihm auch gesagt haben?«

»Auch das. Er soll uns helfen, das Heu reinzubringen.«

»Dir vielleicht. Ich brauch ihn nicht. Bist vielleicht gar verschossen in den Kerl?«

»Du fragst mich Sachen, die ich selber nicht weiß.«

»Warum warst du denn so erpicht darauf, dass er dableibt? Bis jetzt haben wir unser Heu allweil noch allein reingebracht.«

»Aber wie? Mit Ach und Krach und wenn andere schon lang fertig waren. Vielleicht will ich ihn auch hier haben, damit ich mit jemandem reden kann! Dein Schweigen bringt mich mit der Zeit noch um.«

»So weit ist es schon? Was willst denn mit dem hergelaufenen Kerl?«

Eine rote Lohe fährt Martha über die Stirne.

»Beleidige doch nicht einen Menschen, der dir nichts getan hat. Du kennst ihn ja nicht einmal richtig.«

»Dafür scheinst du ihn um so besser zu kennen. Jetzt weiß ich, woran ich bin! Aber ich werd ihm das Leben auf dem Ulrichsberg schon so verleiden, dass er gern wieder geht. Darauf kannst du dich verlassen!«

»So wie du es dem Adrian verleidet hast, meinst? Willst du ihn vielleicht auch ins Elend treiben?«

»Was der tut, ist mir gleichgültig. Von mir aus kann er dorthin gehen, wo der Pfeffer wächst!«

»Das wird er schon tun. Aber nicht, wann du es willst, sondern wann er es will.«

Langsam wächst der Alte hinter seinem Tisch empor.

»Wie redest du denn mit mir?«

»So, wie ich schon lang mit dir hätt reden müssen. Jetzt muss es endlich einmal raus. Du hast mich immer nur niedergedrückt, wo du nur hast können. Meine Kindheit, meine ganze Jugend hast du mir verbittert. Immer wenn ein Mensch gut zu mir hat sein wollen, dann hast du ihn gequält und vertrieben. Nur deinetwegen kommt niemand auf den Hof. Alle Verwandten meiden uns wie die Pest, weil dein Geiz sprichwörtlich ist, weit über das Tal hinaus. Jetzt will ich aber endlich einmal meine Ketten abstreifen. Ich will frei atmen können und reden.«

»Ich red dir gleich frei, wart nur!«

Mit einem Ruck hat der Alte den schweren viereckigen Eichentisch mit seinen Fäusten umklammert. Er sieht jetzt wirklich aus wie ein alter Steinadler, der seine Schwingen ausbreitet oder die Fänge zum vernichtenden Schlag ausstreckt.

Früher hat er den schweren Eichentisch mit einer Hand

aufgehoben. Jetzt bringt er ihn kaum noch mit zwei Händen hoch. Und als er ihn werfen will, reicht es nur für zwei Meter. Das Mädchen hätte er sowieso nicht mehr getroffen, denn sie hat inzwischen die Stube verlassen.

Sie schläft aber nicht in dieser Nacht. Unentwegt muss sie an Luzian denken, ob er morgen wirklich zurückkehren wird. Hundertmal malt sie sich den Augenblick aus, wo er auf den Hof zukommen würde. Und sie stellt sich auch vor, wie sie sich die Augen nach ihm ausschauen wird, wenn er ausbliebe. Aber das Gefühl sagt ihr, dass er zurückkehrt. Vielleicht werde ich ihm um den Hals fallen, denkt sie.

Aber als er dann am andern Vormittag wirklich eintrifft, sind alle Vorsätze verweht. Kein Wort bringt sie über ihre Lippen. Mit hängenden Armen steht sie da und schaut ihn an und plötzlich rinnen ihr die Tränen über das Gesicht.

»Nicht weinen, Martha«, tröstet Luzian sie. »Ich bin ja nun da.«

»Ja, du bist da. Und ich weine ja bloß aus Freude darüber. Ich hab bisher nicht gewusst, dass man das kann.«

Nie wird er ihr sagen können, wie man ihn unten beim Schuster gewarnt hat, auf den Ulrichsberg zu gehen. Und wenn sie noch Schlimmeres gesagt hätten, er hätte kommen müssen. Der Berg ist sein Schicksal geworden.

Der Berg oder das Mädchen. Er weiß es nicht.

Nun ist Luzian bereits eine volle Woche auf dem Ulrichsberg. Am siebenten Tag soll Ruhe sein. Aber an diesem Tag bricht auf dem Hof das Gewitter los.

Bei der Morgensuppe am Sonntag legt Martha dem Luzian den Lohn für diese Woche auf den Tisch. Sie kann das zufällig, weil sie am Tag vorher die Eier der Woche verkauft hat und der Alte glücklicherweise das Geld von ihr noch nicht forderte.

Sofort reißt der Bauer den Schädel hoch.

»Was soll das? Bist du der Bauer oder ich?«

»Bauer bist du«, antwortet Martha ganz ruhig. »Aber weil

du nicht weißt, dass Luzian sich die ganze Woche für uns abgeschunden hat, muss wohl ich wissen, was sich gehört.«

»Und woher hast du das Geld? Fangst jetzt auch schon an mich zu bestehlen?«

»Ich hab gestern erst die Eier verkauft.«

»So? Wie viel hast eingenommen? Abrechnung will ich haben, und zwar genau.«

»Kannst haben. Auf alle Fälle hat Luzian die ganze Woche für uns gearbeitet und sich das verdient.«

»Ich hab's ihm nicht gesagt, dass er sich abschinden soll. Hab ich ihn überhaupt auf den Berg gerufen?«

»Nein, aber du hast deine eigene Arbeit doch so eingeteilt, dass dich nur mehr die Hälfte von dem getroffen hat, was du sonst hast arbeiten müssen.«

»Sieh mal an«, wirft Luzian belustigt ein. »Das hab ich nicht einmal bemerkt! War ich also doch zu was nütze?«

»Ja, Luzian, du warst fleißig, das müsste er zugeben, wenn er ehrlich wär.«

In den grauen Augen des Alten lodert es auf. Die roten Äderchen an seinen Schläfen schwellen an. Das ist früher immer das Zeichen gewesen, dass er gleich darauf explodieren wird. Wäre Martha allein, so hätte er auch jetzt zweifellos seinem Zorn freien Lauf gelassen. So aber hat er Angst, sein Ausbruch könnte ihn lächerlich machen. Und da er feige ist, lässt er es lieber auf nichts ankommen. Nur am Zittern seiner Hände sieht man, wie maßlos erregt er ist, und wie schwer es ihm fällt sich beherrschen zu müssen.

»Aha«, schnauft er schwer. »So weit ist es also jetzt schon, dass über meinen Kopf weg einer eingestellt wird! Da kommt so ein Kerl hergelaufen, setzt sich in meinen Hof rein und tut so, als ob er gebraucht würde. Und meine Tochter ist der gleichen Meinung. Aber da werde ich dreinfahren! Luzian nennst du dich? Luzifer müsstest du heißen, Teufel!«

Einen Augenblick ist Luzian sprachlos ob dieses Zornausbruchs. Dann entgegnet er ruhig, aber in scharfem, bestimmten Ton: »Ich find es nicht gerade schön, für einen

Teufel gehalten zu werden, ganz besonders nicht von dir, Bauer. Wie du deine Tochter und auch mich behandelst, das ist teuflisch.«

Der Alte schlägt mit der Faust auf den Tisch. »Jetzt langt's aber!«

»Dir vielleicht, aber mir noch nicht! Das bist du nicht gewöhnt, nicht wahr, dass dir einmal die Wahrheit gesagt wird! Du wirst dich aber noch an mehr gewöhnen müssen! Hör zu: Zwanzig Mark bekommt hier bei euch ein richtiger Knecht. Ich bilde mir nicht ein, schon ein vollwertiger Knecht zu sein, darum bin ich vorerst mit zehn Mark zufrieden.«

»Wenn du jetzt nicht dein freches Maul hältst ...«, unterbricht ihn der Ulrichshofer.

»Einen Augenblick noch«, fällt Luzian ihm ins Wort. »Dein Ulrich hat in Russland gekämpft, wie ich. Er ist nicht wiedergekommen, nur ein Kind hast du jetzt noch, deine Martha. Ihr zuliebe werde ich hier auf dem Hof bleiben. Denk nicht, dass ich hinter ihrer Schürze herlaufe. Deswegen nicht. Aber sie tut mir Leid und sie hat es nötig, dass ihr jemand hlft, sich gegen dich durchzusetzen. Um den ganzen Frohsinn ihrer Jugend bringst du sie mit deinen Quälereien. So, Bauer, das ist, was ich dir sagen wollte! Nun mach, was du willst. Mich wird nichts mehr beeindrucken oder stören.«

Der Ulrichsberger hat die ganze Zeit über mit geschlossenen Augen dagesessen. Jetzt aber, als Luzian schweigt, hebt er die Augen.

»Weißt noch was?«, fragt er hohnvoll.

»Wenn es dir noch nicht genügt, kann ich dir noch zusätzlich sagen, dass du der größte Geizkragen bist, der mir jemals untergekommen ist. Du sitzt auf deinem Geld wie eine Bruthenne auf den Eiern. Du hast hundert Tagwerk Wald und nicht einmal elektrisches Licht, weil es dir die Gemeinde nicht kostenlos liefern kann. Du hast keine Maschinen, arbeitest mit dem alten Gerümpel und lebst in einer längst vergessenen Welt.«

»Sei froh, dass du in meiner Welt nicht gelebt hast! Damals hat man solche Teufel, wie du einer bist, auf dem Scheiterhaufen verbrannt.«

»Und Geizhälse hat man öffentlich angeprangert«, antwortet Luzian fröhlich, steht auf und zieht seinen Hosenriemen enger. »So, jetzt ist mir viel wohler, weil alles gesagt ist.« Er steckt den Zwanzigmarkschein ein und meint: »Die anderen zehn Mark sind gleich für die nächste Woche, wenn man meint, dass ich noch nicht vollwertig bin in meiner Arbeit. Recht schönen Dank, Martha. Wenn er dir jetzt Leid tut, dann tröste ihn. Aber ich habe ihm das sagen müssen. Verstehst du das, Martha?«

»Ja, Luzian.« Sie sieht ihn mit einem seltsamen Blick an. »Du wärst sonst nicht der, für den ich dich halte.«

Ja, Luzian fühlt sich wirklich wie befreit und wundert sich nur, dass der Alte das alles so ruhig eingesteckt hat, ohne sich dagegen zu wehren.

Er geht in seine Kammer hinauf, nimmt die Geige und stellt sich ans offene Fenster. Suchend zirpen die ersten Töne von der Violine. Aber dann fügen sie sich zu einem wundersamen Melodienbogen, der sich jubelnd hinausschwingt und vom Morgenwind fortgetragen wird. Immer neue Melodien greift Luzian auf. Er spielt seine Seele von allem Belastenden frei. Längst hat er vergessen, dass er mit dem Alten die scharfe Auseinandersetzung gehabt hat. Er weiß auch nicht, dass Martha am Brunnen drunten sitzt, die Hände im Schoß verschlungen, und selbstvergessen den Klängen lauscht.

Auch der Bauer hört sie, aber sie berühren ihn nicht. Sein Herz ist nie für etwas Schönes empfänglich gewesen. Wie soll er jetzt etwas dabei empfinden, nachdem dieser Hergelaufene ihn so abgekanzelt hat, wie es niemals vorher ein Mensch hätte wagen dürfen! Den Kopf in die Hände gestützt, sitzt er da und schaut starr auf das gewürfelte Tischtuch nieder. Ist er wirklich schon so alt, dass er das alles so widerspruchslos einsteckt? Sollte es ihm wirklich nicht gelingen, diesen Teufelsgeiger von seinem Hof zu jagen, noch ehe das geschieht, was nie geschehen darf?

Noch wird die Martha ihn nicht lieben. Aber er wird sich in ihr Herz hineinspielen. Das ist ja sicher der ganze Zweck seines Hierseins. Und wenn der Ulrichsbauer ehrlich sein will, dann kann er diesen Menschen eigentlich bewundern, weil er trotz seiner ganz anderen Herkunft harte Bauernarbeit leistet, und er hat sich wirklich nicht ungeschickt dabei angestellt. Aber der Ulrichsbauer muss ihn hassen. Noch niemals hat ihm jemand so schonungslos die Meinung gesagt wie dieser fremde Geiger.

»Zum Teufel, hör doch auf mit dem Gedudel!«, schreit er plötzlich zur Stubendecke hinauf. Luzian aber hört das nicht und spielt weiter. Schließlich verlässt der Alte durch den Stall den Hof, steigt über den Plankenzaun der Viehweide und verschwindet im Wald.

Martha sieht ihn fortgehen und weiß, dass er nun kaum vor Mittag zurückkommen wird. Ihr Herz ist so angefüllt von Freude, dass sie am liebsten geweint hätte. Freilich, das, was Luzian da gesagt hat, dass er sie nicht begehre, sondern dass sie ihm nur Leid tue, das schmeckt wie eine bittere Pille. Gerade Mitleid ist es, was sie am wenigsten sucht. Liebe braucht sie. Aber Liebe darf nicht aus Mitleid gegeben werden.

Die Glocken im Tal läuten.

Martha besinnt sich, dass sie zur Kirche hinunter will. Sie geht hinauf in ihre Kammer um sich umzuziehen. Als sie an seiner Tür vorbeigeht, bleibt sie stehen. Ihre Hand spielt mit der Klinke. Dann drückt sie sie leise nieder und wird sich erst, als sie im Zimmer steht, bewusst, dass sie dies nicht hätte tun dürfen. Sie spürt eine brennennde Röte über ihr Gewicht jagen. In den Boden hätte sie versinken mögen vor Scham.

Dort am Fenster steht Luzian und scheint ihr Eintreten nicht bemerkt zu haben, so vertieft ist er in sein Spiel. Vielleicht kann sie ungesehen wieder fortgehen? Schritt für

Schritt geht sie auf das Bett zu und setzt sich auf die Kante. Das morsche Holz schreit auf unter ihrem Gewicht und das hört Luzian endlich.

Die Melodie reißt jäh ab. Er wendet das Gesicht. In seinen Augen leuchtet es kurz auf. Dann kommt er vom Fenster auf sie zu und bleibt vor ihr stehen. Martha wagt nicht, sich zu rühren, senkt vor seinem Blick ihre Augen auf den Boden, auf dem leuchtende Sonnenkringel tanzen.

»Ich habe dich heute wohl recht erschreckt, Martha?«, fragt er.

»Nein, womit auch?«

»Nun, ich habe dem Alten, der trotz allem doch dein Vater ist, allerhand gesagt.«

»Du hattest aber nicht Unrecht damit, Luzian.«

Er hebt die Schultern und lässt sie wieder sinken.

»Danach habe ich mich gefragt, wofür es gut war. Aber ich hätte sonst hier keine ruhige Minute mehr gehabt und morgen weiterziehen müssen, wenn ich es nicht gesagt hätte.« Er setzt sich neben sie auf die Bettkante. »Weißt du, Martha, eigentlich werde ich selber aus mir nicht recht klug. Du bist gut und freundlich zu mir, ja. Dein Vater aber will mir das Leben am Hof zur Hölle machen. Ich frage mich, warum ich nicht einfach meinen Rucksack packe und davongehe.«

Erschrocken zuckt sie zusammen.

»Das – das kann ich mir jetzt nicht mehr vorstellen.«

Luzian legt die Geige neben sich auf das Bett und fasst nach Marthas Händen.

»Mag sein, aber sterben würdest du auch kaum daran.«

Martha gibt keine Antwort. Es ist beklemmend still in der Kammer.

»Keine Antwort ist auch eine Antwort«, sagt er verdrossen und lässt ihre Hände los.

»Was soll ich dir denn antworten?«

»Das, was dir dein Herz eingibt.«

Sie sieht ihn an, lange und tief.

»Was sagt dir denn dein Herz?«

»Mein Herz? Du, das spricht eine ganz klare und eindeutige Sprache. Ja, Martha, ich habe dich lieb.«

Ihre Hände heben sich in einer scheuen Bewegung. Es sieht einen Augenblick so aus, als ob sie sein Gesicht umschließen möchte. Aber dann presst sie plötzlich die Hände vor die Augen.

»Was soll denn daraus werden?«, seufzt sie.

Sie denkt daran, wie ihr Herz vor Wochen für einen anderen geschlagen hat, und wie es dann enttäuscht worden ist. Zwar ist Luzian kein Rubatscher-Toni, aber sie kommt sich vor wie ein kleines Kind, das sich einmal die Finger verbrannt hat und nun das Feuer fürchtet.

Mit einem raschen Griff zieht er ihr die Hände vom Gesicht und reißt sie an sich.

»Was werden soll, fragst du? Das soll werden, Martha – nur das …«

Einen Augenblick duldet sie seine Küsse. Dann aber macht sie sich unwillig frei.

»Lass das, Luzian! Du meinst es ja gar nicht so.«

Betroffen steht er auf und greift wieder nach der Geige.

»Wie meine ich es denn?«

»Das hast du ja vor einer halben Stunde deutlich genug gesagt in der Stube drunten. Dass du nur aus Mitleid mit mir hier bist, hast du gesagt, und dass …«

»Bin ich auch«, unterbricht er sie. »Aber ich liebe dich.« Er zupft an der A-Saite, zieht sie ein wenig nach und spricht weiter: »Ich habe es auch nicht glauben wollen, dass dein Herz so kalt sein soll wie ein Stein im Wald. Aber es scheint tatsächlich so zu sein. Nur macht es mir nichts aus. Ich liebe dich trotzdem.«

»Aus Mitleid?«

»Nein, Mitleid müsste ich nur mit mir selber haben. Denn im Grunde genommen bin ich doch ein Narr, nicht wahr, Martha? Ich laufe dir nach, plage mich ab an euren Hängen, obwohl ich es nicht nötig hätte. Glaubst du denn, dass ich nur um einer Laune willen diese Schinderei auf mich nehme?«

»Nein, das nicht. Aber im Ernst, Luzian: Zu wie vielen hast du denn schon gesagt, dass du sie liebst?«

»Außer zu dir nur zu einer.«

»Ehrlich bist du wenigstens, denn du hättest ja auch sagen können: noch zu keiner. Hast du – sie arg gern mögen?«

»Ja, Martha. Ich glaubte, ohne sie nicht leben zu können. Aber dann hat sie einen anderen geheiratet, während ich hinter Stacheldraht war.«

»Das war gemein! Glaubst du, dass ich das auch getan hätte?«

»Bei der Kälte deines Herzens wäre das schon anzunehmen. Außerdem liebst du mich ja nicht«, antwortet er ohne Bosheit und Spott. Nein, er lächelt sogar dazu.

Da steht sie rasch auf und tritt vor ihn hin. In ihren Augen ist wieder das stille Leuchten. Zaghaft heben sich ihre Hände und umschließen sein Gesicht. Dann küsst sie ihn auf den Mund. Ganz scheu und verhalten. Und geht wieder.

Bevor sie die Tür schließt, sagt sie noch mit einem wundersamen, unergründlichen Lächeln:

»Du bist wirklich ein Narr, Luzian.«

Eine Viertelstunde später sieht er sie in ihrer Sonntagstracht den Fußweg zum Dorf hinuntergehen.

Nachdenklich zupft er an den Saiten der Geige. Dieser Kuss, nur leicht hingehaucht, ist wie ein Sturm in sein Herz gefallen. Und so wie sie ihn vorhin gefragt hat: was soll denn daraus werden, so fragt er sich: Was soll daraus werden?

Plötzlich legt er die Geige fort, sucht Bleistift und Papier und beginnt zu schreiben:

»Lieber Alwin! Ich kann mir wohl denken, dass Du ein wenig böse bist auf mich, weil ich so spurlos und ohne Dank für Eure Gastfreundschaft davongegangen bin. Rechne es bitte meinem damaligen Zustand zugute. Ich war verstört und hatte mir in den Kopf gesetzt, Silvia zu suchen und zur Rede zu stellen. Vielleicht hätte ich versucht, sie wieder zurückzuerobern, weil ich von der fixen Idee besessen war, sie könnte nicht glücklich sein.

Wenn ich vom damaligen Zustand schreibe, so möchte ich damit sagen, dass es jetzt anders ist, und ich möchte Dir nun sagen, wie das gekommen ist, obwohl ich es selber kaum begreife. Ein Mädchen ist mir begegnet, von dem ich nicht mehr loskomme. Vielleicht lachst Du nun, wenn ich Dir sage, dass es ein Bauernmädchen ist, und dass ich mich abschinde an den steilen Hängen des Hofes, der ihrem Vater gehört. Warum tue ich das? Ich bin müde, mich selber zu fragen, und weiß ja auch, dass ich es nur aus Liebe zu ihr tue. Ja, aus Liebe zu ihr, denn die Liebe zum Boden, die fehlt mir noch. Aber ich spüre eine Wandlung in mir, ich empfinde, dass ich bisher zu wenig über diese Dinge nachgedacht habe, dass man so leichthin Gras sagt und Baum, Acker und Frucht, und dass es letzthin doch nur diese Dinge sind, von denen alles Leben ausgeht.

Wie ein Wunder ist dieses Mädchen in mein Leben getreten. Manchmal ist mir, als würde alles Harte meiner Vergangenheit milder, und das Weh schmerzt nicht mehr. Aber wenn ich mich dann frage, wie meine Zukunft werden soll, dann weiß ich keine Antwort. Ich weiß nur, dass ich liebe und dass dieses Mädchen mein Schicksal ist, so oder so. Es ist nicht leicht für mich, Bauernarbeit auf einem Berghof zu tun. Und wenn ich darüber nachdenke, welch rosenrote Träume ich einmal gehabt habe! Ich sah mich immer in einem großen Konzertsaal stehen. Alwin, wenn ich darüber nachdenke, dann möchte ich über mich selber lachen und kann es nicht, denn das Neue, das mich erfasst hat, ist von einer ganz merkwürdigen Gewalt. Meine Träume sind erloschen. Eine harte Wirklichkeit hält mich umfasst. Ich mähe Gras und lade das Heu dann ab in einer dumpfen Tenne, dass mein Körper schweißgebadet ist. Sag nicht, dass Du mich nicht begreifst, sag nicht, ich sei einem dummen Bauernmädchen verfallen oder gar hörig geworden. Nein, das ist etwas viel Tieferes, es ist ein Verflochtensein in ein

Schicksal, dem ich nicht entrinnen kann und das auch gar nicht will.

Sag Silvia, falls du sie siehst, dass ich ihr nichts mehr nachtrage und dass ich ihr doch großen Dank schulde, weil sie mir meine Geige gerettet hat. Sie ist mir ein so großer Trost in meiner jetztigen Verwirrung, die, so hoffe ich, sich bald auflösen wird.

Grüße auch deine Frau von mir und den kleinen Luzian. Du sollst mir schreiben, Alwin, sollst mir sagen, ob du mich begreifst. Meine Adresse lautet: Luzian Manhart, Knecht am Ulrichsberg, Post Steinkirchen, Oberbayern.

Da steht es nun, dieses Wort ›Knecht‹. Und merkwürdig, es stört mich gar nicht, obwohl ich alles Knechtische mein Leben lang gehasst habe. Ich übersetze es mir selber und sage: einer, der in der Erde arbeitet. Aber das kann man natürlich nicht schreiben: Luzian Manhart, der in der Erde auf dem Ulrichsberg arbeitet ...

Ich lache jetzt über mich selber. Hörst Du mich? Wenn ja, dann musst Du ehrlich sein und zugeben, dass es kein verzweifeltes, sondern ein glückliches Lachen ist. Und weißt Du, warum? Jeden Augenblick muss sie jetzt zurückkommen. Dann ist sie um mich, heute, morgen und alle Tage.«

Die nächsten Tage bringen keine Änderung. Unbarmherzig scheint die Sonne von einem wolkenlosen Himmel. Die letzten Hangwiesen werden gemäht. Wenn alles gut geht, kann bis Mitte der Woche das ganze Heu unter dem Dach sein.

Der Alte bleibt weiter schweigsam. Es ist nur ein anderes Schweigen jetzt, ein verbissenes Schweigen, mit Hass gepaart. Manchmal sieht Luzian in den Augen des Alten diesen abgründigen Hass und hätte erschrecken müssen davor, wenn es sich um einen ebenbürdigen Gegner gehandelt hätte. So aber ist es der Hass eines alternden Mannes, dem die wilde Kraft zur Tat schon fehlt. Er weiß, für wen der Alte ihn hält. Hat er doch selber gehört, wie der Ulrichsberger zu Martha gesagt hat:

»Sag dem Luzifer, er soll den dritten Wagen schmieren.« Oder: »Der Luzifer soll den Stall ausmisten.«

Luzian schmiert den Wagen, so gut er kann. Er mistet den Stall aus, aber Martha muss ihm erst zeigen, wie es gemacht wird. Nie ist sie unwillig, wenn er etwas verkehrt macht.

»Schau her, Luzian, so musst du das machen. Komm, ich zeig es dir.«

Und so wächst Luzian in diesen Tagen in sein Leben als Bauer hinein. Er zeigt eine Art Galgenhumor dabei. Aber er weiß, dass es wirklich nur die Liebe zu dem Mädchen ist, das ihn diese Arbeiten machen lässt.

Merkt das Mädchen es denn nicht? O doch, sie merkt es wohl. Sie beginnt gerade in diesen Tagen, sich von dem letzten Misstrauen freizumachen und an seine Liebe zu glauben. Und diese Liebe erfüllt sie mit einer solchen Gewalt, dass es nicht einmal mehr dem Alten entgehen kann, der sie zuweilen aus gesenkten Lidern heraus scharf beobachtet. Sie will zwar nicht zeigen, was in ihr vorgeht, und verrät sich doch hundertmal am Tag. Wirkliche Liebe lässt sich nicht verbergen.

Am Donnerstag wird wirklich das letzte Heu eingebracht. Bis in die sinkende Nacht hinein haben sie drunten gearbeitet und das Heu in den Stadel geschafft. Diesen Stadel sollte es eigentlich nicht mehr geben, hat Martha gedacht, es sind nur hässliche Erinnerungen, die mich mit ihm verbinden. Mit wem mag der Rubatscher in der Zwischenzeit schon wieder hier gewesen sein? Warum hat sie ihm auch den Schlüssel ausgehändigt!

Da hat sie plötzlich einen Gedanken und lächelt zufrieden vor sich hin. Wenn man ein anderes Schloss einbaut, ist es aus mit Rubatschers Gängen hierher.

Als sie beim Abendbrot sitzen, sagt der Ulrichsberger – es ist überhaupt ein Wunder, dass er es in Luzians Gegenwart erwähnt:

»Morgen fahr ich nach Mühldorf zum Viehmarkt.«

Das tut er im Jahr zweimal. Einmal nach Miesbach, von

wo er am selben Tag zurückkommt, und einmal nach Mühldorf, von wo er immer erst am dritten Tag heimkehrt, weil er bei dieser Gelegenheit seine Schwester besucht, die in Ampfing lebt.

Martha möchte bei dieser Nachricht aufjubeln wie ein Kind, dem man soeben ein längst gewünschtes Spielzeug geschenkt hat. Zwei Tage lang wird sie mit Luzian allein sein.

Hat der Vater erraten, was sie gedacht hat? Er steht auf und sagt im Hinausgehen noch:

»Im Übrigen ist das Heu jetzt eingebracht.«

Das soll heißen: Wenn ich zurückkomme, will ich den Kerl nicht mehr sehen auf dem Hof.

»Weißt du auch«, sagt Martha, »dass wir heuer vierzehn Tage früher daran sind?«

»Das hat am schönen Wetter gelegen«, antwortet der Vater.

»Nein, an Luzians Hilfe, Vater. Wenn du doch das ehrlich zugeben wolltest!«

Der Alte gibt aber nichts zu, sondern geht hinaus und brummt.

Am anderen Morgen, noch ehe der Tag graut, hört Martha den Vater das Haus verlassen. Sie springt aus dem Bett und eilt ans Fenster. Beim Gatter bleibt er nochmals stehen und greift an seine Taschen, ob er nichts vergessen hat. Dann sieht er zum Haus zurück, gerade als ob er umkehren wolle. Schließlich aber geht er doch den Weg talwärts.

Martha beschließt heute Luzian nicht aufzuwecken. Nein, er soll sich endlich einmal richtig ausschlafen können. Lieber will sie die Arbeit verrichten, die er sonst in der Früh zu machen hat.

Aber als sie beim Ausmisten ist, erscheint Luzian. Man braucht ihn nicht mehr wecken, der Rhythmus eines Bauerntages ist ihm schon so in Fleisch und Blut übergegangen, dass er mit dem ersten Hahnenschrei von selber aufwacht.

»Warum hast du mich nicht geweckt?«, fragt er.

»Weil ich dich heute einmal schlafen lassen wollte.«

»Lieb von dir. Aber ich kann das nicht von dir annehmen, dass du meine Arbeit tust.«

Damit geht er zu den Pferden. Das Tagwerk beginnt. Er striegelt die beiden Pferde, gibt zwischendurch den Kühen zu fressen, dann geht er auf den Anger hinaus und mäht frisches Gras zum Weiterfüttern während des Melkens. Hernach werden die Kühe ins Freie getrieben. Und während Martha dann hinübergeht, um Kaffee zu kochen, macht er den Stall fertig.

Am Vormittag gehen sie zum Stadel hinunter und laden die beiden Fuhren Heu noch ab, wozu es gestern nicht mehr gereicht hat. Als das geschehen ist, nimmt Martha ein neues Vorhängeschloss aus ihrem Kittelsack, sperrt vorsichtig ab und trägt das alte mit heim. Sie lächelt dabei ganz merkwürdig vor sich hin.

Als sie wieder zum Hof hinaufkommen, meint sie:

»So, Luzian, jetzt wollen wir Brotzeit machen, gleich hier vor dem Haus. Magst nicht das kleine Tischl hertragen?«

Behaglich streckt Luzian die Beine aus. Ein eigenartig schönes Gefühl durchströmt ihn. Das Heu ist eingebracht, denkt er und empfindet es so, als sei es seine eigene Ernte.

»Was ist heut für ein Tag?«, fragt Martha unvermittelt.

»Der – warte einmal – der vierzehnte Juli.«

»Zum Glück nicht der Dreizehnte.«

»Bist du abergläubisch?«

»Nein, aber am Dreizehnten ist Adrian verschwunden.«

»An einem Dreizehnten kam ich in Gefangenschaft.«

»Na also«, lacht Martha beglückt. »Dann wollen wir doch froh sein, dass wir an einem Vierzehnten so ganz allein sind.«

Am liebsten hätte sie jetzt beide Arme um seinen Hals gelegt. Aber da sieht sie plötzlich etwas und ihre Brauen schieben sich unwillig zusammen. Den Fahrweg herauf steigt Zenno Schacher. Er kommt zweimal die Woche, bringt Brot und sonstige Dinge auf die Einödhöfe. Ein großes Licht ist er nicht, aber hinterlistig und tratschsüchtig. Bringt man gerne etwas an den Mann, so braucht man es bloß dem Zenno sagen.

Zenno hat schon das Gatter hinter sich. Die aus Weiden geflochtene Kiepe ragt so hoch hinter seinem Rücken auf, dass sie die Äste der Apfelbäume streift. Schnaufend stellt er den Tragkorb auf die Hausbank und wischt sich mit einem großen, geblümten Taschentuch den Schweiß von seinem kahlen Schädel.

»So, so, so«, krächzt er. »Beim Vespern sind wir schon angelangt? Ist recht, Leutl, ganz recht! Wenn man so fest gearbeitet hat, braucht der Magen auch sein Sach! Was ist das?«, staunt er. »Wein?«

»Nein, Most«, entgegnet Martha unwillig und ärgert sich, dass sie die Flasche nicht gleich weggeräumt hat. Sie hat heute tatsächlich Wein aus dem Keller geholt.

»Hab auch Durst«, sagt Zenno und mit seinen kleinen Äuglein blinzelt er listig. Martha steht auf und holt ein Krüglein mit Most aus dem Haus.

»Wo ist denn heut der Herr des Hauses?«, fragt Zenno, als er mit einem mächtigen Zug seinen ersten Durst gelöscht hat.

»Fort ist er. Zum Viehmarkt auf Mühldorf.«

Zenno reißt seine Äuglein auf.

»Was? Fort? Und da lasst er euch zwei ganz allein?«

Er zwinkert mit dem linken Auge. »Werdet froh sein, wenn ihr den Alten los habt auf ein paar Tag, was?«

Unwillig steht Martha auf.

»Gib her, was du zu geben hast, und dann schau, dass du weiterkommst. Dein Gerede interessiert uns nicht.«

Der Schacher schüttelt ungläubig den Kopf.

»Bist du aber heut grob mit mir. Was brauchst denn? Brot wahrscheinlich?«

»Ja, Brot. Hast auch Tabak und Zigaretten dabei?«

»Hab ich, hab ich.«

»Zahnpasta auch?«, fragt jetzt Luzian.

»Der Schacher hat alles: Zahnpasta, Schuhbandl, Mausfallen und Rattengift.«

Martha nimmt drei Packl Tabak und zwei Schachteln

Zigaretten. Eine davon schiebt sie gleich Luzian zu. Dann nimmt sie Brot, Eiernudeln, zwei Stück Seife und Zahnpasta.

»Rechne zusammen. Ich hab nicht lang Zeit.«

Sie zahlt, nimmt die Sachen und geht damit ins Haus.

Luzian lehnt an der Hauswand und stößt mit vollem Genuss den Rauch einer Zigarette in die Luft. Zenno will nun mit ihm ein Gespräch anfangen.

»Schön da heroben, gelt?«

»Ja, sehr schön«, sagt Luzian, dreht sich um und geht ebenfalls zur Tür hinein.

Kopfschüttelnd sieht der Händler ihm nach. Dann schultert er seinen Korb und kichert:

»Die zwei haben's aber eilig, dass sie wieder allein sind!«

Er schaut noch einmal zur Haustür hinein. Als er aber niemanden sieht, macht er sich auf den Weg zum nächsten Einödhof. Aber erst am vierten Hof kann er endlich erfahren, wer der fremde Mensch auf dem Ulrichsberg ist, der mit der Martha Wein trinkt, und dem sie Zigaretten kauft. Und nun er es weiß, kann er es ja ruhig überall herumerzählen. Schließlich gehört das ja mit zu seinem Beruf. Fragen ihn denn nicht immer alle: »Zenno, was gibt's Neues? Du musst es doch wissen, weil du so viel rumkommst.«

Heute weiß Zenno etwas Neues.

»Der fremde Geiger, der damals in der Kirche gespielt hat, nicht wahr – ja, genau derselbe ist jetzt auf dem Ulrichshof Knecht. Er trinkt mit der Martha Wein und sie kauft ihm Zigaretten. Was sonst noch alles ist, kann ich heut noch nicht sagen. Bloß eines noch, der Alte ist fort zum Viehmarkt auf Mühldorf und die zwei sind allein.«

Ja, die beiden sind heute allein. Aber je länger sich der Tag hinzieht, desto beklemmender wird es. Es ist auf einmal so, als wüssten sie nicht, was sie mit diesem Alleinsein beginnen sollen.

Beim Abendessen bringt Martha das Gespräch in Fluss.

»Sind die Zigaretten gut, Luzian?«

»Ja, danke, Martha.«

»Hätte ich nicht doch bessere nehmen sollen?«

»Nein, wirklich nicht, Martha. Sie sind gut, die Marke, die ich auch sonst geraucht habe.«

Wieder Schweigen. Nur die Uhr tickt. Und einmal hört man draußen den heiseren Schrei eines Habichts.

»Der Tag wird jetzt bald um sein«, nimmt Martha wieder das Wort.

»Nach dem Kalender endet jeder Tag erst um Mitternacht«, antwortet Luzian, dann steht er auf und geht hinaus.

Mit Schrecken sieht sie, dass er das Haus verlässt. Sie sieht ihn über die Planke der Viehweide klettern. Immer höher steigt er ins warme Abendrot hinein, bis zum Waldrand. Dort erst setzt er sich nieder. Martha sieht, wie er sich eine Zigarette anzündet.

Mit Tränen in den Augen beginnt sie, das Geschirr abzuräumen. Nun weiß sie überhaupt nicht mehr, was sie denken soll. Hat sie denn etwas Unrechtes getan oder gesagt? Ach, es ist ihr so schwer ums Herz und noch nie im Leben hat sie sich so entsetzlich einsam gefühlt. Es ist ihr zumute, als stünde sie frierend vor einer warmen Stube, zu der ihr jemand die Tür vor der Nase zugeschlagen hat.

Währenddessen liegt Luzian da oben im warmen Gras und sieht zum Himmel auf. Kleine, an den westlichen Rändern rötliche Wolken ziehen vorüber. Er begreift nun selber nicht, weshalb er eigentlich vor der Martha geflüchtet ist. Ja, wie Flucht sieht das wohl aus. Nicht vor der gefährlichen Stille des Hauses ist er davongegangen, sondern vor dieser schönen jungen Frau. Sagt ihm jetzt auf einmal sein Verstand, dass sein Herz nicht die Vernunft vergessen dürfe? Will er dem nicht Nahrung geben, was in dem Mädchen glüht, weil er Angst hat, dass er ihr und diesem Berghof verhaftet bliebe für sein ganzes Leben? Erträgt er aber ein solches Leben in der Abgeschlossenheit dieser schönen Bergwelt?

Es ist niemals so einsam gewesen um ihn. Immer waren Menschen da, mit denen er hat sprechen können. Selbst in der Gefangenschaft. Menschen, an denen man sich hat aufrichten können, oder die man selber hat aufrichten dürfen. Auch früher ist er nie allein gewesen. Er hat den brausenden Widerhall gebraucht für sein Geigenspiel, den Beifall der Masse, der seiner Jugend doch geschmeichelt hat und ihm Wertmesser gewesen ist für sein Können.

Alwin Körner hat ihm auch noch nicht geantwortet. Wahrscheinlich wird auch er ihn nicht verstehen können. Vielleicht ist in der kleinen Wohnung in der Stadt am Rhein recht herzlich gelacht worden über den Narren Luzian, der ein Bauernknecht geworden war.

Wenn er sich ein wenig aufrichtet, sieht er weit unten das Band der Landstraße dahinziehen. Von Zeit zu Zeit fährt auf ihr ein Wagen. Einmal ist es ein großer Autobus, wohl eine Reisegesellschaft. Luzian stellt sich alles ganz lebhaft vor. Die Menschen werden durch die Landschaft gefahren. Schön, herrlich, werden sie sagen. Kolossal, diese Berge, wie majestätisch, wie gigantisch. Aber es wird kein solcher Narr unter ihnen sein, wie er einer ist, der hinaufgeht auf so einen Berg und sich an ihm müde schuftet für einen Menschen, der es ihm nur mit Schweigen lohnt, der ihn nicht mehr sehen will, wenn er von seiner Reise zurückkommt.

Das wird es wohl sein, was ihn jetzt so bedrückt. Er kann nicht bleiben, wenn der Alte ihn gehen heißt. Bisher hat er sich eingeredet, er müsste dableiben für das Heu. Aber nun gibt es kein Heu mehr einzufahren. Aber das Mädchen ist noch da. Wenn er an Martha denkt, klopft sein Herz mit stürmischen Schlägen.

Es sind auf einmal keine rosa Wolken mehr da, sondern ein nachtblauer Himmel mit vielen Sternen. Aus dem Hochwald, in dem sich vorhin erst die letzten Vögel in Schlaf gesungen haben, hört man nur noch das leise Brausen, das durch die Zweige hingeht. Luzian hat die Augen geschlossen und sieht nicht, was um ihn herum geschieht. Auf einmal aber fühlt er, dass jemand vor ihm steht und ihn ansieht. Er will die Augen nicht öffnen, aber sein Mund formt lächelnd die Worte:

»Bist du es, Martha?«

Da kniet sie vor ihm nieder und legt ihm Geige und Bogen in seine Hände. Ihr Gesicht ist dicht über ihm. Ihre Brauen bewegen sich langsam und nachdenklich, so als dächte sie angestrengt darüber nach, weshalb er vor ihr geflohen ist. Die Geige, die sie mitgebracht hat, soll nur ihre Verlegenheit verbergen, damit er nicht meint, sie sei ihm nachgelaufen. Nun aber, da sein Finger, unbeabsichtigt vielleicht, an einer Saite zupft, bittet sie ihn:

»Spiel etwas für mich, Luzian. Für mich ganz allein.«

Sofort richtet er sich auf. Ein Glühwürmchen gaukelt vorüber, taumelt wie ein Funken auf und nieder und fällt dann erlöschend ins Haar des Mädchens, das nun im Gras liegt, genau dort, wo vorher sein Kopf geruht hat.

Luzian nimmt die Geige unters Kinn und hebt den Bogen. Ganz leise schwingen die ersten Töne durch die Nacht. In den Zweigen verfangen sie sich, werden vom Nachtwind getragen, wispern durchs Farnkraut und Moos und klagen leise zu den Sternen auf.

Regungslos liegt Martha auf dem grünen Rasen und lauscht beseligt den Klängen. Er sieht auf sie herab und weiß nun endgültig: Es gibt kein Entrinnen mehr. Und ganz leise singt er:

»Du sollst mich lieben und meine Hände halten,
in den Sonnentagen und in den bitterkalten.
All mein Verzagen und all meinen Willen,
wollst du in deine Liebe hüllen.
Und wenn sie kommen mich zu begraben,
sollst du mir ein letztes Wort von Liebe sagen ...«

Mit einem schrillen Misston bricht die Geige ab. Sie fällt lautlos ins Gras. Das Mädchen aber hat die Arme um seinen Hals geschlungen und zieht sein Gesicht auf ihre Brust nieder.

»Ich will dich immer, immer lieb haben«, flüstert ihr Mund. »Geh nie mehr fort, Luzian!«

Er umschließt ihr Gesicht mit beiden Händen. Und da erschrickt er, denn es ist tränenüberströmt.

»Was hast du? Weinst du?«

»Vor Glück, Lutz. Ich habe noch nie gewusst, dass Glück so schwer sein kann.«

Zum ersten Mal nennt sie ihn mit diesem Kosenamen. Er lauscht ihm nach.

»Wie nennst du mich?«

»Lutz. Willst du es nicht?«

»Doch, doch. Liebes. Von dir hört es sich gut an.«

Ihre Arme umschließen ihn fester und dann überschüttet sie ihn mit Küssen.

Das ist eine ganz andere Martha, als er sie bisher gekannt hat. Heftig, innig und zärtlich ist ihre Liebe. Aber ihre Zärtlichkeiten reißen ihn in einen Strudel hinein, der ihn packt, wie der Wind ein Kornfeld erfasst. Ihr Gesicht ist nun nicht mehr nass von Tränen. Er streicht mit seinen Fingern über ihre Stirn, über ihre Augen und ihren Mund.

Um diese Zeit sitzen im Nebenzimmer des Ochsenwirtes ein halbes Dutzend Burschen um den Rubatscher-Toni herum. Es ist der Ausschuss des Gebirgstrachten-Erhaltungsvereins Almenrausch und der Rubatscher-Toni ist in diesem Ausschuss, weil er wegen seiner Körperkraft Fähnrich ist. Der Vorstand hat die Sitzung bereits beendet und man ist ins Reden gekommen, als, ganz von ungefähr, der Leitner-Ambros hereinkommt und sich neben den Toni setzt. Nach einer Weile gehen sie zusammen hinaus, niemandem fällt es auf.

»Alles in Ordnung?«, fragt der Toni.

»Eben nicht«, antwortet der Ambros. »Der Schlüssel passt nicht.«

»Was? Der hat doch bis jetzt immer gepasst.«

»Aber heut schließt er nimmer. Es muss ein neues Schloss dran sein.«

Der Rubatscher pfeift durch die Zähne.

»Schau an! Hat sie es ausgewechselt! Daran hätte ich auch nicht gedacht. Hilft aber nichts. Der Hirsch muss weiter. Der Wirt von Pfading wartet mit seinem Kombiwagen um zwei Uhr bei der Straßenkreuzung.«

»Hoffentlich haben sie ihn nicht gefunden«, meint der Leitner. »Gestern haben sie Heu eingefahren beim Ulrichsberger.«

»Glaub ich nicht. Wir haben ihn doch gut verstaut in der linken Ecke unterm Streuhaufen.«

»Und wenn sie das Heu draufgeschmissen haben?«

»Kaum, die Streu muss ja jederzeit greifbar sein.«

»Mir soll es recht sein. Es fragt sich halt bloß, wie wir jetzt in den Stadel reinkommen.«

»Bretter müssen wir wegreißen und später wieder hinnageln. Muss uns die Martha so einen Strich durch die Rechnung machen!«, schimpft der Toni. »Ist so praktisch gewesen, der Stadel.«

»Besonders für dich«, meint der Leitner-Ambros und lächelt spöttisch.

Dann gehen sie wieder hinein. Beim Durchschreiten der Gaststube spitzt der Rubatscher-Toni plötzlich die Ohren. Am runden Bauerntisch sitzt der Zenno Schacher und erzählt die Neuigkeit vom Ulrichsberg. Aber Toni kann nicht stehen bleiben und horchen, ohne dass es auffällt. Wenn ihn nicht alles trügt, kommt der Zenno sowieso auch noch ins Nebenzimmer.

Und richtig, nach kaum einer halben Stunde erscheint er dort. Sein Gesicht glänzt bereits wieder in leichter Trunkenheit.

»Wer von den Herren zahlt mir jetzt eine Maß?«, fragt er.

»Hock dich nur her und sauf, zahlt wird's dann schon«, sagt der Rubatscher, der auch nicht mehr ganz nüchtern ist. »Was gibt's Neues?«

Zenno blinzelt zuerst eine Weile. Dann trinkt er umständlich, schneuzt sich und sagt so nebenbei, dass er schon etwas Besonderes wisse.

»Also, ganz was Schönes weiß ich heut«, setzt er noch hinzu und blinzelt wieder.

»Gacker nicht lang rum und red«, verlangt der Angerer-Max.

Und da beginnt er, und da er die Geschichte im Laufe des Tages wohl schon ein dutzend Mal breitgeschlagen hat, fließt sie ihm wie eingelernt aus dem zahnlosen Mund. Dass er dabei noch ein wenig dazugibt, ist selbstverständlich.

»Also, denkt euch«, beginnt er. »Wie ich da heut Vormittag auf den Ulrichsberg geh, die Vögerln hab'n so schön gezwitschert und kleine Wolkerln sind am Himmel dahingeschwommen ...«

»Lass sie schwimmen und komm zur Sach!«, fordert der Toni.

»Lass dir nur grad Zeit! Ihr könnt den Skandal noch früh genug hören.«

»Was für einen Skandal?«

»Ist das vielleicht kein Skandal, wenn ein landfremder Kerl hergeht und sich in den Ulrichsberghof setzt und dem schönsten Madl den Kopf verdreht? Komm ich darauf, sitzen die zwei gemütlich auf der Hausbank und trinken. Was meint ihr, was sie getrunken haben? Wein! Jawohl! Rüdesheimer Spätlese hat auf der Flasche gestanden! Und wie verliebt sie sich angeschaut haben! Und Zigaretten hat sie auch gekauft.«

»So eine Schand!«, schreit ausgerechnet der Rubatscher.

Jetzt kommt der Zenno erst richtig in Fahrt. Er wirft seinen Schädel zurück und sieht die Burschen der Reihe nach herausfordernd an.

»Ich hab ganz gewöhnlichen Most saufen müssen, kein Tröpferl Wein hab ich kriegt! Und überhaupt, was seid denn ihr für Burschen! Lasst ihr das auf euch sitzen, dass da ein Fremder hergeht und verführt so ein Madl?«

»Mich geht die Sach nichts an«, sagt der Vereinsvorstand, der Heimeran-Ferdl.

»Dich freilich nicht, weil du verheiratet bist. Aber die andern.«

»Recht hat er, der Zenno«, schreit Toni. »Mich interessiert grad, was der Alte dazu sagt!«

»Der ist ja nicht da. Fort ist er, nach Mühldorf. Und wahrscheinlich kommt er acht Tage nimmer heim.«

»Zacklziment!«, schreit der Rubatscher wieder. »So eine Schand!«

»Dem Herrn Pfarrer müsst man's sagen«, schlägt Zenno vor. »Das ist eine Gefährdung der öffentlichen Sittlichkeit, wenn ein Vater fortreisen muss und die Tochter so einem Kerl ausgeliefert ist auf Gedeih und Verderb.«

»Und schuld ist grad der Schuster«, erbost sich der Toni wieder. »Der hat ihn hergeholt nach Steinkirchen. Da muss was geschehn, Zacklziment! Raufgehen müsst man und den Burschen ausheben! Auf geht's, Bub'n! Wer macht mit?«

Merkwürdigerweise hat aber keine große Lust. Nicht einmal der Leitner-Ambros und er erinnert den Toni leise daran, dass sie ja den Hirschen noch aus dem Stadel bringen müssen.

»Also, keiner geht mit?«, fragt der Rubatscher noch mal. »Dann mach ich es halt allein. Mit dem werd ich noch leicht fertig.«

Nein, die Neigung, so eine Art Femegericht herbeizuführen, ist recht lau, wenn es auch manchem nicht ganz behagt, dass die stolze Martha Klarwein ausgerechnet einem Fremden ihre Liebe schenken soll.

Am meisten ärgert es den Rubatscher. Er hat sie ja ein paar Mal im Arm gehabt, die Martha, und nicht bei sich sucht er die Schuld, dass sie aus seinem schmählichen Verhalten die Folgerung gezogen hat, sondern ihr misst er sie zu, ihr ganz allein. Insgeheim ist er doch immer der Meinung gewesen, dass er sie noch einmal überreden könnte. Nun aber sieht er die letzten Felle davonschwimmen. Das ist ein Grund, dass er laut fordernd nach neuem Bier verlangt und um Mitternacht so viel getrunken hat, dass er kaum mehr fähig ist, mit dem Leitner-Ambros den gewilderten Hirschen bis zur Straßenkreuzung zu bringen.

Martha liegt ausgestreckt im Gras, eine Hand hat sie um den Nacken des Mannes gelegt, der an ihrer Seite regungslos liegt.

Ihre Augen sind weit offen. Aber sie sieht nur Schwärze über sich. Es sind die weiten Fichtenäste einer Baumgruppe. Nur manchmal sieht man durch eine Lücke einen Stern blinzeln. Und immer noch ist diese Sommernacht warm, wie der Boden, auf dem sie ruhen, und der Wind, der durch die Äste singt.

Von ihrem Streicheln erwacht der Mann. Hastig richtet er sich auf und muss sich erst besinnen, wo er ist.

»Es will Tag werden«, sagt Martha.

Ein erster Vogelruf erklingt im Wald. Bald werden es mehr. Ein Windhauch geht wie tiefes Atemholen durch die Zweige. Der Tag lässt sich jetzt nicht mehr aufhalten.

Ein Flügelschlag geht unter den Zweigen hin. Luzian sieht einen Vogel, der sich auf einem Ast niederlässt. Ein Kuckuck ist es, der jetzt seinen Hals reckt und sich zum Ruf anschickt, vor dem Martha tief erschrickt, denn es ist ein kraftvoll tönender Laut, tief und voller Klang, wie man es diesem Vogel gar nicht zutrauen möchte. Wie gebannt sehen die beiden hin und zählen die Rufe mit, bis der Vogel beim fünfzehnten schweigt.

»Fünfzehn Wochen noch«, sagt Martha. »Oder fünfzehn Monate.«

»Oder fünfzehn Jahre«, meint Luzian.

»Nein, bis dahin wären wir beide alt, Luzian. Sag, könntest du dir vorstellen, dass wir beide fünfzehn Jahre aufeinander warten müssten, ehe wir heiraten könnten?«

Er schüttelt den Kopf. Man kann sich aber auch nicht vorstellen, dass dies in fünfzehn Wochen oder in fünfzehn Monaten sein soll. Wie ein grauer Schatten steht der alte Ulrichsberger dazwischen.

Luzian sieht auf seine Geige hin, die neben ihm im Gras liegt. Tau hat sich daraufgelegt und er spürt einen Schmerz. Diese Geige ist ihm in all der Zeit seit seiner Heimkehr

Freundin und Geliebte gewesen. Und nun hat sie eine Nacht lang verlassen und vergessen unter den Sternen gelegen und er hätte wenigstens seine Jacke darüberlegen sollen, damit sie vor dem Tau geschützt gewesen wäre.

Marthas Stimme reißt ihn aus seinem Sinnen: »Ich möchte mit dir tief in den Wald hineingehen.«

»Und was werden wir weiter tun?«

»Nicht viel. Wir wollen den Tag feiern, unseren Tag, und unser Alleinsein.«

»Dann lass uns noch ein wenig hier sitzen. In den Wald können wir auch später noch, wenn die Hitze kommt.«

Die leichten Nebel heben sich jetzt. Man sieht die Höfe in der Tiefe liegen. Einmal brüllt eine Kuh und Martha wird daran gemahnt, dass es auch noch Pflichten für sie gibt. Nur ein klein wenig will sie noch neben Luzian sitzen.

Später gehen sie zum Hof hinunter, Luzian trägt unter dem einen Arm seine Geige und den anderen hat er um Marthas Schulter gelegt. Er hilft ihr dann bei der Stallarbeit. Hernach aber ist es den ganzen Tag so, wie es im Volksmund heißt, dass die Mäuse sich freuen, wenn der Kater aus dem Haus ist.

Der Ulrichsberger wird ja spätestens am Abend zurückkommen.

Aber der Tag ist lang. Und die beiden haben sich über die vielen Stunden hinweg all das zu sagen, wofür die Nacht nicht gereicht hat. Luzian erfährt vom Leben des Mädchens, von ihrer Liebe zum Toni, die dann in einer Enttäuschung hat enden müssen. Sie erzählt ihm, wie wenig Freuden sie bisher gehabt hat. Nur Arbeit hat sie gekannt, harte und schwere Arbeit auf dem Berghof.

»Lohnt dir denn das der Hof einmal?«, will Luzian wissen.

»Ja, Luzian. Bis vor ein paar Jahren hat mich der Vater noch geschlagen. Aber ich habe alles erduldet des Hofes wegen. Er ist doch ein herrliches Stück Heimat. Und jetzt, jetzt lohnt er es mir hundertfach durch dich.«

»Du könntest von hier nie fortgehen?«

»Hab ich immer gemeint, Lutz. Aber jetzt ist es anders. Wenn du hier nicht bleiben kannst, ich würde mit dir fortgehen.«

Luzian denkt eine lange Weile angestrengt nach. Dann sagt er:

»Ich weiß nicht, Martha, das sind nur so meine Gedanken, aber aus diesem Hof ließe sich etwas ganz anderes machen. Es ließe sich viel müheloser Geld aus ihm herausschlagen.«

»Mich hat man gelehrt, dass man Geld und Gut nur mit Mühe erwerben kann. Aber woran denkst du, Luzian?«

»Wenn es nach mir ginge, müsste als erstes elektrisches Licht her. Dann könnte man eine bequeme Fahrstraße anlegen, damit Autos herauf können. Eine Fremdenpension würde ich aufmachen. Bei diesen Verhältnissen kann ja niemand herauf fahren und das Geld bleibt unten liegen. Aber das sind ja alles nur Träume, Martha.«

»Aber schöne Träume, bitte, sprich weiter, und lass mich mitträumen.«

»Heute dürfen wir's noch, ja. Morgen ist wieder die kalte, grausame Wirklichkeit da. Morgen wird er sagen, dein Vater, ich kann gehen. Was ist dann?«

»Ich werde ihm antworten, dass ich dann mitgehe. Und das wird er sich doch überlegen. Nein, Lutz, du musst hierbleiben. Es muss so werden, wie du es vorhin geträumt hast.«

Martha denkt daran, wie oft schon Fremde nachgefragt haben, ob sie denn nicht hier die Sommerwochen über wohnen könnten. Sie weiß auch noch, wie die Mutter das immer gerne gewollt hat, dass sie sich aber niemals gegen den Starrsinn des Vaters hat durchsetzen können, der sich allen Neuerungen halsstarrig verschloss. Es fällt ihr auch ein, dass der Bruder oft gesagt hat: Wenn ich einmal Herr bin da, wird vieles anders.

Doch der Bruder ist nicht wiedergekommen aus dem großen Krieg. Und nun spricht Luzian die gleichen Gedanken aus und sie weiß, dass das, was er sagt, vernünftig ist. Und das will sie so gerne tun. Es ist ja das Wunderbare für sie, dass sie ihm bedingungslos vertrauen kann. Hier kennt sie nicht das leise Misstrauen, das sie beim Rubatscher nie ganz losgebracht hat.

Freilich ist es müßig, sich jetzt schon damit zu befassen, denn solange der Vater lebt, wird er sich allen Vorschlägen verschließen und wird Bauer bleiben, bis man ihn in einem Sarg aus sechs Eichenbrettern den Berg hinunterträgt zum Friedhof. Erst dann darf Martha daran denken, neue Pläne zu verwirklichen.

»Warum bist du auf einmal so schweigsam?«, fragt Luzian. »Woran denkt du?«

»Wie schön es einmal sein wird mit uns beiden. Du müsstest nur die Kraft haben, Luzian, auszuhalten.«

»Einer muss dem anderen die Kraft geben, Martha. Dann wird es durchzustehen sein, denn schließlich sind wir zu zweit und er ist allein.«

»Aber sein Starrsinn reicht für sechs.«

»Es liegt nur an uns den zu brechen.«

Sie lächelt ihm beglückt zu und denkt: Es ist doch alles so wunderbar einfach, wenn man nicht mehr allein ist. Sie ist von Zärtlichkeit erfüllt.

Um diese Stunde sitzt der Ulrichsberger beim Metzgerwirt in Steinkirchen. Er hockt bereits ein paar Stunden dort und hat schon etwas über den Durst getrunken. Gerade will er zahlen, als der Zenno hereinkommt und sich ein wenig abseits von dem großen Ofentisch setzt, an dem die Bauern hocken.

»Hast dein Heu schon daheim?«, beginnt der Staffner von Öd, ein großer Spötter.

»Wohl, wohl, ist daheim«, antwortet der Ulrichsberger und ruft der Kellnerin zum zweiten Mal, dass er zahlen möchte.

»Heuer ist es ja schneller gegangen bei ihm«, spöttelt der Staffner. »Hat ja einer die Geigen dazu gespielt.«

Da fährt Simon Klarwein wie von einer Schlange gebissen auf.

»Du! Das sagst mir nimmer! Dem Kerl werd ich morgen schon die Stiefel vor die Tür stellen!«

»Wenn deine Martha sie ihm nur nicht wieder hereintut!«

»Wie meinst denn das?«

»Genauso, wie ich es sag. Oder denkst du, dass dir die zwei alles auf deine krumme Nase binden?«

Der Ulrichsberger wird blass.

»Sag nichts, Staffner, was du nicht beweisen kannst, und mach mich nicht verrückt mit deinem Gerede.«

Der Staffner zündet die erloschene Virginia wieder an und lächelt verschmitzt. Ganz unschuldig fragt er dann:

»Darf man heutzutags nimmer sagen, was wahr ist?«

»Was ist wahr?« Der Ulrichsberger fasst den anderen hart am Arm. »Was wahr ist, möcht ich wissen!«

»Frag den Zenno, der war gestern oben.«

Mit einem jähen Ruck reißt der Ulrichsberger seinen Schädel auf die andere Seite hinüber, wo an einem langen Tisch die Burschen, unter ihnen der Zenno, sitzen.

»Was so ein Depp sagt, ist noch lang nicht alles wahr«, sagt er dann und trinkt seinen Krug leer. Die Kellnerin kommt und will nun abrechnen.

»Jetzt mag ich nicht«, schreit er. »Wärst vorhin gleich kommen.«

»Also kriegst noch eine Halbe?«

»Kein Bier. Wein mag ich jetzt.«

»So ist's recht«, hetzt nun der Wehner vom Haag, der den Staffner ablösen will. »Hast schon recht, Simon. Trink nur Wein. Daheim trinken sie ja auch Wein, wenn du nicht da bist.«

Simon Klarwein reißt die Augen auf.

»Wer trinkt Wein?«

»Deine Martha und der Geiger. Frag doch den Zenno, der kann es dir genauer erzählen. Ihm haben sie bloß billigen Most hingestellt. Sie aber haben Wein getrunken, vormittags um neun Uhr schon, zur Brotzeit.«

Der Ulrichsberger stiert den Sprecher an wie ein Gespenst. Offenbar glaubt er es jetzt und ist fest gewillt, morgen in der Frühe schon den Geiger aus dem Haus zu werfen. Und die Flasche Wein wird er ihm vom Lohn abziehen. Wär ja noch schöner! In diesem Augenblick schreit der Rubatscher-Toni vom Nachbartisch herüber:

»Wenn du ein richtiger Vater wärst, dann tätst so was überhaupt nicht dulden.«

»Was dulden? Wer duldet was? Ist vielleicht von euch Lettfeigen da drüben einer kommen und hat uns geholfen, 's Heu reinzubringen? Kein einziger hat sich sehn lassen!«

»Ist ihr ja keiner gut genug, deiner hochnäsigen Martha«, sagt der Staffner wieder. »War ja einmal einer droben. Was war es dann? Das Dorf hat er verlassen, der arme Teufel, und ist wohl in der Fremde elendig verreckt, weil man nie mehr etwas von ihm gehört hat.«

»Ja, ist wahr«, bestätigt der Ulrichsberger, statt sich wenigstens jetzt schützend vor den Ruf seiner Tochter zu stellen. »War ja auch bloß ein Bub, der Adrian. Deswegen hätten sich andere nicht abschrecken lassen brauchen. Ein anständiger Bursch, der arbeiten mag, zu dem hätt ich nichts gesagt.«

»Jetzt schneid'st aber ab!«, schreit der Rubatscher. »Bist nicht mit dem Gewehr auf mich losgegangen, wie ich einmal raufkommen bin?«

Der Ulrichsberger sieht ihn mit spottenden Augen eine Weile an. Dann sagt er:

»Ich hab ja gesagt, ein anständiger Bursch. Von dir war gewiss nicht die Red.«

»Soso. Aha!«, brummt der Rubatscher. »Kannst du mir was nachsagen?«

»Was Gutes nicht.«

Der Rubatscher wird abwechselnd rot und weiß.

Der Streit wäre im Abflauen gewesen, wenn der Staffner nicht noch einmal begonnen hätte.

»Recht hat der Toni. Ein anständiger Bursch muss den Hof verlassen, aber so ein hergelaufener Geigenspieler …«

»Der fliegt morgen raus«, versichert der Alte.

»Der Zenno sagt, sie hätt den Geiger so verliebt angeschaut, dass es leicht sein könnt, sie lauft dann mit ihm fort. Ist's wahr, Zenno?«

Jetzt verschlägt es dem Simon Klarwein die Sprache. Mit dieser Möglichkeit hat er nicht gerechnet. Sollte es wirklich wahr sein, dass seine Martha ihm auch davonlaufen wollte, wie es der Adrian tat?

Er stiert in sein Glas, trinkt aus und lässt wieder einschenken. Eine Antwort gibt er nicht mehr.

Der Metzgerwirt denkt, dass jetzt genug gestritten sei, denn er setzt sich jetzt zwischen den Staffner und den Ulrichsberger und beginnt ein anderes Gespräch, an dem Simon Klarwein sich aber nicht mehr beteiligt. Die Sache macht ihm doch mehr zu schaffen, als man ihm ansieht. Meine Martha mir davonlaufen, denkt er. Ist sie mir schon so über den Kopf gewachsen? Schuld bin ich selber. Ich hab zuviel nachgegeben, ich hab sie nimmer geschlagen. Darum nimmt sie sich jetzt so viel heraus.

Immer wieder trinkt er und sein Gesicht wird rot und röter. Er sieht nicht einmal auf, wenn die anderen nach und nach gehen. Schließlich sitzt er allein am Tisch. Auch der Burschentisch drüben ist ziemlich leer geworden. Nur ein paar hocken noch dort. Schlaf will ihn überkommen und er ist gerade daran, den Kopf in die Armbeuge zu legen, als sich der Zenno an ihn heranschleicht.

»Zahlst mir ein Maß, Ulrichsberger?«

»Dir?« Der Bauer reißt die Augendeckel auf. Dann lacht er grölend. »Ja, dir zahl ich eine, weil du bei mir droben hast Most trinken müssen.«

»Ja, ganz sauren Most.«

»Und die andern haben Wein getrunken?«

»Ja, guten Wein.«

»Schlechten hab ich nicht im Keller. Kathi! Eine Maß für den Zenno, auf meine Rechnung. Und verliebt angeschaut haben sie sich, sagst?«

»Ja, schau her, so …« Der Zenno verdreht die Augen,

spitzt den Mund und bemüht sich vergeblich, verliebt dreinzuschauen.

Plötzlich steht auch der Rubatscher am Tisch.

»Du brauchst dich gar nicht so aufmandeln und so zu tun, als ob ich dir zu schlecht wär. Hab schon in deinem Hemd geschlafen auf deinem Hof.«

»Was ist mit dir?«, fragt der Ulrichsberger gereizt, weil er nicht weiß, was der andere mit dem Hemd meint.

»In einem Hemd von dir hab ich schon einmal eine Nacht geschlafen am Ulrichsberg.«

Das ist selbst dem Zenno zu viel.

»Solche Sprüch sollst nicht machen, Rubatscher-Toni.«

»Was Sprüch? Die Wahrheit ist es! Von ihm hab ich ein Hemd angehabt.«

Der Ulrichsberger zittert am ganzen Leib.

»Das ist – das ist nicht wahr?«, schreit er. »So schlecht kann meine Martha nicht sein.«

»Ich kann dir's ja beweisen. Das Hemd hab ich noch. Ich schick es dir durch den Zenno rauf. Selber kann ich dir's nicht bringen, denn Einheimische jagst du ja mit dem Gewehr davon oder du hetzt sie in die Fremde. Aber so Hergelaufene, die dürfen gleich ein paar Tage allein im Haus bleiben mit deiner Tochter.«

Jetzt gibt der Ulrichsberger keine Antwort mehr. Das hat ihn zutiefst getroffen. Der Rubatscher ist so plötzlich verschwunden, wie er gekommen war.

Eine halbe Stunde später macht der Alte sich auf den Weg. Die Nacht ist schwül und zeigt nur wenig Sterne. Nur Schwärze spiegelt sich im See, als er hinüberrudert. Als er drüben an Land steigt, hat er es so eilig, dass er das Boot erst gar nicht mehr ankettet. Mit einer Hast, die man seinem Alter kaum mehr zugetraut hätte, rennt er den Berg hinauf, angefüllt mit Hass, Trotz und verletztem Bauernstolz! Heute noch wird er den Kerl aus dem Haus werfen. Die zwei sollen sich wundern, wenn er jetzt heimkommt!

Schwer atmend steht er schließlich vor seinem Hof. Die Fenster sind alle dunkel. Geräuschlos schließt er die Haustür und steigt leise die Treppe hinauf. Droben im Flur zündet er die kleine Lampe in der Nische an, damit ihn in der Dunkelheit nichts narre. Dann erst stößt er heftig mit seinem Stock gegen Marthas Kammertür.

»Aufmachen! Sofort! Hörst nicht? Aufmachen sollst!«

Das ganze Haus hallt von seiner zornigen Stimme. Aus der Kammer hört man ein Geräusch von tappenden Schritten auf die Tür zu. Kaum wird sie zu einem Spalt geöffnet, stößt der Bauer sie mit seinem Stock vollends auf. Martha steht da, mit hängenden Zöpfen und barfuß. In ihren Augen ist keine Angst. Es ist nicht das erste Mal, dass der Vater betrunken heimkommt. Da hat er sie schon oft geweckt und sie hat ihm dann starken Kaffee kochen müssen.

»Was schreist denn so?«, fragt sie ruhig. »Du weckst ja das ganze Haus auf.«

»In meinem Haus kann ich schreien, wie ich will! Hast Angst, dass dein hergelaufener Kerl nicht schlafen kann? Hast ihn drin in deiner Kammer? Rauskommen soll er oder es passiert was …«

»Vater!«, schreit Martha auf.

In diesem Augenblick knarrt weiter hinten im Flur eine Tür. Luzian kommt aus seiner Kammer, stutzt einen Augenblick und tritt dann in den Lichtkreis der Lampe.

»Was ist denn los?«

»Ah – da ist er ja, der Herr, der meinen Wein säuft, wenn ich nicht da bin!« Wutverzerrt starrt der Ulrichsberger ihn an. »Raus!«, schreit er dann plötzlich. »Raus aus meinem Haus. Aber sofort!«

Als Luzian sich nicht rührt und gerade zu begreifen anfängt, dass der Mann betrunken ist, reißt der Alte seinen Stock hoch. Das aber hätte er nicht tun sollen. Der andere ist ja viel jünger als er. Er kann diesem ersten Schlag mit leichter Mühe ausweichen. Und zu einem zweiten kommt es nicht mehr. Aber der Ulrichsberger wirft sich mit seinem ganzen Körpergewicht auf Luzian. Seine Fäuste suchen Luzians Hals. Martha will herbeispringen, aber es ist schon zu spät.

Durch eine jähe Wendung von Luzians Körper gerät der Bauer ins Taumeln und stürzt die Treppe hinunter.

Stöhnend bleibt er unten liegen.

Nun hat sich alles mit einem Schlag geändert. Der Ulrichsberger liegt mit einem Unterschenkelbruch im Bett und muss notgedrungen einsehen, dass Martha die Arbeit allein nicht machen kann.

Der Doktor hat ihn ins Kreiskrankenhaus schaffen wollen. Aber dagegen hat sich der Bauer mit seinem ganzen Eigensinn gesperrt. Aus dem Haus? Nein, keinen Schritt hier weg! Das könnte den beiden gerade so passen! Im Krankenhaus können sie auch weiter nichts tun, als den gebrochenen Fuß in Gips legen und ihn in ein Bett verbannen.

Er muss endlich einsehen, dass Martha mit der vielen Arbeit allein auf die Dauer nicht fertig werden kann. Das Heu ist wohl eingebracht, aber das Korn will reifen. Es ist nicht viel Korn, nur ein kleiner Acker weiter unten im Tal. Und nach dem Korn kommt das Grummet und nach dem Grummet sind die Kartoffeln an der Reihe. Nun, bis dahin kann der Gips wohl schon wegkommen und er wieder selbst über die Felder und Wiesen gehen. Vorerst aber bleibt ihm nichts anderes übrig, als in den sauren Apfel zu beißen und den Geiger auf dem Hof zu dulden. Nur eines verlangt er ganz unabdinglich, dass Martha ab sofort bei ihm in der unteren Kammer schläft. Martha fügt sich dieser Anordnung ohne jede Widerrede.

Als sie am ersten Abend diese Kammer leise betritt, in der Meinung, der Vater schlafe, kommt seine Stimme durch das Dunkel vom anderen Ende der Kammer herüber, wo sein Bett am Fenster steht.

»Was hat denn der andere heut getan?«

»Streu gemäht am See drunten.«

»Kann er morgen auch machen. Wird ihm ja grad so passen, dass ich im Bett liegen muss. Das geht auch auf seine Rechnung, dass ich jetzt dalieg mit gebrochenem Haxen.«

Martha entkleidet sich im Dunkeln und schlägt das Deckbett zurück. Sie findet, dass der Vater seine Worte nicht mit der früheren Schärfe von sich gibt, dass er versöhnlicher gestimmt ist und langsam begonnen hat, sich in das Unvermeidliche zu schicken.

Die Hände hinter dem Kopf verschränkt, liegt sie ganz unbeweglich und schaut zur Decke hinauf. Die Schritte da oben sind verklungen und Luzian wird vielleicht schon schlafen. Oder liegt er auch so hellwach wie sie und kann an nichts anderes danken als an sie, so wie sie an ihn? Ein verträumtes Lächeln liegt um ihren Mund, wenn sie bedenkt, dass er nun dableibt, und dass sein Schicksal sich immer mehr mit dem Hof zu verflechten beginnt. Da ist plötzlich die Stimme des Vaters wieder da:

»Du, da hat einer behauptet im Wirtshaus drunten, dass er in einem Hemd von mir auf unserem Hof geschlafen hätt.«

Martha schrickt zusammen. Kann ein Mensch wirklich so schlecht sein, denkt sie, dass er mit Dingen prahlt, die jede andere auch getan hätte, und die mit Liebe doch gar nichts zu tun gehabt haben?

»Der Rubatscher«, sagt sie.

»Also ist es wahr«, zischt der Alte und setzt einen Fluch hinterdrein. »So eine Schand! Und ich muss mein Maul halten, kann den Kerl nicht belangen!«

»Es ist nicht so gewesen, wie er sagt.«

»Wie war es dann?«

Martha erzählt ihm den Hergang jenes Nachmittags. Nichts verschweigt sie, auch das nicht, dass sie für kurze Zeit gemeint habe, er könnte einmal der richtige Bauer für den Ulrichshof sein.

»Der?«, schreit der Alte auf. »Der Lump? Da ist der Luzifer noch besser.«

Er weißt nicht, dass er damit etwas zugibt. Nur Martha hört es heraus und lächelt vor sich hin.

»Schlaf jetzt, Vater«, sagt sie und dreht sich mit einem Ruck gegen die Wand.

Als am andern Tag der Zenno kommt, fängt ihn Martha bereits vor dem Obstgarten drunten ab.

»Von jetzt an kannst du dir den Weg herauf zu uns sparen«, erklärt sie ihm.

Ganz erschrocken starrt der Zenno sie an.

»Du bist ja nett«, stottert er. »Warum denn?«

»Weil ich mir meine Sachen dort kauf, wo ich nicht herumgetratscht werde. Bedank dich beim Rubatscher und sag ihm auch gleich, wenn er sein Maul nicht hält, kann ich ja dem Förster einmal ein bissel was erzählen.«

Der Händler steht noch eine Weile ganz unschlüssig da, denn wenn er es recht bedenkt, verliert er doch eine gute Kundschaft. In diesem Augenblick ertönt vom Haus her ein scharfer Pfiff. Als er aufschaut, sieht er den weißen Schädel des Ulrichsberger an einem der Fenster.

»Meinst du mich?«, schreit er hinauf.

»Ja, dich mein ich. Geh nur her!«

So schnell es ihm mit der hoch geladenen Kiepe möglich ist, eilt Zenno zum Hof hinauf.

»Ja, was ist denn mit dir, Bauer? Die Sonne scheint und heller Tag ist's und du liegst im Bett!«

»Ich lieg nicht, ich sitz und werd mir für die nächsten Wochen die Welt bloß von hier aus anschaun, weil ich mir den Haxen gebrochen hab.«

»Was du nicht sagst! Den Haxen gebrochen? Wie ist denn das zugangen?«

»Gestolpert bin ich in der Dunkelheit und dann war es geschehen!«

»Und grad jetzt muss dir das passieren, wo du deinen Knecht zum Teufel gejagt hast!«

»Wer sagt denn das?«

»Du hast es doch gesagt beim Wirt, dass er rausfliegt.«

»Ja, aber jetzt ist er noch da und bleibt da, bis ich wieder hatschen kann.«

»Freilich, freilich. Allein kann ja die Martha die Arbeit auch nicht machen. Und gar so unrecht wird er ja nicht sein, oder?«

»Es gibt Leut, die noch schlechter sind. Hat er dir das Hemd mitgegeben, wie er gesagt hat?«

»Nichts hat er mir mitgegeben, der Toni.«

»Dann sagst ihm, dass ich's ihm schenk, denn was der einmal angehabt hat, das zieht der Ulrichsberger nimmer an. Und sagst ihm, wenn ich das noch einmal hör, dann soll er sich auf was gefasst machen.«

»Ist schon gut, Ulrichsberger, schon gut. Und – brauchen tust gar nichts?«

»Da musst zu der Martha gehn.«

»War ich schon. Aber sie hat gesagt, ich brauch nimmer raufkommen da.«

»So? Ja, dann wird sie schon ihren Grund haben. Behüt dich, Schacher und vergiss nicht, was ich dir gesagt hab wegen dem Rubatscher.«

Ein wenig geknickt geht der Zenno davon und erzählt am nächsten Hof, dass der Ulrichsberger sich das Bein gebrochen habe.

Am zweiten Hof erzählt er bereits, dass das mit dem Stolpern im Dunkeln vielleicht gar nicht ganz stimme. Ob er nicht mit dem hergelaufenen Geiger was gehabt haben könnte?

Bis Mittag wird schon eine ganze Geschichte daraus und am Abend erzählt er brühwarm im Wirtshaus, dass der Geiger dem Ulrichsberger den Fuß abgeschlagen habe.

Und so geschieht es, dass zwei Tage später der Polizeibeamte Angermann mühsam seine zwei Zentner den Berg hinaufquält, um dem schweren Fall von Körperverletzung nachzuspüren.

Schwitzend und schnaufend steht er vor dem Fenster der Schlafkammer. Der Ulrichsberger sitzt im Bett und raucht gemütlich seine lange Pfeife.

Nachdem Angermann über den steilen Weg und die Hitze geschimpft hat, zieht er sein Notizbüchlein und netzt den Bleistift an der Zunge.

»Also, wie war das, Klarwein? Dieser fremde Geiger hat Ihnen den Fuß abgeschlagen? Mit welchem Gegenstand ist das geschehen?«

Der Ulrichsberger nimmt die Pfeife aus dem Mund und ist zunächst sprachlos. Dann lächelt er dünn.

»Wer soll mir den Fuß abgeschlagen haben?«

»Nun, dieser Dingsda – wie heißt er denn?«

»Aha, das geht wahrscheinlich wieder vom Zenno aus. Also, passen Sie einmal auf, Herr Polizist. Mir hat kein Mensch den Fuß abgeschlagen. Ich bin im Dunkeln die Treppe heruntergefallen und da hab ich mir den Unterschenkel gebrochen. Wer etwas anderes sagt, der lügt.«

»Ja – dann wäre ich den weiten Weg ganz umsonst gestiegen?«

»Da kann ich Ihnen leider nicht helfen. Aber gehen Sie in die Küche, die Martha soll Ihnen eine Brotzeit herrichten.«

Das Korn reift langsam heran. Es ist ein ganz schmalähriges Korn, das da unten auf dem kleinen Acker steht. Und doch rauscht der erste Schnitt, den Luzian führt, voll und schwer. Das Korn bricht unter der Sensenschneide raschelnd weg. Luzian hat ein wenig Angst gehabt, dass ihm der erste Hieb vielleicht misslingen und dass die Martha ihn dann belächeln könnte. Aber als es so herrlich geht, strömt schon nach dem ersten Schnitt ein großes Glück in sein Herz. Er empfindet es als eine weihevolle Handlung und wird rot, als er Marthas prüfenden Blick auf sich ruhen fühlt. Aber dann tut er Schnitt um Schnitt und das Mädchen sieht ihm jetzt nicht mehr zu, sondern beugt sich nieder und bindet die Halme zu Garben.

Ach ja, es ist ein wenig seltsam mit den beiden. Luzian hat schon ein paar Mal versucht, loszukommen aus dieser seltsamen Verwirrung, in die er da hineingeraten ist. Seit jener

Nacht am Waldrand sitzen sie sich abends stumm am Tisch gegenüber und sehen sich in die Augen. Sie hätten aufstehen und weggehen können. Niemand hätte sie daran hindern können, solange der Bauer ans Bett gefesselt ist. Aber eine seltsame Scheu hindert beide daran es zu tun.

Als das Korn eingebracht ist, nimmt Luzian sich vor, einmal einen ganzen Tag für sich allein sein zu wollen, um alles in Ruhe durchzudenken.

Im Schuppen hat er ein altes Fahrrad gefunden. Mit Mühe hat er es wieder fahrbereit gemacht und am Sonntag in der Früh macht er sich fertig über Land zu fahren.

Erschrocken schaut Martha ihn an, als er es ihr eröffnet.

»Fort willst du? Ja – wohin denn?«

»Ich weiß selber noch nicht. Nur ein wenig über Land fahren. Bis zum Abend bin ich zurück. Ich will einmal für mich ganz allein sein. Verstehst du das?«

»Doch, doch, Luzian«, versichert sie, obwohl sie es wirklich nicht ganz begreift. »Ich muss dir dann etwas zu essen herrichten, damit du es mitnehmen kannst.«

Eine halbe Stunde später ist Luzian reisefertig. Martha ist gerade hinter dem Haus damit beschäftigt, die dort zur Bleiche ausgelegten Wäschestücke mit Wasser zu besprengen.

»Willst du mir nicht die Hand geben, Martha?«

Sie schaut ihn mit einem Blick an, der ihn bis ins Innerste rührt.

»Du kommst doch wirklich wieder, Luzian?«

»Ich komme wieder. Kann dich doch jetzt nicht allein lassen.«

Sie wirft einen Blick nach vorn, wo das Fahrrad lehnt. In ihren Augen leuchtet es auf.

»Ja, jetzt glaube ich es. Du hast die Geige nicht mit. Aber sag, wohin fährst du wirklich?«

»Ich weiß es nicht, Martha. Ich lasse mich treiben.«

»Wann kommst du wieder?«

»Bis zum Abend bin ich zurück.«

Das sagt er mit einem ganz merkwürdigen Gefühl der

Unsicherheit. Es ist ihm selber nicht klar, was er will. Will er sich nur selbst einmal prüfen, wie es ist, wenn er sie einen ganzen Tag lang nicht sieht? Aber als er zum Haus vorgeht und das Fahrrad vom Baum wegnimmt, weiß er schon, dass er zurückkommen wird, denn das höhnische Gesicht am Fenster reizt ihn. Und nun schreit ihm der Alte auch noch zu:

»Hast du ein Fahrrad gehabt, als du gekommen bist?«

»Nein!«

»Warum nimmst dann jetzt das meine mit, wenn du gehst?«

»Ich komme ja wieder.«

»Ist gar nicht nötig! Nächste Woche kommt mein Gips runter, hat mir der Doktor versprochen, dann bin ich selber wieder da.«

Luzian gibt keine Antwort. Er weiß, dass der Gips noch lange nicht wegkommt. Alte Knochen heilen nicht mehr so schnell wie junge, hat der Doktor gesagt.

Hinter ihm schmeißt der Ulrichsberger das Fenster zu, dass es klirrt.

Der Doktor hat damit ganz Recht. Es wird Herbst, ehe der Gips abgenommen werden kann. Wenn aber der Ulrichsberger sich einbildet, wieder so gehen zu können wie früher, so hat er sich getäuscht. Der Fuß schmerzt immer noch und er kann nur mühsam an einem Stock um den Hof herumlaufen. Seine Laune wird von Tag zu Tag schlechter und die beiden jungen Menschen bekommen das übel zu spüren.

Ja, Luzian ist immer noch auf dem Ulrichshof, obwohl es schon tiefer Herbst ist. Natürlich, wo sollte er sonst sein? Hätte er etwa von Martha fortlaufen sollen? Er hat es schon manchmal tun wollen und dann hat es ihn doch wieder wie mit starken Ketten gehalten.

Damals, als er an jenem Sonntag über Land gefahren ist, hat er genau empfunden, dass er von dem Mädchen nie mehr loskommt. Alwin Körner hat ihm einen ausführlichen Brief geschrieben und ihm seine Gründe dargelegt.

»Ich verstehe dich durchaus, lieber Luzian«, hat er geschrieben. »Aber du solltest es dir doch überlegen. Zwei Semester hättest du nur noch, und ich bitte dich, nimm meine Hilfe, wenn du sie brauchst. Komm hierher, und wenn du dann noch glaubst, ohne dieses Mädchen nicht leben zu können, ist es immer noch früh genug, zu ihr zurückzukehren oder sie zu dir kommen zu lassen …«

Luzian ist nicht gefahren, weil er sich von Martha nicht hat trennen können. Dabei beginnt der Berg ihn langsam zu erdrücken. Manchmal meint er, dass er nicht genug Atem bekäme, so schwer lastet diese Herbstlandschaft auf ihm. Die Sonne zieht jetzt tiefer ihre Bahn und der Hof liegt oft im Schatten. Nur mittags fließt für einige Stunden das Sonnenlicht über ihn hin. Dann ist da auch wieder dieser Nebel, als milchige Gebilde, unter denen man meint, ersticken zu müssen, während weiter oben die Sonne scheint.

Ja, der Berg belastet sein Gemüt und macht ihn schweigsam und nachdenklich.

An seinem Stock humpelnd, ist der Alte überall, wo er ihn nicht vermutet, und seine kalten Augen gehen hinter ihm her. Auch das bedrückt Luzian immer mehr.

An einem Oktobernachmittag ackern sie drunten den kleinen Acker um. Luzian führt den Pflug und Martha leitet die Pferde, damit sie gerade in der Furche bleiben. Zuweilen gehen Regenschauer nieder, manchmal schon mit Schnee vermischt. Dann suchen sie mit dem Gespann unter einer Baumgruppe Schutz und warten, bis es vorüber ist.

Wieder einmal stehen sie dort. Luzian raucht nachdenklich seine kurze Pfeife, hat sich gegen den warmen Rücken des Sattelgaules gelehnt und schaut nach Westen hin, ob die Regenwolke sobald nicht abreißt. Martha kauert vor ihm zwischen zwei mächtigen Baumwurzeln. Sie hat die Schultern eingezogen und einen Wollschal über das Haar gelegt. Plötzlich steht sie auf und tritt vor ihn hin. Ihre Stimme klingt spröde, wie gesprungenes Metall.

»Du …«, sagt sie. »Liebst du mich eigentlich noch?«

Verwundert betrachtet er sie und zieht an seiner Pfeife.

»Nimm deine Pfeife aus dem Mund und gib mir eine Antwort.«

Hart zieht Luzian die Brauen zusammen, klopft dann seine Pfeife aus und steckt sie ein.

»Was ist das für ein Ton, Martha? Wie kommst du darauf, dass ich dich nicht mehr liebe? Glaubst du, dieser verdammte Berg könnte mich sonst noch halten?«

Sofort ändert sie ihre feindselige Haltung.

»Ach, Luzian, sei mir nicht böse. Ich bin oft ganz verzweifelt. Du suchst mich überhaupt nicht mehr.«

»Weil dein Vater zwischen uns steht. Überall lauert er uns auf und schleicht uns nach. Ich bin überzeugt, dass er jetzt wieder oben steht und uns mit dem Fernglas sucht. Sein Schatten verfolgt mich oft bis in die Träume hinein.«

Aufschluchzend wirft sie sich an seinen Hals.

»Was soll denn bloß noch werden aus uns? Muss ich denn seinen Tod herbeiwünschen, dass wir frei werden können? Es ist doch Sünde, sich eines Menschen Tod zu wünschen! Aber er ist an allem schuld, ich weiß es. Er will den Hof nicht aus den Händen geben, solange er noch atmet. Dazu kommt das andere noch, das Furchtbare …«

»Was denn? Was meinst du damit, Martha?«

»Ach, Luzian, ich wollte es dir nicht sagen. Aber zu wem soll ich denn sonst sprechen, wenn nicht zu dir. Als ich gestern im Dorf war, haben sie mir vom Metzgerwirt aus nachgeschrien.«

»Was haben sie dir nachgeschrien, und wer?«

»Das weiß ich nicht, hab mich nicht umgedreht. Zuerst war es auch nur ein Pfiff. Und dann kam der Schimpfname.«

»Welcher Schimpfname? Lass dir doch nicht jedes Wort rausbetteln.«

»Ich kann es nicht nachsagen, Luzian. Jedenfalls geht es gegen uns beide. Und der Zenno ist der treibende Keil bei allem. Er hetzt sie alle auf.«

Es hat zu regnen aufgehört und Luzian schlägt den Kragen seiner Jacke herunter.

»Ach ja«, sagt er müde. »Es hat halt doch alles keinen Zweck. Ich bin ein Fremder und …«

»Mir bist du nicht fremd, Luzian. Du stehst mir am nächsten und ich werde nach dir nie mehr einen Menschen lieben können. Wenn du schon zweifelst, Luzian, ob es einen Zweck hat, dann müsste ich meinen, dir fehlt der feste Wille, dass wir einander nicht verlieren.«

Da reißt er sie in die Arme und bedeckt ihr nasses Gesicht mit Küssen. Hernach pflügen sie weiter, bis die Dämmerung einfällt. Martha hat jetzt wieder ein helleres Gesicht, und nur wenn sie an das Schimpfwort denkt, dann verdunkelt sich ihr Blick.

»Geigerhure – Geigerhure …«, hört sie es im Wind rauschen. Und es geht unter der Pflugschar mit, dieses hässlliche Wort, es fällt über den Acker hin und fliegt wieder zurück in ihr Herz wie ein Stein, der aus dem Hinterhalt geworfen wurde.

Am Abend begegnet Luzian dem lauernden Blick des Ulrichsbergers mit Herausforderung. Eine heiße Zornwelle überrieselt ihn.

»Was schaust du mich immer so an?«, schreit er unbeherrscht heraus. »Hab ich dir was gestohlen?«

»Noch nicht. Aber du willst mir was stehlen, meine Tochter! Willst Bauer sein am Ulrichsberg!«

»Dein Hof ist mir gleichgültig«, schreit Luzian. »Aber was die Martha betrifft, nimm das einmal endgültig zur Kenntnis – sie gehört zu mir. Wir sind auf Gedeih und Verderb miteinander verbunden.«

»Sonst noch was?«, höhnt der Alte und stößt seinen Stock hart auf die Dielen. »Lass nur mein Gehwerk erst wieder in Ordnung sein, dann werde ich euch die Suppe schon versalzen.«

»Du kannst mir gar nichts mehr versalzen. Was ich hab, das hab ich und nehme es mir, wenn ich gehe. Dann schau zu, wie du allein fertig wirst auf deinem verfluchten Berg da heroben. Was willst du denn eigentlich? Soll Martha neben dir verdorren und so verbittert werden, wie du selber bist? Oder willst sie an einen Mann verkuppeln, neben dem sie zugrunde geht?«

Der Alte gibt keine Antwort. Er starrt ihn nur an und begreift selber nicht, was es nur sein mag, dass er diesen Fremden nicht schon längst fortgejagt hat.

Martha hat den Wortwechsel in der Küche vernommen und wartet nun im Stall auf Luzian.

»So müssen wir es jetzt immer machen«, lacht sie ihn an. »Er soll nur wissen, dass uns nichts mehr auseinanderreißen kann.«

»Und wenn ich es nicht mehr aushalte hier, Martha?«

»Dann geh ich mit dir, Luzian. Mich kann nichts mehr von dir trennen.«

Draußen pfeift ein wütender Sturm. Im Stall aber ist es warm und sie fühlen sich geborgen wie nach einer langen Irrfahrt.

Mitte November fällt der erste Schnee. Es schneit drei Tage ununterbrochen. Und als es dann aufhört, liegt der Schnee um den Hof herum kniehoch. Luzian hat bisher mit Martha im Wald gearbeitet. Eigentlich wundert er sich selber, dass ihm jede Arbeit wie von selbst und ganz spielerisch von den Händen geht. Er spürt jetzt längst nicht mehr die Schmerzen im Kreuz wie am Anfang. Und wenn sie so im Wald sind, so ganz allein, dann hat er das Empfinden, als wären sie die einzigen Menschen auf dieser Welt.

Ja, aber das ist nun vorbei und er hängt diesen Tagen nach wie einem Märchen. Mein Wintermärchen, sagt er zu sich selber und lebt die Stunden der Stille in der Einsamkeit des Waldes wieder nach. Er sieht das Feuer, an dem sie um die Mittagstunde gesessen und ihr Essen warm gemacht haben. Hernach hat er dann seine Pfeife geraucht, und wenn sie am Abend heimgegangen sind, haben sie über die Reihe der Stämme geblickt, die sie gefällt haben.

Jetzt aber liegen die Stämme tief unterm Schnee. Es gibt wenig Arbeit auf dem Hof. Ein Weg muss geschaufelt werden, in der Tenne kann man Futter auf Vorrat schneiden, sonst aber ist nicht viel anzufangen.

Mühsam bahnt sich an so einem schneeverhangenen Tag der Viehhändler Roster den Weg zum Ulrichsberg. Simon Klarwein hat eine Kuh abzugeben. Sie sitzen in der warmen Stube und handeln zäh und verbissen. Sie trinken Schnaps und reden sich dabei heiß. Und als sie endlich zusammenkommen, gibt der Viehhändler eine Anzahlung und will den Rest begleichen, wenn die Kuh zum Wochenende abgeholt wird.

»Verdienen tu ich keinen Pfennig dabei«, jammert der Händler, aber der Ulrichsberger rechnet ihm vor, dass er dabei genau noch sechzig Mark verdiene. Dann fragt der Roster:

»Hast auf der Steilen Lahn die Schneewächte schon gesehn?«

Ärgerlich stampft der Bauer mit seinem gesunden Fuß auf.

»Wie soll ich sie denn sehn, wenn ich mit dem verflixten Haxen nicht rauskann, wie ich will!«

»Tauwetter darf keines kommen, sonst ...«

»Ach was, es sind in den letzten Jahren oft Lawinen niedergegangen. Ihr Weg geht nicht übern Ulrichshof.«

»Vergiss nicht, dass früher der Hochwald davorstand. Vor fünf Jahren hat ihn das Forstamt wegen des Borkenkäfers abschlagen lassen.«

»Aber auch wieder angepflanzt.«

»Nutzt nicht viel, nutzt gar nichts, Ulrichsberger. So eine Schneelawine drückt alles zusammen wie Stroh. Hoffen wir halt, dass der Frost anhält. Hast noch ein Glaserl Schnaps? Der wärmt den Bauch.«

»Hast zwar schon drei, und wenn ich dir ein viertes gebe, verdien ich an der Kuh überhaupt nichts mehr.«

»Geizkragen!«, lacht der Viehhändler und schenkt sich selber ein.

Still ist es eine Weile. Von der Tenne herüber hört man den gleichmäßigen Schnitt der Häckselmaschine. Der Viehhändler horcht eine Weile, dann fragt er mit einem Augenzwinkern:

»Tun sie Häcksel schneiden, die zwei?«

»Ja, und nebenbei auf meinen Tod warten. Da können sie aber lang warten. Ich werde hundert Jahr alt, Roster, hundert Jahr!«

»Geb dir's der liebe Gott. Wann heiraten denn die zwei?«

»Wann Pfingsten vor Ostern fällt«, antwortet der Bauer trocken. »Glaubst denn du, ich bin verrückt, dass ich so einen Hergelaufenen in meinen Hof reinsetzen lass?«

»Ganz richtig. Mit der Arbeit wird er es auch nicht recht haben, oder?«

Hier zögert der Ulrichsberger nun mit der Antwort, geradeso als müsste er nachdenken, ob er dem Händler Recht geben soll. Merkwürdigerweise bleibt er diesmal ehrlich und sagt:

»Da täuscht du dich, Roster. Arbeiten tut er gut. Man braucht ihm kaum was aufzutragen, er sieht die Arbeit von selber. Aber im Frühjahr muss er weiter.«

»Bis zum Frühjahr kann allerhand geschehn.«

»Aber nichts, was mir nicht passt. Merk dir das, Roster.«

»So ist's richtig. Ein richtiger Bauer muss auf seine Ehr schaun. Und du kannst ja Schwiegersöhn grad genug haben.«

Wieder denkt der Ulrichsberger eine Weile nach.

»Pass einmal auf, Roster: Du kommst doch weit umeinander. Weißt keinen, der herpassen könnt zu uns?«

»Muss halt einmal nachdenken. Was sagst denn zum Kranzler-Michl?«

»Ist das der Langhaxerte vom Kranzler in Reit?«

»Ja, den mein ich.«

»So, den meinst? Weißt du ungefähr, was der mitkriegt?«

»Man hört von zehntausend.«

»Sagst ihm halt, er soll gelegentlich vorbeischauen. Vielleicht ist er der Richtige für meine Martha. Kannst ihm aber gleich sagen, dass ich nicht übergeb. Bauer kann er erst dann sein, wenn ich die Augen zumach.«

»Auf das wird dir keiner eingehn«, lacht der Händler. »Noch dazu, wo du hundert Jahr alt werden willst. Obwohl, ich sag dir's gleich, einen besseren Schwiegersohn könntest nicht finden als den Michl.«

Der Viehhändler steht auf und greift nach seinem Stecken.

»Also, behüt dich. Die Kuh lass ich am Freitag abholen. Ich selber schau schon wieder einmal nach, vor Neujahr noch.«

»Wenn wir noch leben bis dahin.«

»Hundert Jahr möchtest doch alt werden, hast gesagt.«

»Werd ich auch! Das andere ist ja bloß so eine Redensart.«

Als der Viehhändler fort ist, greift der Ulrichsberger nach seinem Stecken und humpelt auf dem schmalen Weg durch den Obstgarten, bis er die Schneewächte an der Steilen Lahn sehen kann. Mit scharfen Augen späht er hinauf. Sein Mund presst sich zusammen.

»Wenn die runterkommt, dann gnad uns Gott«, murmelt er und prüft den Wind, der steif von Osten weht. Aber über Nacht kann sich das leicht ändern.

Und es ändert sich. Zwei Tage später kommt ein warmer Wind aus der Tiefe des Gebirges. Der Himmel hängt ganz dunkelblau über dem Land. Von den Apfelbäumen fällt in dicken Batzen der Schnee.

Unruhe hat den alten Ulrichsberger erfasst. Unruhig ist auch Martha. Die beiden wissen um die Gefahr. Immer wieder starren ihre Augen zum Wald hinauf. Ihre Ohren horchen angespannt auf jeden Laut. Der einzige Unbekümmerte in diesen Tagen ist Luzian. Er weiß nichts von der Gefahr. Er spürt nur eine merkwürdige Unlust zu allem. Nicht einmal die Geige ist ihm jetzt Trost. Gerade als ob die Saiten ihren reinen Klang verloren hätten. Erst als es wieder Abend wird am zweiten Tag, fällt ihm Marthas verstörtes Wesen auf.

»Hast du etwas, Mädel? Du bist so sonderbar.«

Sie schüttelt den Kopf und streichelt dann über sein Haar.

»Nichts, Luzian. Es ist nur der Föhn. Es wird vorübergehn.«

Später sitzen sie zu dritt in der Stube. Im Kachelofen kracht zuweilen ein Scheit. Und die Uhr tickt eintönig ihren Sekundenschlag.

»Wir drei«, tickt sie. »Wir drei – wir drei – wir drei.«

Einmal reißt der Alte den Schädel hoch. Horchend geht er zum Fenster. Dann wendet er sich um und sieht Martha an.

»Der Wind hat aufgehört«, sagt er.

»Nein, nur ausgesetzt. Hörst du, jetzt rüttelt er wieder am Fensterladen.«

»Der Staat hätte den Wald nicht abschlagen dürfen«, meint der Ulrichsberger nach einer Weile, nimmt seinen Stock und geht hinaus. Es lässt ihm keine Ruhe. Er watet durch den Schnee über den Hof bis zum Schuppen und horcht in die Nacht hinein ...«

»Was meinte er mit dem Wald?«, fragt Luzian in der Stube das Mädchen und fasst sie an den Schultern. Sie entzieht sich dieser Umarmung, behält aber seine Hand in der ihren. Sie ist anders als sonst, das spürt er. In ihrem Gesicht ist ein horchender Ausdruck. Und als er sie küssen will, weicht sie seinen Lippen aus. Zornig springt er auf.

»Was ist denn los mit dir?«

»Schreist du mich an? Das tut weh. Es ist nichts los mit mir. Das liegt nur am Wind – am Berg liegt es ...«

»Ach so, packt es dich auch schon? Dieser verdammte Berg! Er drückt mir noch die Seele ab. Man ist ja wie in einem Grab. Ringsum lauter weiße Mauern. Das Blut könnte einem gefrieren in den Adern. Schnee, Schnee, nichts als Schnee!«

In diesem Augenblick hört man fern ein dumpfes Rollen, das rasend schnell näher kommt. Das Haus wird von einem wuchtigen Stoß getroffen. Die Fenster klirren – die Uhr fällt von der Wand …

Dann Stille. Eine entsetzlich lähmende Stille. Bis Martha aufschreit und zur Tür rennt.

Die Haustür ist aufgerissen und hängt schief in den Angeln. Im Flur liegt ein breiter Streifen Schnee. Draußen aber klebt an der Hauswand eine weiße, harte Mauer.

Blass bis in die Lippen wendet Martha den Kopf und sieht Luzian mit entsetztem Blick an.

»Der Vater war draußen …«

Luzian ist plötzlich alles klar. Er begreift, was vor sich gegangen ist.

»Wir müssen sofort nach ihm suchen, Martha.«

Um ihre Mundwinkel zuckt ein wehes Lächeln.

»Wir werden nirgends hinaus können, Luzian. Die Lawine liegt über dem Hof. Wir sind begraben da herinnen.«

Im ersten Augenblick erschrickt er über ihre Worte. Aber dann wird ihm bewusst, dass ihn der Krieg in viel schlimmere Lagen gebracht hat, und es überkommt ihn eine kalte Ruhe.

»Begraben heißt noch lange nicht tot sein«, sagt er. »Du brauchst keine Angst zu haben, Martha. Irgendwie werden wir schon ein Loch finden.«

Fieberhaft suchen sie dann beide nach einem Spalt. Mit der Kerze in der Hand geht Martha von Fenster zu Fenster. Ob nicht irgendwo ein Luftzug die Flamme berühre. Nichts. Im oberen Stockwerk ist es dasselbe und im Stall genauso.

Die Nacht vergeht dabei. Es hat keinen Zweck, etwas zu tun, bevor es Tag wird. Sicher wird man dann auf den anderen Höfen und im Dorf drunten merken, dass der Ulrichsberg von einer Lawine verschüttet ist.

Und doch versucht Martha immer wieder etwas. Stunden vergehen auf diese Weise. Ist es schon Mitternacht oder schon Morgen? Sie wirft sich einmal verzweifelt auf das Stroh in der leeren Box neben dem Fohlenstand. Luzian kniet bei ihr nieder und will sie trösten. Wie in Todesangst umklammert sie seinen Nacken und zieht sein Gesicht auf ihre Brust nieder. Aber es ist keine Todesangst. Eher die Bereitschaft, sein liebes Gesicht so nahe zu haben, wenn das Ende kommt.

»Wenn wir hier sterben müssen, Luzian?«

»Wir sterben nicht!«

»Und draußen liegt der Vater.«

»Sicher wird er im Schuppen sein.«

Sie lässt ihn bei dem Glauben. Aber sie weiß um die Baufälligkeit des Schuppens. Er muss zusammengedrückt sein wie eine Streichholzschachtel.

Die Kerze brennt aus. Es wird dunkel. So dunkel, wie es nur in einem Grab sein kann. Immer noch hält Luzian Marthas Hand umklammert.

»Lutz«, flüstert sie, «der Vater ...«

»Sei ganz beruhigt, Martha«, sagt er schnell. »Ihm wird schon genauso wenig passiert sein wie uns. Er ist sicher im Schuppen eingeschlossen und wartet, dass wir ihn befreien. Lass es nur erst Tag sein, wir werden ihn schon finden.«

Und wenn wir ihn befreit haben, denkt er, dann muss er endlich einsehen, dass wir zusammengehören, alle drei, weil wir eine Nacht lang gemeinsam dem Tod so nahe gewesen sind.

Sind wir es denn nicht immer noch? Sind wir denn hier wirklich rettungslos begraben?

Rasch steht er auf. Dann greift er nach Marthas Hand und zieht sie hoch.

»Du – was ist das? Dort hinten. Ich sehe einen hellen Schein. Es muss schon Tag sein draußen.«

Luzian hat sich nicht getäuscht. Am allerletzten Stallfenster ist tatsächlich ein ganz schmaler Streifen Licht.

Schon wenig später steht er im hellen Tag und zieht Martha hinter sich aus dem Fenster. Es mutet tatsächlich wie ein Wunder an, dass hier dieser freie Spalt geblieben ist. Die alte Fichte hinter der Tenne – sie ist zwar abgeknickt, aber sie muss trotzdem die Lawine gespalten haben.

Der Tag ist ohne Wind und ohne Laut. Friedsam ziehen ein paar Schäferwölkchen über den Morgenhimmel hin. Wimmernd tönt eine Glocke aus dem Tal. Drei Mal setzt sie ab. Es ist das Sturmläuten. Wahrscheinlich hat man jetzt erst in Steinkirchen drunten wahrgenommen, dass am Ulrichsberg eine Lawine niedergegangen ist.

Hand in Hand stehen Luzian und Martha auf dem Dach des Hauses, von dem nur mehr ein kleiner Rest des Kamins sichtbar ist. Der Raum zwischen Haus und Schuppen ist nur mehr eine einzige, glatte Schneefläche. Wie dem Leben wieder geschenkt, sehen sie sich in die Augen. Plötzlich erblasst Martha.

»Der Vater, Luzian. Er wird unterm Schnee sein.«

»Komm«, sagt er. »Wir müssen ihn suchen.«

Es bleibt ihnen nichts anderes übrig, sie müssen wieder durch das kleine Fenster in den Stall, um von da aus in die Tenne zu kommen, wo sie ein paar Schaufeln finden. Und von diesem Stallfenster weg beginnen sie zu schaufeln, eine ganz schmale Rinne nur an der Hauswand entlang. Sie schaufeln beide, dass ihnen der Schweiß von der Stirn rinnt. Aber erst nach einer guten Stunde gelangt Luzian in die Nähe der Haustür.

Vor ihr aber liegt der Ulrichsbauer Simon Klarwein und ist ohne Atem. Es muss ihn im allerletzten Augenblick erwischt haben, als er zur Haustür hat hinein wollen, denn sein Kopf liegt knapp vor der Schwelle.

Simon Klarwein ist tot. Sein Mund ist fest zusammengepresst. Scharf und krumm sticht die Nase aus dem schneeweißen Gesicht. Aufschluchzend wirft Martha sich über die Leiche.

Dann tragen sie ihn ins Haus. Nach Stunden merkt Luzian, dass sich eine große Anzahl von Männern auf den Hof zuschaufelt. Aber es wird später Abend, bis die durch die riesigen Schneemassen durchkommen und sich eine schmale Gasse zum Haus gebahnt haben.

Dort stehen sie dann ergriffen vor dem toten Ulrichsberger, der auf dem Bett liegt, geradeso als habe er sich zum Schlafen hingelegt.

Sechs Tage muss der Ulrichsberger in der Stube aufgebahrt liegen. Am nächsten Tag ist zwar der Doktor gekommen zur Leichenbeschau und der Schreiner hat einen Sarg heraufgebracht. Aber dann ist plötzlich wieder jede Möglichkeit abgeschnitten, den toten Bauern zum Friedhof hinunterzuschaffen. Neuer Schneefall und stürmische Winde machen Weg und Steg ins Dorf ungangbar.

Über ihm brennen in zwei silbernen Leuchtern dicke Wachskerzen. Vielleicht ist sein Gesicht nie im Leben so klar gezeichnet gewesen, wie der Tod es jetzt machte. Jeder Zug ist wie scharf gemeißelt.

Martha gleitet scheu am toten Vater vorüber. Obwohl seine Augen fest geschlossen sind, glaubt sie, dass er ihr überall nachsieht. Ihr Gemüt umschattet sich in diesen Tagen. Hat sie nicht seinen Tod herbeigewünscht?

Luzian deutet ihr Gebaren als stummen Schmerz und würdigt ihn. Er ist den ganzen Tag damit beschäftigt, eine Bahn zu schaufeln zum Schuppen hinüber, weil dort das Brennholz lagert und der in der Küche aufgestapelte Vorrat zur Neige geht. Abends sitzen sie dann in der Küche beisammen und – wissen sich kaum etwas zu sagen. Der Tote in der Stube drüben erlegt ihnen dieses Schweigen auf.

Ja, Wind und Schnee machen die Wege unpassierbar. Aber ein merkwürdiges Gerücht findet trotzdem durch Eis und Schnee seinen Weg. Es wird vom Wind herumgetragen, es kriecht über den Schnee hin wie ein giftiges Gewürm, von Hof zu Hof, ohne dass jemand die Quelle nennen kann, von der es ausgeht.

Der Ulrichsberger sei gar nicht vom Schnee erschlagen worden, heißt es. Die Lawine ist nachts niedergegangen. Was hätte der Ulrichsberger nachts draußen zu suchen gehabt, wenn er doch sonst den ganzen Tag über in der warmen Stube gesessen hat? Nein, da hat schon ein anderer nachgeholfen. Der Doktor hat zwar einwandfrei den Tod durch Ersticken im Schnee festgestellt. Aber hat der Doktor ihn genau untersucht?

Am Ulrichsberg weiß man von diesem Gerede noch nichts. Aber Luzian und Martha hätten es merken müssen, als man am sechsten Tage den Toten endlich, mit einem Handschlitten zwar nur, ins Tal schaffen kann, wo am Seeufer der Pfarrer mit seinen Ministranten wartet. Nur ein kleines Häuflein Menschen steht dabei. Sie bilden dann den Leichenzug über den zugefrorenen See hinüber. Erst drüben vor der Friedhofsmauer warten weitere Menschen. Und hier hätte Martha es wenigstens empfinden müssen, dass nicht ehrliche Trauer diese Menschen auf den Friedhof getrieben hat, sondern etwas anderes. Anscheinend wollen sie etwas erleben. Sie wollen sehen, wie sich die Mörderin, die da stolz erhobenen Hauptes neben ihrem Mittäter hinter dem Sarg geht, am offenen Grabe benimmt. Die Blicke werden so bohrend, dass Martha sie schließlich wie Nadelstiche empfindet und in dies oder jenes Gesicht schaut. Und da erschrickt sie und sucht hilfesuchend Luzians Augen. Dem aber fällt nichts auf. Er kennt ja die Menschen hier zu wenig. Er nickt ihr nur zu, es soll wie ein Trost sein.

Um das offene Grab stehen sie dann herum, lauernd und mit verschlossenen Gesichtern. Vielleicht kann man vom Pfarrer jetzt erfahren, wie das zugegangen ist. Dann muss aber auch gleich der Polizist einschreiten und die beiden vom Grab weg verhaften.

Aber der Pfarrer sagt nur das, was ihm kraft seines Amtes zukommt, und was er wirklich weiß. Vom unerforschlichen Ratschluss des Herrn spricht er, der die Menschen zu sich rufe, wann er es für angebracht halte, und wann er eben die Zeit eines Erdenbürgers für erfüllt betrachtet. Der Tod habe in Gestalt einer Lawine nach diesem Manne, Simon Klarwein, dem Bauern vom Ulrichsberg, gegriffen. Ein bedauernswerter Unglücksfall, der auch einen anderen treffen kann.

Hier hebt der Pfarrer seine Augen, schaut über die Menge hin, gibt seiner Stimme einen helleren, fast zornigen Klang und fügt hinzu:

»Und alles andere ist schlicht Unsinn. Es ist ein sträflicher Leichtsinn, etwas nachzuerzählen, was ein krankes Hirn erfindet ...«

Oho! Hat der Pfarrer dabei nicht den Zenno angeschaut? Zu dumm ist das jetzt. Der Pfarrer hat ja nun das ganze Konzept verdorben und Sebastian Hirangel, der Vorstand vom Raiffeisenverein, steht nun etwas verdattert da mit seinem Kranz, den er dem verstorbenen Mitglied mit einer kurzen Rede aufs Grab hat legen wollen. Er hat sich seine Rede so schön aufsetzen lassen, in der es dann zum Schluss heißen soll:

»Gott wird den Mörder schon zu strafen wissen.«

Das kann er doch jetzt nicht mehr gut sagen, nachdem der hochwürdige Herr in solch eindeutiger Weise von dem Gerücht Abstand genommen hat.

Nach dem Totenamt stehen die Menschen in Gruppen beisammen. Da ein halbes Dutzend, dort eines. Eifrig tuscheln sie miteinander, und als Martha mit Luzian vorübergeht, verstummen sie. Das Mädchen zittert vor Aufregung und Angst, denn nun hat sie deutlich gemerkt, dass etwas in der Luft liegt.

Kaum ein Dutzend haben ihr am Grab die Hand gedrückt und das Beileid ausgesprochen. Ihr Gesicht ist schneeweiß und ihr Mund ist fest zusammengepresst. An der Ecke beim Metzgerwirt steht ein Rudel Burschen. Eisiges Schweigen herrscht, als die beiden vorbeigehen. Erst hinterher fliegt das Wort aus irgendeinem Mund:

»Geigerhur!«

Mit einem Ruck bleibt Luzian stehen. Das Blut ist ihm in die Stirn gesprungen. Seine Fäuste ballen sich und er ist bereit, in das höhnische Gesicht des Rubatscher-Toni hineinzuschlagen, ganz gleich, ob er der Rufer gewesen ist oder nicht. Da nimmt Martha seine Hand und zieht ihn mit fort.

»Komm nur, Luzian. Es hat ja keinen Sinn.«

Nur widerwillig lässt er sich von ihr fortbringen.

»Weißt du wenigstens, wer es gerufen hat?«

»Nein. Gerufen hat es zwar nur einer, aber denken tun sie alle das gleiche. Es ist ja heute nicht das erste Mal.«

»Warum hast du mir das nicht gesagt?«

»Weil ich gedacht hab, ihr Hass könnte sich einmal legen.«

»Aber man muss sich doch dagegen wehren, Martha!«

»Man muss etwas ganz anderes tun, Luzian. Und zwar bald.«

»Zurückschlagen muss man, das ist das einzige Mittel.«

»Nein, heiraten müssen wir. Dann hört es auf.«

Luzian gibt keine Antwort. Er umschließt nur fester ihre Hand. Sie gehen über den See. Das Eis knirscht leise unter ihren Schritten. Luzian ist sehr niedergeschlagen. Wäre ich nur nie über diesen See gerudert, denkt er, um es gleich darauf zu bereuen. Es ist ja sein Schicksal gewesen, das ihm den Weg zum Ulrichsberg gewiesen hat.

Am Hof angekommen, reißt Martha sofort die Fenster auf in der Stube, damit die Luft des Todes hinaus könne. Dann legt sie in der Kammer drüben Holz nach. Damit scheint ihre Tätigkeit erschöpft zu sein. Lange Zeit steht sie am Fenster und starrt auf die weißen Mauern hinaus, die sich um den Hof türmen. Endlich hebt sie die Arme und nimmt den schwarzen Bänderhut ab. Dabei dreht sie das Gesicht und sieht Luzian an.

»Warum sprichst du nichts?«

Er hebt die Schultern und lässt sie hilflos wieder sinken.

»Er ist nicht fortgegangen«, sagt er dann schweratmend. »Mir ist, als säße er immer noch dort am Tisch mit seinem Schweigen.«

»Siehst du auch schon Gespenster?« Sie lacht hart auf. »Mittendrin wird auch unsere Liebe bloß mehr ein Gespenst sein. Es würde mich gar nicht wundern, wenn du mich eines Tages allein ließest.«

»Musst du auch das noch denken, nach allem, was geschehen ist?«, fragt er mit leisem Vorwurf. »Ich kann dich doch jetzt nicht allein lassen.«

Wie ein Schlag trifft sie dieses kleine Wort »jetzt.«

»Aber später meinst du wohl?«

Behutsam legt er seinen Arm um ihre Schultern.

»Martha, wenn du nicht aufhörst, solche dummen Gedanken zu hegen, dann weiß ich wirklich nicht, wie das noch werden soll. Kein Gespenst wird unsere Liebe, aber sie muss zerbröckeln, wenn du nichts anderes denkst. Wohin ist denn dein Vertrauen gekommen?«

»Ach, ich weiß es doch nicht, Luzian.« Aufschluchzend wirft sie die Arme um seinen Hals. Ihr ganzer Körper bebt. »Hab doch Geduld mit mir, Lutz.«

»Ja, ja, Martha«, tröstet er sie. »Ich verstehe dich doch so gut.«

Und Luzian weiß, dass er in der nächsten Zeit viel Geduld haben muss.

Die Tage gehen dahin. Martha bekommt eine Vorladung in die Kreisstadt zum Nachlassgericht. Und da erst begreift sie ganz, dass sie ja nun Herrin auf dem Ulrichsberg ist. Auch auf der Kreissparkasse muss sie vorsprechen, teilt man ihr mit.

So findet Martha ihr Gleichgewicht wieder. Das Alleinsein mit dem geliebten Menschen führt sie in eine neue, tiefere Beglückung. Ihr alter Stolz erwacht wieder, die schwunghafte Tatkraft, die allem trotzen will.

Es bleibt nicht aus, dass sie den Mann ansteckt mit ihrer Tatkraft.

»In erster Linie muss jetzt das elektrische Licht her«, sagt er voll Eifer. »Sollen nur sehen, die da unten, dass jetzt ein anderer Wind weht.«

»Lass sie reden, was sie wollen«, lacht Martha. »Es ist ja bloß der Neid, der sie die Spottpeitsche schwingen lässt. Und weißt du, was, Luzian? Am Sonntag gehen wir miteinander zur Kirche.«

Jawohl, sie lassen es darauf ankommen. Martha kniet vorn im alterworbenen Kirchenstuhl. Luzian bleibt bei der dritten Säule unterm Chor stehen und ist offensichtlich mit Andacht in den Gang der heiligen Handlung vertieft und lächelt nur einmal kurz, als der geistliche Herr in seiner Predigt von der Liebe zum Nächsten spricht.

Das sollen sich nur die merken, die mich von allen Seiten so angaffen, denkt er.

Hernach gehen sie durch eine Gasse feindlich stechender Blicke. Wie durch ein Spalier zustoßender Degen schreiten sie. Aber sie lächeln sich gegenseitig an und tragen die Stirn hoch. Das Bewusstsein, vor niemandem die Augen niederschlagen zu müssen, gibt ihnen Kraft und Selbstbewusstsein.

Als der Kaffee und das Brot ausgehen, schickt Martha sich an, ins Dorf zu gehen. Da sagt Luzian entschlossen:

»Du gehst mir in der nächsten Zeit nicht mehr allein ins Dorf! Lass nur mich gehen. Und wenn mir einer etwas nachschreit, ich rühr mich dann schon. Darauf kannst du dich verlassen!«

Es schreit ihm aber niemand etwas nach. Jedoch nimmt die Bäckerin sein Geld mit so spitzen Fingern entgegen, als ekle ihr davor. Die Metzgermeisterin Gruber lässt ihn glatt im Laden stehen und schickt ihren Mann hinaus. Der sagt nur: »Soso«, schneidet die drei Pfund Suppenfleisch ab, wickelt sie ein und räuspert sich auf Luzians Abschiedsgruß hin vernehmlich.

So machen sie das, denkt Luzian, als er wieder auf die Straße hinaustritt. Es fällt ihm ein, dass er wieder einmal nach den Schuhmacherleuten Prantl sehen könnte. Er möchte wissen, ob auch sie ihm feindlich gesinnt sind. Leider findet er das Haus verschlossen, weil der Schuster unterwegs bei einem Bauern ist und seine Frau wahrscheinlich in der Nachbarschaft beim Tratschen.

Als er heimkommt, erzählt er Martha zwar nicht, wie man ihn behandelt hat. Aber als er beiläufig fragt, ob es auch im

Nachbardorf einen Bäcker und Metzger gibt, da weiß sie Bescheid. Und darum sagt sie kurz entschlossen:

»Ich werde in Zukunft das Brot selber backen. Und wir« – sie sagt »wir« – »werden das schwere Schwein schlachten, dann haben wir auch Fleisch.«

»Ja, aber trotzdem möchte ich mit dem Metzger vom Nachbardorf einmal verhandeln. Es ist für später, weißt du. Jemanden müssen wir dann haben, der uns das Fleisch zuverlässig liefert. Fleisch und Wurstwaren, was man halt so braucht in einer gutgehenden Pension.«

Beglückt und verwundert schaut sie ihn an.

»Luzian, was hast du für Träume?«

Er zieht sie neben sich auf die Ofenbank.

»Keine Träume, Martha. Jetzt kann ich es dir ja sagen, ich hab diesen Plan immer in mir getragen, seit jener Nacht am Waldrand oben. Der Ulrichshof liegt wie geschaffen dafür. Wart nur, wenn erst einmal eine gute Fahrstraße heraufführt! Ich sehe es manchmal im Traum, dass sonntags der ganze Anger voller Autos steht. Und weithin wird man sprechen von der Alpenpension Ulrichsberg und seiner wunderschönen Wirtin. Und wir werden nie mehr so allein sein, nie mehr. Immer wird etwas los sein. Wenn du mich es nur machen ließest!«

»Aber ich lass es dich doch machen, Lutz. Fang meinetwegen morgen schon an. Wenn ich nächste Woche beim Nachlassgericht war, weiß ich erst genau Bescheid, wie reich oder arm ich bin. Ich habe mich bis jetzt noch nie damit befasst.«

Und jetzt vergeht kaum mehr ein Tag, an dem sie nicht von dem sprechen, was die Zukunft bringen soll. Glockenrein hängen die Tage über dem Land. Die Kälte sinkt bis zwanzig Grad und das Wild kommt aus den Wäldern zum Ulrichshof. Luzian legt Heu aus, und sonst ist er damit beschäftigt, den niedergedrückten Schuppen freizuschaufeln.

Am schönsten sind die Abende in der großen, warm geheizten Stube. Luzian spielt dann auf der Geige längst vergessene Lieder. Wie verzaubert sitzt Martha neben ihm, strickt oder flickt.

Als aber Luzian ins Dorf geht und den Metzgerwirt bittet, das schwere Schwein zu schlachten, fragt dieser ganz erbost, ob er denn glaube, dass er seine Zeit gestohlen hätte. Er lehnt es rundweg ab, und damit ist für Luzian der Grund gegeben, ihm zu sagen:

»Also gut, dann werden auch wir keine Zeit mehr haben, auch nur ein Pfund Fleisch bei Ihnen zu kaufen.«

Der Metzgermeister Bösl vom Nachbardorf kommt und schlachtet das Schwein und macht Dauerwürste.

Martha ist in die große Kammer zu ebener Erde übersiedelt. Luzian schläft nach wie vor oben in seinem Stübchen, auch bei der eisigen Kälte immer bei offenem Fenster.

Und weil sie es so halten, deshalb dürfen sie sonntags ihre Stirn hoch tragen, wenn sie aus der Kirche kommen. Und nur deshalb brauchen sie vor niemandem die Augen niederzuschlagen.

Wenn sie aber geglaubt hätten, sie wären vergessen von jedem, so ist das freilich ein Irrtum. Das Gerücht vom seltsamen Tod des Ulrichsbergers will einfach nicht verstummen. Es wird immer wieder aufgewärmt und vom Zenno in geschwätziger Eile von Hof zu Hof getragen.

Und eines Tages erscheint wieder der Polizist auf dem Hof. Er schwitzt auch diesmal so wie bei seinem letzten Besuch, denn er hat den Uniformmantel bis oben hin zugeknöpft.

Zunächst tut er so, als wolle er sich nur ein wenig ausruhen in der warmen Stube. Martha knetet gerade den Brotteig und Luzian arbeitet drüben in der Tenne. Recht angelegentlich sieht der Beamte hinüber und fragt dann ganz unvermittelt:

»Ist das der Geiger da drüben?«

Martha hebt den Kopf wie ein Reh, das in der Ferne einen Schuss fallen hört.

»Ja, warum?«

»Ach – nur so.« Der Polizist öffnet jetzt die Knöpfe seines Mantels. Dann hebt er rasch den Kopf. »Wie war das nun eigentlich mit dem Ulrichsberger?«

Martha sieht den Sprecher mit immer größerem Staunen an.

»Mit meinem Vater? Was soll da gewesen sein?«

»Ich mein, wie ist er nun wirklich gestorben?«

»Aber das weiß man doch. Die Lawine hat ihn erwischt.«

»Ja, ja, die Lawine«, sagt der Polizist und nickt mit dem Kopf. »Ist er da eigens hinausgegangen, dass sie ihn hat erwischen können?«

Mit ein paar raschen Schritten steht Martha plötzlich vor dem Polizisten.

»Was soll diese Fragerei? Mir will scheinen, als hätte Ihr Kommen einen bestimmten Zweck?«

Unsicher sieht Angermann an ihren flimmernden Augen vorbei. Dann räuspert er sich.

»Sagen Sie einmal, Fräulein Klarwein, haben Sie wirklich noch nichts gehört von dem Gerücht, das umgeht?«

»Gerücht? Welches Gerücht denn?«

»Man sagt – Ihr Vater wäre Ihnen und – dem da drüben in der Tenne im Wege gewesen und die Lawine wäre euch gerade wie gewünscht gekommen.«

»Wer sagt das?«, schreit Martha erblassend.

»Von wo es ausgeht, weiß ich auch nicht. Es wird erzählt, Sie hätten Ihren Vater früher schon einmal Schlaftabletten in den Kaffee getan ...«

»Tab ...« Martha verschlägt es plötzlich die Sprache. Dann stöhnt sie auf und schlägt die Hände vors Gesicht. »Allmächtiger Gott, auch das noch.« Und plötzlich weiß sie, von wem es ausgeht, und was damit bezweckt werden soll. Jener Sommernachmittag steht wieder vor ihr auf, als der Rubatscher auf der Flucht vor den Jägern bei ihr Unterschlupf gesucht hat. Damals, ja, da hat sie dem Vater zwei Tabletten in den Kaffee getan, damit er das Schnarchen des Toni nicht höre. Und dieser Mensch, den sie einmal gemeint hat zu lieben, geht nun her und schleudert diesen ungeheuren Verdacht in die Welt.

Plötzlich reißt sie das Fenster auf.

»Luzian, komm bitte einmal herein!« Und sich wieder an den Polizisten wendend: »Das ist doch eine grenzenlose Gemeinheit! Muss ich mir das gefallen lassen? Ich soll meinen Vater …«

»Es hat niemand behauptet, dass Sie es waren.«

»Aha, jetzt kenn ich mich aus! So hat man ihn nicht wegekeln können, den verhassten Fremden, jetzt versucht man es auf diese Weise.«

Luzian tritt ein, die Pfeife zwischen den blinkenden Zähnen. Er nimmt sie sofort heraus, als er Marthas erschrecktes Gesicht sieht. Sein Blick geht zwischen ihr und dem Polizisten hin und her. Da schreit Martha in ihrer grenzenlosen Qual:

»Kannst du dir das vorstellen, Luzian: Einer von uns beiden hätte den Vater umgebracht!«

Luzian erschrickt nicht. Nein, er bleibt völlig ruhig. Lächelt sogar und sagt:

»So eine Narretei: Glaubt man denn, der Doktor sei ein Esel gewesen und hätte die richtige Todesursache nicht feststellen können?«

»Das glaube ich selbstverständlich auch nicht«, antwortet Angermann. »Wir wissen schon lange von diesem Gerede, haben aber nichts darauf gegeben, weil für uns das Attest des Doktors bindend war. Aber da hat nun jemand an das Gericht einen Brief geschrieben. Anonym natürlich und ich habe daher den Auftrag erhalten, der Sache nachzugehen und Sie beide einzuvernehmen. Außerdem ist vom Gericht eine Obduktion angeordnet worden.«

Mit unbewegtem Gesicht hat Luzian zugehört. Nur die Ader an seinem Hals sieht man schlagen, schnell und aufgeregt.

»Das soll also heißen, dass man dem Ulrichsberger im Grab nicht die Ruhe gönnen will. Aber Sie haben Recht.

Eine Obduktion ist das einzige Mittel für eine Rechtfertigung. Wäre sie noch nicht angeordnet, so würde ich selbst sie jetzt verlangen.«

»Sehr richtig, das ist auch meine Meinung, Herr … Herr …«

»Manhart«, hilft ihm Luzian aus.

»Ich bin überzeugt«, spricht Angermann weiter, »dass die Obduktion ganz einwandfrei ergeben wird, was auch Doktor Hurm bereits festgestellt hat. Nur der Ordnung halber – ich tue ja auch nur meine Pflicht – erzählen Sie mir jetzt, bitte, wie sich das damals zugetragen hat.«

Luzian erzählt den Hergang des Unglücks. Der Polizist schreibt und schreibt. Martha sitzt zusammengekauert in der Ecke und sieht mit brennenden Augen auf Luzian. Seine Ruhe tut ihr wohl. Nur eines kann sie nicht fassen, dass man überhaupt so ein Gerücht verbreiten kann. Was hat sie dem Rubatscher, dem Zenno und wie sie alle heißen, getan? Nichts, rein gar nichts. An den einen hat sie sogar einmal etwas Liebe verschenkt. Gearbeitet hat sie von ihrer frühen Kindheit an. Nur einmal ist sie fortgelaufen bis zur Adria. Aber sie ist wieder zurückgekommen und hat immer in der Fron des Berghofes gestanden. Ihre ganze Jugend hätte er verschluckt, der Hof, wenn Luzian nicht gekommen wäre. Warum hassen ihn denn alle? Nur weil er nicht hier aus der Gegend ist?

»Wann findet die Obduktion statt?«, hört sie Luzian jetzt fragen.

»Übermorgen Vormittag um zehn Uhr«, antwortet Angermann, steckt sein Notizbüchlein ein und sucht nach Mütze und Handschuhen.

»Du hast wohl nicht eine Kleinigkeit für den Herrn Polizist?«, fragt Luzian zum Ofenwinkel hin.

Sofort steht Martha auf und bringt Brot, Wurst und Wein.

Es wird sogar noch eine recht angeregte Unterhaltung zwischen den beiden Männern, denn wie sich herausstellt, hat Angermann auch zwei Söhne, von denen einer beim selben Regiment gewesen ist wie Luzian.

Als der Beamte dann gegangen ist, stopft sich Luzian umständlich seine Pfeife und sieht lange zum Fenster hinaus. Seine Stirn ist gefurcht und in seinen Augen liegt schwere Trauer. Plötzlich ist Martha bei ihm und umschlingt seinen Hals.

»Ach, Lutz, was bring ich bloß alles über dich! Verlange von mir, was du willst. Ich tue alles. Ich verkaufe den Hof und ziehe mit dir fort. Wir gehen irgendwohin, wo uns niemand kennt.«

Seine Hand greift unter ihr Kinn und hebt es hoch.

»Jetzt erst recht nicht! Das sähe ja aus wie Flucht. Erst müssen wir uns von dem Makel befreien. Du musst nicht weinen, Martha. Mich wundert nur, dass man mich nicht gleich verhaftet hat!«

»Und alles meinetwegen«, jammert sie.

»Du bist es mir schon wert, Martha.«

»Ach, Lutz, ich will dir dafür danken mein ganzes Leben lang.«

»Danke mir erst übermorgen, wenn ich zurückkomme vom Dorf.«

»Willst du denn hingehen, Luzian?«

»Natürlich werde ich dabei sein. Jetzt ist es endgültig vorbei mit dem geduldigen Abseitsstehen. Jetzt rühre ich mich und sichere mir mein Glück.«

Die Obduktion ergibt einwandfrei, welchen Tod der Ulrichsberger gestorben ist. Gift? Keine Spur! Der Gerichtsarzt Dr. Nölten ist hernach sehr ungehalten, dass man ihn wieder einmal nur auf eine anonyme Anzeige hin bemüht hat. Er steht mit dem Polizeibeamten Angermann und Dr. Hurm am Friedhofseingang noch beisammen.

»Wer war denn der Mensch, der sich vorhin für das Ergebnis der Obduktion so interessiert hat?«, fragt Dr. Nölten, während er langsam auf seinen Wagen zugeht und sich eine Zigarre anzündet.

Angermann erzählt ihm in knappen Sätzen den Zusammenhang.

Grimmig nickt Dr. Nölten vor sich hin.

»Sie waren ja selber bei der Obduktion dabei. Sorgen Sie dafür, dass die Wahrheit unter die Leute kommt.«

Ja, dieser Schlag ist also ins Wasser gegangen. Als Luzian heimkommt und Martha alles erzählt, umfasst sie ihn und wirbelt ihn in der Stube herum. So ausgelassen und fröhlich hat er sie noch nie gesehen.

»Nun wird alles noch gut, Luzian! Uns kann jetzt nichts mehr etwas anhaben. Nur eines fehlt dir noch: Dein Vertrauen zum Berg, deine Liebe zu ihm. Der Boden hat dich noch nicht ganz erfasst, Luzian.«

Er sieht sie lange und nachdenklich an.

»Täusch dich nicht, Martha. Dein Boden hat mich schon halb erfasst. Bald wird er mich ganz haben, ich fühle das. Dann werde ich auch den Berg lieben.«

»Sicher, sicher Lutz! Und – es ist ja auch dein Boden dann, wenn wir ...«

»Wenn wir was?«, fragt er, nachdem er merkt, wie sie vor dem weiteren Wort erschrocken ist. Aber sie will es ihm nicht mehr sagen, was sie ihm schon zweimal gesagt hat, das Wort Heirat. Es soll nicht aussehen, als wolle sie ihn mit Gewalt zu ihrem Ehemann machen.

Luzian ahnt freilich, was sie hat sagen wollen, und nimmt ihr schmal gewordenes Gesicht in seine Hände.

»Gleich nach Weihnachten werden wir heiraten, Martha. Hätten wir es früher getan, sähe es aus, als hätten wir wirklich nur auf seinen Tod gewartet.«

Bis Weihnachten aber sind noch zehn Tage. Was in der Zwischenzeit noch geschehen soll, das wird in derselben Nacht von denen beschlossen, die jenes Gerücht vom unnatürlichen Tod des Ulrichsbergers ausgestreut haben.

In einer abseits gelegenen Waldschenke zwischen Steinkirchen und Aschhofen sitzen im Nebenzimmer an die fünfzehn Burschen und lauschen den Worten des Rubatscher-Toni, an dessen Seite der Zenno sitzt, als wäre er sein Adjutant. Der Rubatscher lebt immer noch in dem Wahn, dass er die Klarwein-Martha zurückerobert hätte, wenn dieser Teufelsgeiger nicht dahergekommen wäre.

»Ihr habt also selber auf der Anschlagtafel am Rathaus gelesen«, sagt er, »dass dieses hochmütige Frauenzimmer, die Martha vom Ulrichsberg, jeden zur Anzeige bringen will, der noch einmal sagt, dass ihren Vater nicht die Lawine getötet hätte. Mag es so sein. Ich selber habe nie anderes behauptet. Aber jetzt hört mal her: Schlägt es uns Einheimischen nicht ins Gesicht, wie sie es treibt? Müssen wir es dulden, dass sie mit so einem hergelaufenen Kerl auf dem Hof zusammenlebt, wo das hier niemand sonst wagen würde!«

»Das ist wirklich gegen unsere Moral«, pflichtet ihm der Zenno bei und rollt die Augen.

»Sie schämt sich nicht«, fährt der Rubatscher-Toni fort, »am Sonntag mit ihm in die Kirche zu gehen. Damit setzt sie ihrer Scheinheiligkeit die Krone auf und außerdem will sie uns Einheimische damit ärgern.«

»Besonders dich«, ruft einer aus der hinteren Ecke. Der Rubatscher hört das nicht oder will es nicht hören und spricht weiter:

»In Wirklichkeit ist es so, dass die Martha ganz in der Gewalt dieses Fremden ist. Sie ist nimmer frei in ihren Entschlüssen. Er hat sie in der Gewalt und will den Hof haben. Ist es nicht so, Zenno?«

Der Schacher nickt eifrig. »Genauso ist es.«

»Darum müssen wir ihr helfen. Wir müssen sie sozusagen befreien von diesem Fremden, den der alte Klarwein-Simon, Gott hab ihn selig, nie anders geheißen hat, als Luzifer. Und so wollen wir übermorgen in der Nacht hinaufziehen und den Burschen mit Gewalt aus dem Haus jagen. Das ist das einzige Mittel noch. Unter gar keinen Umständen dürfen wir die Schande noch länger dulden!«

»Und was wird gezahlt?«, ruft der Zwischenrufer von vorhin.

Diesmal kann ihn der Rubatscher nicht überhören. Zornflammend schleudert er zurück:

»Bei einem guten Werk fragt man nicht nach Zahlung! Wenn aber alles gut ausgeht, treffen wir uns am Sonntagnachmittag wieder hier in dem Nebenzimmer. Da kann dann jeder essen und trinken auf meine Rechnung. Ich selber hab ja keinen Nutzen dabei. Mir liegt die Sach nur so am Herzen, weil es gegen die alten Sitten verstößt. Es ist ein Habertreiben, das wir halten, Buben. Wenn niemand nach dem Rechten sieht, dann müssen wir es tun. Das ist unsere heilige Pflicht!«

»Und hohe Aufgabe«, setzt der Zenno hinzu.

»Ich brauche ja nicht eigens betonen, dass das alles unter uns bleiben muss. Wer meint, dass er nicht mitmachen kann, der soll wegbleiben.«

Das ist das letzte, was der Rubatscher sagt. Er ist sich seiner Sache durchaus sicher und bedenkt nicht, dass die Zeit der nächtlichen Femegerichte, wie sie in einem vergangenen Jahrhundert in dieser Gegend noch Brauch waren, längst vorüber ist. Immerhin sind unter den Burschen einige, die die wirkliche Absicht des Rubatscher-Toni durchschauen. Und sie wollen nicht Helfer seiner eigennützigen Pläne sein.

Schon auf dem Heimweg beschließen der Ranftl-Georg und der Hanftel-Andres den Unsinn nicht mitzumachen.

»Eigentlich ist es eine Gemeinheit«, meint der Rager. »Ich kann es anschaun, wie ich mag, was der Rubatscher da will, ist nicht richtig. Gar so schlecht wird die Martha grad nicht sein, wie er tut.«

»Selber ist er scharf auf sie. Es geht ihm ja bloß darum, dass er den Fremden fortbringt und dass dann er sich schön warm hineinsetzen kann auf den Ulrichsberg.«

»Mir hat der Geiger eigentlich gar nichts getan. Warum soll ich ihm was in den Weg legen?«, meint der Rager.

»Ganz recht, warum sollen wir ihm schaden?«, pflichtet der Ranftl bei. »Und von Rechts wegen müsste man ihn eigentlich warnen. Es ist eine Schande, was die machen wollen, und wenn es aufkommt, müssen wir uns alle in Grund und Boden schämen.«

Wer von den beiden es nun eigentlich im Prantl-Schusterhaus erzählt hat, ist nie richtig herausgekommen. Auf alle Fälle peinigt Frau Mathilde Prantl ihren Mann so lange, bis er sich aufmacht zum Ulrichsberg geht. Und das ist das Seltsame: Mathilde Prantl hat dem Geiger die ganze Zeit über ihr gutes Herz bewahrt. Sie war vielleicht die einzige im Dorf, die über alle Gerüchte hinweg zu ihm stand und jedem erzählte, dass der Geiger ein grundanständiger Bursche sei.

Also muss Josef Prantl, der Schuhmacher und Kapellmeister, den dringenden Wunsch seiner Frau erfüllen, sich auf den weiten Weg zum Ulrichsberg machen und warnen.

Die beiden dort sind wie aus den Wolken gefallen, und Martha bekommt Angst. Nur Luzian lächelt und drückt dem Schuster die Hände.

»Dafür danke ich dir von Herzen, Vater Prantl.«

»Nichts zu danken. Aber die Polizei musst du verständigen. Damit will ich nichts zu tun haben und dazu hat meine Mathilde mich auch nicht beauftragt.«

»Polizei?«, fragt Luzian. »Wozu denn die Polizei? Nein, gelt, Martha, das machen wir zwei schon allein ab.« Er legt den Arm um ihre Schultern und zieht sie an sich. »Und jetzt möcht ich dich gleich bitten, Vater Prantl, ob du nicht zwischen Weihnachten und Neujahr unser Trauzeuge sein möchtest. Einen zweiten werden wir schon noch auftreiben.«

»Den muss der Lehrer machen«, bestimmt der Schuster sofort. »Der hat sowieso schon ein paar Mal gefragt, warum du nie mehr mitgespielt hast im Chor. Weihnachten hätten wir wieder die Messe, die du damals mitgespielt hast. Tu wenigstens mir den Gefallen und spiel zu Weihnachten mit.«

»Gut, Vater Prantl, ich spiel die Messe mit.«

Als der Prantl wieder fort ist, bekommt Martha doch ein wenig Furcht.

»Wenn wir nur was ausrichten können, Luzian, gegen so viele!«

»Hast du Angst?«, fragt er lachend.

»Wenn du bei mir bist, nicht.«

»Wir sind im Recht und sie sind im Unrecht. Das ist unser Vorteil. Ich muss mir nur noch überlegen, wie wir es machen werden. Und dazu habe ich ja morgen noch den ganzen Tag Zeit. Wichtig ist nur, dass wir um ihr Kommen wissen. Überraschen können sie uns nicht mehr und das ist für uns der zweite Vorteil.«

»Ach, Luzian«, flüstert Martha an seinem Hals. »Wenn nur jetzt wenigstens Schluss wäre.«

»Es wird Schluss sein, Martha, verlass dich drauf! Wir dürfen sie nur nicht bis ans Haus heranlassen. Schon beim Obstgarten müssen wir sie empfangen.«

Sie wird geradezu angesteckt von seinem Kampfgeist.

»Ich glaube gar, du freust dich auch noch darüber?«

»Ja, Martha, jetzt freue ich mich darauf!«

Die Dämmerung bricht an und dann ist die Nacht da. Eine rabenschwarze Nacht schon um sieben Uhr. Dann kommt so gegen halb acht der Mond hinter dünnen Schleierwolken zum Durchbruch und gibt dieser Nacht eine Helle, die über alle Dinge ein so fahles Licht legt, als sähe man sie durch eine Milchglasscheibe.

Luzian hat mühsam hinter der Tenne den Schnee weggeräumt, den hart gefrorenen Boden aufgehackt und einen Korb voll Steine gesammelt. Dieser steht nun bereit. Ferner lehnt er neben die Haustür eine drei Meter lange Stange. Luzian hat sie am unteren Ende geschält und von Astvorsprüngen gesäubert, damit sie so richtig handgerecht ist.

Martha hat das Jagdgewehr ihres Vaters in den Händen. Sie steht dicht bei Luzian und sieht mit ihm in die Nacht hinein. Zum dritten Mal fragt sie:

»Und wie muss ich es jetzt genau machen, Luzian?«

»Zuerst werfen wir mit Steinen. Wenn sie uns trotzdem näher kommen, gehe ich mit der Stange unter sie. Du musst mir dann mit dem Gewehr Schutz geben. Gib zuerst ein paar Schüsse in die Luft ab und nur wenn allerhöchste Not ist, dann halte auf die Füße. Ums Leben soll keiner kommen. Im Übrigen zweifle ich, ob sie überhaupt kommen werden.«

In diesem Augenblick kommt ein leiser Laut über die weiße Schneefläche her. Martha ist die erste, die ihn wahrnimmt, und strafft sich.

»Sie kommen, Luzian!«

Jetzt hört auch er es. Langsam wachsen sie über den Schnee herauf. Sieben, acht, zehn Gestalten. Ganz langsam kommen sie näher. Sie haben nun zu sprechen aufgehört. Es würde klarer und leichter sein, wenn sie schreien und brüllen, Lärm schlagen würden, so wie es früher beim Haberfeldtreiben Brauch gewesen ist. Aber die Stummheit, dieses lautlose Heranschleichen im Schnee gibt der Sache etwas Gefährliches ...

»Bis auf zehn Schritt herankommen lassen«, flüstert Luzian. »Dann werfen wir.«

Immer näher kommen die Gestalten. Wortlos lehnt Martha das Gewehr an die Mauer und greift in den Korb mit den Steinen, alle faustgroß. Auch einige Eisbrocken sind dabei.

Luzian ist zumute, als läge er wieder im Schützenloch mit einem Maschinengewehr und warte mit fieberndem Puls auf den Feuerbefehl. Endlich ist es so weit. Gut zwanzig Schritte vor dem Haus bleiben sie stehen und beratschlagen noch etwas im Flüsterton.

In diesem Augenblick holt Luzian zum Wurf aus und Martha mit ihm. Die Steine können ihr Ziel nicht verfehlen. Ein tierischer Schmerzensschrei hallt durch die Nacht und augenblicklich drängt die Gruppe auseinander. Aber nicht um zu fliehen, sondern um geduckt näher zu schleichen. Sie haben dicke Prügel in den Händen. Ihre Gebärden haben etwas Unheimliches und Bedrohendes.

Die beiden müssen nun die Gestalten einzeln aufs Korn nehmen. Mit unheimlicher Genauigkeit wirft Luzian seine Steine. Immer wieder ertönt ein Aufschrei. Martha wirft etwas zu schnell und zu unsicher. Und doch muss auch einer ihrer Steine getroffen haben, denn lautlos sinkt fünf Meter vor ihr eine Gestalt in den Schnee.

Nun aber gehen die Steine zur Neige. Luzian greift zu der Stange. Es wird ernst, denn die Burschen drängen von neuem näher. Mit einem Sprung ist Luzian heran und lässt seine Stange im Kreis sausen. Einmal geht sein Schlag gleich über zwei Köpfe hin, die sich nicht früh genug geduckt haben. Das langt, es schafft Luft!

Martha hat nun die letzten Steine verschleudert, greift nach dem Gewehr und gibt den ersten Schuss in die Luft ab. Das bringt Verwirrung unter die Masse. Man sieht, wie zwei der Gestalten eiligst über das Schneefeld hinunter rennen.

Dann schreit Martha plötzlich gellend auf und Luzian fährt herum. Und das ist gut, denn er hat nicht gesehen, dass einer das Messer gegen ihn gezückt hat. Durch die plötzliche Wendung ist der Stoß ins Leere gegangen. Nun aber muss Luzian die Stange loslassen und den Gegner mit den Fäusten packen. Ein kurzes, keuchendes Ringen, dann windet sich der Bursche von einem Stoß, den Luzian blitzschnell mit dem Knie geführt hat, im Schnee.

Aber auch Luzian hat einen harten Schlag ins Gesicht abbekommen. Er brüllt auf. Plötzlich ist ein Zorn da, ein rasender Zorn. Und damit ist es eigentlich schon entschieden. Die Gegner beginnen zu weichen, erst langsam, dann immer schneller. Man sieht drei oder vier dunkle Punkte im Schnee liegen. Aber wenn Luzian mit seinem Prügel herankommt, schnellen sie hoch und rennen ebenfalls davon. So lautlos, wie sie kamen, so lautlos verschwinden sie wieder. Nur einer bleibt liegen und das ist der Zenno.

Ein Stein muss ihn im Gesicht getroffen haben. Er blutet stark und ist gar nicht bei Besinnung. Sie tragen ihn ins Haus. Martha wäscht ihm das Gesicht und flößt ihm scharfen Zwetschkenschnaps ein. Das bringt ihn nach einer Weile zu sich. Verwirrt schaut er umher. Auf einmal scheint ihm klar zu werden, wo er sich befindet, und er will mit einem Sprung zur Tür hinaus. Luzian ewischt ihn gerade noch an der Schulter und schleudert ihn auf das Kanapee zurück.

»Halt! Dageblieben wird jetzt! Du kommst nicht früher hinaus, bist du nicht sagst, wer das Ganze angezettelt hat!«

»Wie soll ich denn das wissen?«, jammert Zenno und reibt sich die Beule in seinem Gesicht. »Das muss ein großer Stein gewesen sein«, stellt er mit einiger Sachkenntnis fest.

»Es wird dir schon noch einfallen«, meint Luzian gemütlich und zündet sich eine Zigarette an. »Du selber warst es kaum. Dazu bist du zu dumm, du und die anderen, die sich haben aufhetzen lassen. Also, wer war der Anführer von euch traurigen Helden?«

»Der war nicht dabei«, plappert Zenno zitternd. »Hat ausgerechnet heut keine Zeit gehabt. Sonst wär es für euch schon schlechter ausgegangen.«

»Aha, er hat keine Zeit gehabt! Und ihr seid so dämlich und glaubt das, ihr tragt für einen anderen eure Haut zu Markt, der selber zu feige ist. Er soll euch jetzt nur noch prügeln, weil ihr seinen Auftrag so schlecht ausgeführt habt.«

Ängstlich zieht Zenno seinen Kopf ein und wackelt mit den Ohren. Wenn er von Schlägen etwas hört, schüttelt es ihn vor Angst. Hatte er nicht seinen Kopf hingehalten wie ein Held? Freilich, es ist für eine gerechte Sache geschehen. Dafür lohnt es sich schon, Schmerzen zu ertragen. Es hätte sich auch für den Rubatscher-Toni gelohnt, diese Schmerzen zu ertragen. Aber der Toni hat ja nicht mitmachen können, weil ausgerechnet seine Mutter krank geworden ist.

Hat er wirklich nicht mitkommen können? Ist seine Mutter wirklich krank geworden? Hat er die Rubatscherin nicht heute Nachmittag noch beim Bäcker gesehen?

Misstrauen erwacht plötzlich in Zennos Oberstübchen. Vielleicht hat der Toni daheim hinter dem warmen Ofen gesessen, während er und die anderen über das weiße Schneefeld gestiegen sind und Prügel bezogen haben. Und weil er eben doch ein wenig beschränkt ist, sagt der Zenno jetzt treuherzig:

»Da muss ich ihn morgen gleich fragen, den Toni, ob er wirklich keine Zeit gehabt hat.«

Luzian will gerade fragen, um was für einen Toni es sich handle, da prellt Martha mit ihrer Frage vor:

»Meinst du den Rubatscher-Toni?«

»Freilich, freilich! Was denn sonst für einen?«

»Also der steckt wieder hinter allem«, sagt Martha in einer bitteren Aufwallung. »Kann denn dieser Mensch niemals Ruhe geben?«

»Weiß ich nicht«, meint der Zenno. »Aber das sag ich euch, vom Zahlen kommt er nicht aus. Da muss er blechen, ob er mag oder nicht.«

»Ach so, bezahlt werdet ihr auch noch für diesen Überfall?«

»Ja, jeder kann am Sonntagnachmittag beim Wirt essen und trinken, so viel er mag, wenn du ...«, er unterbricht sich und starrt Luzian an. »Du bist ja noch da.«

»Ach so, ihr hättet mich fortjagen sollen.«

»Freilich, fortjagen.«

Luzian lacht wie befreit.

»Darfst heimgehen jetzt. Und mit dem Rubatscher mach ich die Rechnung schon noch quitt. Und zu den anderen sagst, wenn sie wieder einmal Lust haben auf Prügel, dann sollen sie nur kommen.«

Es macht Luzian nichts aus, nun ganz besonders höflich zu sein. Er öffnet dem armen Tropf die Tür, dass er recht schnell hinauskann. Lachend schließt er sie hinter ihm und dreht den Schlüssel um. Dann nimmt er Martha in die Arme.

»So, nun haben wir das auch geschafft!«

»Meinst du wirklich, dass es schon das letzte war?«

»Sie haben es mit feiger List versucht und mit nackter Gewalt. Beides ist fehlgeschlagen. Einen dritten Weg werden sie nun nicht mehr finden.«

Sie sieht ihn an mit einem jener abgrundtiefen Blicke, die ihn jedesmal in Verwirrung bringen.

»Ach, Luzian, was hast du meinetwegen schon alles mitgemacht!«

»Martha, wir wollen doch niemals fragen, wer um des anderen willen mehr oder weniger mitgemacht hat. Das Schicksal hat uns zusammengerufen und wir haben vor ihm zu bestehen.«

»Ja, das Schicksal«, lächelt sie und schließt ihre Arme fester um ihn.

Wie staunen die Steinkirchner, als der Herr Pfarrer am Sonntagmorgen nach seiner Predigt einen kleinen weißen Zettel herauszieht und verkündet:

»Zum heiligen Sakrament der Ehe haben sich versprochen: der Musikstudent Luzian Manhart und die Bäuerin Martha Klarwein vom Ulrichsberg. Dies ist die erste Verkündigung.«

Ein Wispern und Raunen hebt in den Kirchenstühlen an. Luzian fühlt sich im Mittelpunkt staunender und neidischer Blicke. Er steht wie gewöhnlich hinter der rechten Säule und hat den Blick nach vorn gerichtet, wo Martha am Gebetsstuhl kniet. Und es fällt ihm gerade jetzt ein, wie sie damals zu ihm hinaufgeschaut hat zum Chor, als er das Ave Maria gespielt hat. Damals schon hat ihn dieses Geheimnisvolle zu ihr hingezogen, dem er sich ganz einfach nicht mehr hat entziehen können.

Heute sieht Martha nicht zu ihm hin. Dafür tun es andere. Die Stahuber-Agnes zum Beispiel betrachtet ihn eingehend und lange und stellt dann nicht ohne Neid fest, dass dieser fremde Geiger, über den so viel Abfälliges geredet worden ist, doch ein sauberer Mensch ist, in den man sich verlieben könnte, Martha Klarwein hat anscheinend schon gewusst, was sie will. Dass sie ihn freilich gleich zum Bauern auf dem Ulrichsberg machen will, ist natürlich eine falsche Rechnung, die nicht aufgehen kann.

Nach dem Hochamt treten sie an das Grab des Ulrichsbergers. Das Weihwasser in dem kleinen Gefäß ist eingefroren und Martha beugt sich nieder, um es mit ihrem warmen Atem aufzutauen. Da wird sie von Luzian sanft angestoßen.

»Schau einmal über die Mauer hinüber.«

Da drüben auf den Stufen des Metzgerwirtshauses steht eine Gruppe Burschen. Hoch über allen ragt das schmale Gesicht des Rubatscher-Toni, der von allen Seiten hart bedrängt wird. Man sieht einige mit verpflasterten Gesichtern. Der Rubatscher fuchtelt mit den Armen herum und setzt sich anscheinend gegen die Vorwürfe zur Wehr. Plötzlich aber lässt er die anderen stehen und stelzt die Dorfstraße hinunter.

Das ist der Augenblick, den Luzian braucht. Diesen Rubatscher will er jetzt in seine Finger bekommen, will ihm einen Denkzettel geben, an den er sich sein Leben lang erinnern wird. Im letzten Augenblick aber fasst Martha ihn an der Hand und hält ihn fest.

»Bleib da, Lutz.«

Fast bittend sieht sie ihn an.

»Versteh doch, Martha, ich muss es tun.«

»Bitt schön, Luzian, bleib bei mir. Es kommt nichts Gescheites dabei heraus. Dich kenne ich jetzt, mein Lieber. Im Zuschlagen bist du kein Sanfter.«

Sie gehen dann auf der anderen Seite des Friedhofes hinaus um nicht beim Metzgerwirt vorbei zu müssen.

Hand in Hand stapfen sie den Berg hinauf. Der Schnee glitzert in der Sonne wie ein Feld von Diamantenstaub. Fern sehen sie schon den Rauch aus der Esse des Ulrichshofes aufsteigen und sie beschleunigen ihre Schritte unwillkürlich. Erst dort auf der Wiese verharren sie, wo vor vielen Monaten Luzian vor Martha stehen geblieben ist. Sie denken wohl dasselbe.

»Damals musste ich einfach raufgehen«, sagt er. »Heute weiß ich, warum ich es tun musste.«

»Dann aber hast du den Berg gefürchtet«, antwortet Martha. »Mich hast du lieb gehabt, aber tief in dir war das Grauen vor dem Berg. Darunter hat unsere Liebe manchmal gelitten. Du hast immer geglaubt, der Berg erdrückt dich. Bist du nun frei geworden davon?«

»Ja, Martha, ganz frei. Durch dich.«

»Und ich durch dich. Jetzt erst bin ich so richtig glücklich, weil ich dich nie mehr aus den Händen zu geben brauch. Komm, Lutz, wir gehen jetzt heim.«

Dieses »Heimgehen« ist wohl das Tiefste, was ihr Mund je ausgesprochen hat. Es liegt der wunderbare Sinn von Heimat und Friede, von Geborgensein und Glück darin. Luzian begreift, was sie ihm mit diesem Wort hat sagen wollen, und fühlt eine tiefe Dankbarkeit in seinem Herzen.

Sein Leben ist einmal in ganz anderen Bahnen gegangen. Es hat ihn durch eine lange Reihe recht bitterer Jahre getrieben. Dann ist er wochenlang hinter einem falschen Bild hergerannt und hat geglaubt, dass seine Zukunft zerstört wäre für immer, wenn er Silvia nicht fände. Jetzt erst darf er nach den vielen Irrungen und Wirrungen an der Seite eines Menschenkindes auf einen Berghof zugehen, aus dem durch ihrer beider Liebe ein neues und starkes Geschlecht aufblühen soll.

In der Haustür bleibt er noch einmal stehen und umschlingt sie.

»Und das alles danke ich dir«, sagt er leise.

»Was denn?«, fragt sie etwas vewundert.

»Das Glück, eine Heimat zu haben, und auch den Frieden hier – in meinem Herzen.«

Martha sieht ihn an. In ihre Augen kommt aus fernen Tiefen langsam eine Fülle von Licht und macht sie weich und leuchtend.

Martha Klarwein hat nie recht gewusst, was dieser Hof auf dem Berg wert sein mochte. Aber nun weiß sie es. Sie steht vor dem Nachlassgericht in der Kreisstadt und erfährt, dass beim Ulrichshof genau einhundertsechzig Tagwerk Grund sind. Davon sind einhundertzehn Tagwerk Wald und das andere Wiesen.

Ich bin reich, denkt sie, als sie die breite Stiege hinuntergeht. Ich bin sehr reich und brauche niemandem davon etwas abgeben. Ich habe keine Geschwister und niemanden, mit dem ich teilen müsste. Nur Luzian wird es gehören, wie mir. Und später einmal unseren Kindern.

So überglückselig ist ihr zumute, dass sie am liebsten über den gepflasterten Marktplatz gelaufen wäre, um möglichst schnell Luzian die frohe Mitteilung zu machen, der in einem Gasthaus auf sie wartet. Dann aber fällt ihr ein, dass sie auch noch zur Bank muss. Sie kann sich zwar nicht denken, dass der Vater dort große Reichtümer angesammelt hätte. Immerhin will sie das Geld gleich mitnehmen und einkaufen, was ihr Herz begehrt.

Sie sagt am Schalter, dass sie wegen des Geldes käme, das ihr Vater hier einbezahlt habe.

Der Beamte sieht sie etwas misstrauisch an.

»So? Und wer sind Sie, wenn ich fragen darf?«

»Ach so«, lacht Martha. »Freilich, wer ich bin, müssen Sie wissen. Klarwein heiße ich. Martha Klarwein vom Ulrichsberg.«

Sofort wird der Beamte höflicher.

»Konto-Nummer siebenhundertneunundsechzig«, sagt er. Dann geht er durch eine Nebentür hinaus, kommt aber gleich wieder und sagt mit betonter Höflichkeit:

»Sie möchten bitte zum Herrn Direktor kommen. Ja, dort bitte, gleich die nächste Tür.«

Der Herr Direktor sitzt hinter einem mächtigen Schreibtisch und richtet seine Augen, deren Farbe man hinter den Brillengläsern nicht gleich feststellen kann, auf das Mädchen.

»Fräulein Klarwein?«, fragt er und deutet auf einen Stuhl.

»Ja, vom Ulrichsberg.«

»Bitte, nehmen Sie Platz, Fräulein Klarwein. Sie wollen Geld abheben? hat Ihnen Ihr Vater eine Vollmacht mitgegeben?«

»Mein Vater?«, fragt Martha verständnislos, denn sie

kann sich nicht vorstellen, dass der Herr da hinter seinem Schreibtisch nicht weiß, dass der Vater tot ist.

»Mein Vater lebt doch nicht mehr«, fügt sie hinzu.

»Was? Gestorben?« Der Direktor steht auf und reicht ihr die Hand über den Schreibtisch. »Mein herzliches Beileid. Davon haben wir nichts gewusst. Ich bedaure das tief. Herr Klarwein war über dreißig Jahre unser Kunde. Dann sind Sie wohl die Universalerbin?«

»Ja, mir gehört er halt jetzt, der Ulrichsberg«, antwortet Martha, die das Wort Universalerbin zum ersten Mal hört.

»Und Sie wollen heute Geld abheben, Fräulein Klarwein? Wie viel denn?«

»So viel wird es ja nicht sein, was hier liegt. Alles halt, weil ich einkaufen will. Der Luzian braucht ein paar Anzüge und ich brauch Schuhe und dann hab ich da vorn im Kaufhaus einen schönen Mantel gesehen.«

Der Direktor lächelt voller Güte und Nachsicht und fragt:

»Sagen Sie einmal, Fräulein Klarwein, hat Ihr Vater nie mit Ihnen darüber gesprochen, wie viel Geld er bei uns liegen hat? Es sind genau sechsundfünfzigtausend Mark.«

»Wie viel?«, fragt Martha erschrocken.

»Sechsundfünfzigtausend. Und die wollen Sie doch jetzt nicht abheben. Vierzigtausend sind übrigens auf halbjährliche Kündigung angelegt. Sie wissen doch, wegen der höheren Zinsen.«

»Nein, so viel will ich freilich nicht. Aber wenn ich halt fünfhundert Mark haben könnt.«

»Nehmen Sie nur tausend mit«, lächelt der Direktor. »Wenn Sie doch schon so große Einkäufe planen. Sonst reicht es vielleicht nicht.«

»Ja, dank schön«, sagt Martha, »weil Sie mir gleich so viel geben wollen. Und der Luzian, kriegt der auch eins, wenn er einmal kommt?«

»Der Luzian? Wer ist denn das?«

»Ja, wissen Sie, der arbeitet auf dem Ulrichsberg. Aber in vierzehn Tagen ist er mein Mann.«

»Ach so. Dann darf man also gratulieren?«

»Ja, bitt schön«, plaudert Martha, die sich vor Glückseligkeit kaum fassen kann.

»Wenn der Luzian Ihr Mann ist, ändert sich die Sache sowieso, denke ich. Vorläufig müssten Sie ihm noch eine Vollmacht ausstellen. Und nun, Fräulein Klarwein, hoffe ich doch sehr, dass auch Sie mit unserer Bank fernerhin zusammenarbeiten werden.«

»Freilich, freilich. Wenn Sie schon so nett sind und geben mir gleich tausend Mark.«

»Die bekommen Sie draußen am Schalter.« Er reicht ihr wieder die Hand über den Schreibtisch. »Es hat mich sehr gefreut, Sie kennenzulernen, Fräulein Klarwein, und ...«

»Ist's wahr?«, fragt Martha, ihn unterbrechend.

»Natürlich. Leben Sie wohl und nochmals meinen Glückwunsch für Ihre Zukunft.«

Er begleitet sie hinaus und gibt am Schalter Anweisung zur Ausbezahlung der tausend Mark.

Als Martha die zehn Hundertmarkscheine in der Hand hält, kann sie überhaupt nicht begreifen, wie das möglich ist. Sie hat nie Geld genug besessen, um sich jemals etwas nach Wunsch kaufen zu können. Nur die Hälfte des Eiergeldes hat sie immer behalten dürfen. Die andere Hälfte hat sie stets dem Vater abliefern müssen. Und sie ist oft sehr zornig darüber gewesen und hat seinen Geiz verflucht. Jetzt aber, da sie weiß, wie der Vater Mark für Mark auf die Bank gelegt hat, bis es diese für sie so erstaunliche Summe geworden ist, bittet sie ihm alles ab.

So stark ist sie beeindruckt davon, dass ihr die Tränen über die Wangen laufen. Darum hält sie sich im Vorraum noch ein wenig auf und sieht von ihrem Winkel aus die Leute kommen und gehen. Dann aber hält sie es nicht mehr aus.

Luzian wartet bereits mit Ungeduld auf sie. Es ist merkwürdig, denkt er, wenn sie nur ein paar Stunden nicht um mich ist, komme ich mir wie verloren vor.

Da betritt Martha bereits die Gaststube. An ihrem Gesicht erkennt er sofort, dass sie freudig erregt ist.

»Wie ist es dir ergangen, Martha?«

Und schon sprudelt sie heraus:

»Gut ist's gegangen, Luzian. Ganz gut. Da schau her«, sie öffnet ihre Tasche und zeigt ihm die neuen Hunderter. »Tausend Mark hat mir der Herr auf der Bank gegeben. Und fünfhundert Mark hab ich bloß haben wollen.«

Nachdenklich sieht Luzian sie an.

»Martha, sei doch nicht so aufgeregt«, beschwichtigt er sie.

»Ich bin doch nicht aufgeregt, Luzian. Und du darfst dir auch eins holen, hat er gesagt. Bloß muss ich dir da was ausstellen. Jetzt weiß ich nimmer, was.«

»Eine Vollmacht wahrscheinlich«, lächelt er. »Aber ich brauche doch jetzt nichts.«

»Doch, doch, du brauchst schon was. Zwei Anzüge kaufen wir heut, gelt, Lutz. Einen schwarzen zum Heiraten und einen Trachtenanzug. Ach, du glaubst ja nicht, wie ich mich freu, Luzian.«

»Das seh ich ja. Und du bist so schön, wenn du dich freust.«

»Weißt, was ich bin, Luzian? Eine Universalerbin. Weißt du, was das ist?«

»Natürlich weiß ich das. Das heißt, dass alles dir allein gehört.«

»Du Dummerle«, lacht sie. »Was mir gehört, gehört doch auch dir. Hast schon was gegessen? Komm, such für mich auch was aus. Heut lassen wir es uns einmal gutgehen, Luzian.«

»Also dann!«, nickt Luzian, von ihrer Fröhlichkeit angesteckt.

Er nimmt die Speisekarte und wählt. Und merkwürdig, in diesem Augenblick fällt ihm Silvia wieder ein. Aber es ist wirklich kein sehnsüchtiger Gedanke mehr, der da in ihm aufspringt, sondern nur die Erinnerung an längst vergangene Tage, wenn er mit Silvia in irgendeinem Hotel gespeist hat.

Silvia hat es verstanden, die auserlesensten Gerichte auszusuchen und war peinlich darauf bedacht, den Eindruck einer reichen Dame zu erwecken, der das Beste auf der Speisekarte gerade gut genug war.

Wie anders dagegen dieses Mädchen. Sie schwankt jetzt gerade, ob sie Schweine- oder Kalbsbraten nehmen soll. Und als er ihr ein Wiener Schnitzel vorschlägt, nickt sie eifrig.

»Ja, ja, Luzian. Bestell nur. Aber nur, wenn du das gleiche isst. Und hernach möchte ich einmal in ein Café gehn. Ich bin mein Lebtag noch in keinem Café gewesen.«

So ein Kind, denkt er. Du wunderbares, großes Kind! Dass ein Mensch sich so freuen kann!

Und sie lässt nicht nach. Luzian muss die zwei Anzüge probieren. Sie hat ihm – weil wunderbares Feingefühl – die Geldscheine zugesteckt, damit er und nicht sie bezahlt.

»Das hätt doch so dumm ausgeschaut, wenn ich das Geld gehabt und bezahlt hätte«, meint sie hernach.

Martha betrachtet aufmerksam die Menschen, die eingehakt an ihnen vorübergehen, und als wieder einmal ein Paar an ihnen vorübergeht, sagt sie:

»Ich habe gar nicht gewusst, dass es so viele Menschen gibt, die sich lieb haben.«

»Wie kommst du darauf?«

»Wenn sie so eingehängt gehen, müssen sie sich doch lieb haben?«

»Das muss nicht unbedingt so sein«, klärt er sie auf. »Manche tun es nur aus Gewohnheit, weil es so einträchtig aussieht, oder weil sie zeigen wollen, dass sie eben zusammengehören.«

»Dann dürfte ich mich bei dir auch einhängen, Luzian?«

»Ich bitte darum«, scherzt er und bietet ihr seinen Arm.

Sie versucht mit seinem Schritt mitzuhalten und trägt die Stirn hoch. Wie ein Wunder empfindet sie alles, dieses langsame Dahinschlendern durch die kleine Stadt, an schönen Schaufenstern vorbei, bis sie schließlich in einem Café landen. Dort erst eröffnet sie ihm alles.

»Wie viel Geld, meinst du, Luzian, haben wir auf der Bank?«

»Hast du die Hälfte abgehoben?«

»Die Hälfte? Wo denkst du hin. Das wären ja dann achtundzwanzigtausend Mark gewesen.«

Er sieht sie ganz verblüfft an.

»Sechsundfünfzig?«

Sie nickt und zählt ihm auch auf, was alles zum Ulrichshof gehört.

»Allerhand«, sagt er. »So reich bist du? Und ich komme mit ganz leeren Händen zu dir.«

»Aber mit einem guten Herzen. Und das mit den leeren Händen darfst du nie wieder sagen, Luzian.«

Am liebsten hätte er sie jetzt in den Arm genommen und abgeküsst. Nicht weil er weiß, dass sie so reich ist, sondern weil sie ein so wunderbarer Mensch ist.

Und da hat man einmal gesagt, sie hätte ein Herz aus Stein!

Das Frühjahr kommt. Es steigt ganz langsam herauf auf den Berg. Nicht als stürmischer Jüngling kommt dieser Frühling, der einen neuen Bauern auf dem Ulrichsberg sieht. Nein, beinahe schüchtern und armselig kriecht er daher. Erst als er dann richtig Fuß gefasst hat, hüllt er den ganzen Berg in Blumen und Blüten.

Schmal in den Schultern und doch kraftvoll in jeder Bewegung geht der Bauer Luzian Manhart über die Grüne des Berghofes. Seit einem Monat brennt im Haus elektrisches Licht in allen Räumen. Ganz neu leuchten die Masten noch, die den Weg zum Berg jetzt säumen. Und weiter unten haben vier Arbeiter bereits damit begonnen, die Straße zu erweitern und die steilen Bühel abzugraben, damit sie einmal für einen geordneten Verkehr geeignet sein wird.

Vom Tage der Hochzeit ab ist neuer Schwung hineingekommen. Luzian ist bis in die Tiefe hinein von dem besessen, zu dem Martha ihn erhoben hat. Ein Bergbauer zu sein, dem auch die anderen die Achtung nicht mehr versagen können, denn sie sehen bald, dass dieser Neue da oben sein Handwerk versteht.

Der Berg hat ihn ans Herz genommen. Angst und Grauen sind aus Luzians Seele längst verschwunden. Und wenn er manchmal so daliegt auf der Erde, dann ist ihm, als fließe alles Glänzen dieser Erde durch sein Herz, und als habe er noch nie einen Frühling erlebt wie diesen.

Martha geht mit ihrem ersten Kind gesegnet durch diesen Frühling. Sie ist noch schöner geworden. Sie hat die wunderbare Gabe, den Mann in seinen Arbeiten und Plänen, so weit sie die Landwirtschaft betreffen, zu lenken, ohne dass er es merkt. Aber gerade diese Art ist es, die ihn vertrauensvoll in seine neue Rolle hineinwachsen lässt. Immer selbstständiger wird er, immer sicherer. Und wenn er es auch mitunter nicht ganz im hergebrachten Sinne macht, so widerspricht Martha ihm nicht.

Und er? Tut er nicht alles, ihr das Leben so schön wie möglich zu gestalten? Er hat darauf gedrungen, dass eine Magd und ein Knecht eingestellt werden, nicht um sich selbst etwas zu schonen, sondern weil es der Hof und die kühnen Pläne verlangen, die er keinen Augenblick aus dem Auge verliert. Von früh bis spät ist er unterwegs, bald da, bald dort. Die Straße kann ihm nicht schnell genug fertig werden und manchmal ist er selber tagelang mit Pickel und Schaufel unterwegs, während der Knecht den Kies herbeifahren muss.

Die Einsamkeit des Berges ist gebrochen. Es kommen Leute auf den Hof und Luzian verhandelt mit ihnen. Da ist zunächst der Direktor der großen Brauerei in der Kreisstadt, dem Luzian einen Zuschuss für den Umbau abringen will. Zäh und verbissen verhandelt er und rechnet ihm vor, wie leicht sich alles abzahlen werde, wenn der Alpengasthof, wie er ihn plant, einmal in Betrieb genommen werde. Im Übrigen sei auch die Adlerbrauerei, also die Konkurrenz, daran interessiert, fügt er hinzu, obwohl das nicht ganz stimmt.

Der Direktor sieht sich alles ganz genau an und sagt schließlich, dass er da zunächst einmal den Aufsichtsrat einberufen müsse. Und er möge doch noch einen schriftlichen Antrag einreichen und genau alles niederschreiben, wie er es sich denke.

Es kommt ein Architekt, dem Luzian seine Pläne vorträgt, und der ihm eine Skizze zu machen verspricht. Bei all diesen Besprechungen lässt Luzian aber auch Martha dabei sein. Nichts soll hinter ihrem Rücken geschehen. Vielleicht versteht sie nicht alles und sie fragt ihn einmal:

»Warum willst du denn von der Brauerei Geld haben? Haben wir nicht selber genug?«

»Ja, doch. Aber dort trägt es mehr Zinsen, als ich der Brauerei dann zahlen muss. Das kann man im Lauf der Jahre mit dem Bierpfennig abrechnen.«

»Ach so. Ich verstehe das nicht ganz, Luzian. Aber du wirst es schon recht machen.«

Am Abend gehen sie manchmal Hand in Hand über die Frühlingswiesen hinauf zu der Bank am Waldrand. Dort sitzen sie dann und sprechen die Zeit durch, wie alles gewesen ist, vom ersten Tag an, da Luzian auf der Wiese erschien, bis zum Tag, wo sie mit einem feierlichen Ja in der Kirche bekundet haben, dass sie einander angehören wollen fürs Leben.

Es ist kein schöner, überragender Tag gewesen, ihr Hochzeitstag. Zu Fuß sind sie hinuntergegangen nach Steinkirchen, als es noch Nacht gewesen ist. Vor der Kirche haben der Lehrer und der Schuster Prantl gewartet. Hernach haben ein paar Dutzend Neugierige auf dem Friedhof gestanden, aus deren Augen es noch als Vorwurf herausgeschaut hat, dass Martha Klarwein einem Fremden das Jawort gegeben hat. Aufrecht sind sie durch die Gasse der stechenden Blicke zum Grab vom Simon Klarwein gegangen. Dort hat Martha einen Armvoll Nelken, ihren Hochzeitsstrauß, niedergelegt. Und es hat sich keine Hand aus dem Grab gereckt um ihnen zu fluchen.

Dann sind sie wieder zu Fuß auf den Ulrichsberg gegangen. Nein, keine Faust hat sich aus dem Grab gehoben. Und vielleicht hätte selbst der alte Klarwein seine Freude gehabt an diesem schönen Paar. Aber eine andere Faust hat sich ohnmächtig hinter ihnen hergestreckt. Die des Rubatscher-Toni, der nun endlich hat einsehen müssen, dass er verspielt hat.

Das ist der einzig dunkle Punkt in Marthas Leben. Und wenn sie nun weiß, was wirkliche Liebe ist, so wohnt dicht daneben die kleine Flamme des Hasses, die nicht verglimmen will. Zu viel hat dieser Mensch ihr angetan, als dass sie es ihm vergeben könnte. Darüber aber schweigt sie zu Luzian, weil er in seinem großen Glück nichts von Rache wissen will.

Der Frühling wird immer üppiger. Die Bäume stehen in voller Blütenpracht. Um diese Zeit hat Luzian erreicht, dass ihm, trotz mancher Quertreibereien der beiden Wirte von Steinkirchen, die Konzession für Bierausschank erteilt wird.

Zwar ist es noch lange nicht das, was er sich wünscht. Vorerst ist nur die große Stube umgemodelt worden, so dass sie ein gemütlicher Aufenthaltsraum ist. Außerdem gibt es vorerst nur drei Fremdenzimmer mit je zwei Betten.

Eines Tages können die Steinkirchner am Ortseingang auf einer großen Tafel lesen: »Alpengasthof Ulrichsberg. Gutbürgerliche Küche. Fremdenzimmer. Herrliche Lage.«

Der Metzgerwirt steht davor, liest es und kratzt sich hinterm Ohr. Es fällt ihm ein, dass er den Luzian Manhart nicht gerade höflich behandelt hat, als dieser das letzte Mal bei ihm im Laden gewesen ist. Seitdem sind weder er noch die Martha erschienen. Also müssen sie ihren Bedarf anderswo decken. Es ist ja bisher nicht gerade viel gewesen. Aber jetzt hat sich das geändert. Wenn er nur wüsste, wer da die Lieferung hat!

Daheim sagt er zu seiner Frau:

»Jetzt hat er es doch durchgesetzt, der neue Ulrichsberger.«

»Weiß schon. Steht ja heut in der Zeitung. Am fünfzehnten Mai ist Eröffnungsfeier.«

»Teuxl, Teuxl, jetzt mein ich, wir haben doch was übersehn.«

»Du vielleicht. Ich nicht. Hättest ihm die Sau abgestochen damals!«

»Wer hat denn gedacht, dass die Martha ihn heiratet!«

»Wart nur, der macht uns schon noch Konkurrenz. Der Schuster Prantl hat gestern erzählt, dass da oben heuer noch gebaut werden soll. Dreißig Fremdenzimmer soll es geben.«

»Die kriegt er nie voll.«

»Warten wir's ab«, sagt die Metzgerwirtin. »Der hat bis jetzt noch alles durchgesetzt. Ihr seid beieinandergesessen und habt gespöttelt und er hat gearbeitet. Schau doch einmal rauf! Die Straße ist schon bis auf das letzte Stückl fertig. Wenn ich ehrlich bin, muss ich sagen, dass ich Achtung vor ihm habe.«

»Ich auch. Aber erst dann, wenn er bei mir die Würste kauft.«

»Am besten ist's«, meint jetzt die Frau, »wenn wir zu seiner Einstandsfeier hinaufgehen.«

»Wer hat denn das geglaubt, dass ich dem einmal nachlaufen müsst! Der alte Ulrichsberger müsst sich im Grab umdrehen, wenn er das alles sehen könnt.«

»Mit dem Alten kannst nimmer rechnen, jetzt ist der Junge da.«

So kommt der Tag der Einstandsfeier heran.

»Hoffentlich schüttet es, was vom Himmel runterfallen kann«, wünscht sich der Metzgerwirt. Aber anscheinend hat sich auch das Wetter mit Martha und Luzian verbündet, denn es ist ein strahlend schöner Maientag angebrochen.

Mittags schon begibt sich der Schuster Prantl mit seinen Musikern zum Ulrichsberg. Und während sie langsam die neue Straße hinaufgehen, überholt sie bereits der erste Wagen. Das ist der Metzgermeister Bösl von Aschhofen, der Lieferant vom Ulrichsberg.

Bis drei Uhr sieht es dann so aus, als ob gar nicht viele Leute kommen wollten. Aber auf einmal füllt sich der Garten. Vielleicht verlockt der schöne Tag dazu, vielleicht ist es die Neugierde, die die Steinkirchner auf den Berg zieht. Jedenfalls findet der Metzgerwirt kaum mehr einen Platz, als er mit seiner Gattin ankommt.

»Siehst es jetzt, wie sie ihm nachlaufen?«, sagt seine Gattin ein wenig boshaft. »Hast gemeint, keine dreißig kämen!«

»Neugierde ist es, nichts als Neugierde. Jeder neue Besen kehrt gut. Beim dritten Mal ist ihnen der Weg schon zu weit, wirst es sehen. Da kenn ich meine Steinkirchner zu gut.«

»Schau doch rüber, dort auf der Wiese stehn mindestens dreißig Wagen. Da ist keiner von Steinkirchen.«

»Ja, ja, jetzt hör bloß einmal auf! Erst einmal abwarten, was er zu bieten hat.«

»Sei still, da kommt er«, tuschelt die Metzgerwirtin noch schnell und gibt ihrem Mann einen sanften Rippenstoß.

Ja, Luzian ist jetzt aus dem Haus gekommen. Gut sieht er aus in seinem grauen Trachtenanzug, der Weste mit den Silberknöpfen, dem blütenweißen Hemd mit der grünen Krawatte. Als hätte er in seinem Leben nichts anderes getan, als Honneurs gemacht, so geht er durch die Tischreihen. Dann entdeckt er die Herren von der Brauerei, begrüßt sie mit Handschlag und setzt sich eine Weile zu ihnen.

Die Metzgerwirtin stößt ihren Mann wieder in die Seite.

»Hast gesehen, wie er das macht? Geradezu imponierend ist das. Da kannst du dir ein Beispiel nehmen!«

»Nur abwarten und Tee trinken«, antwortet der Metzgerwirt. »Das ist bloß heut am ersten Tag.«

»Und ich sag dir, dass das jeden Sonntag so ist. Wir sitzen dann unten und schauen durchs Ofenrohr ins Gebirg.«

Die Musik spielt flotte Weisen und die drei Kellnerinnen laufen unentwegt. Der neue Wirt aber geht von Tisch zu Tisch, übersieht gar keinen, nicht einmal den Zenno, und setzt sich gerade zum Metzger Bösl.

Einmal lässt sich auch die Martha flüchtig sehen. Sie winkt ihrem Mann zu. Wahrscheinlich muss sie ihn um irgendeinen Rat fragen.

»Bestell du dir einen Kaffee, ob er was taugt«, schlägt Ignaz Gruber, der Metzgerwirt, seiner Frau vor.

Und immer mehr Leute kommen. Aus den dreißig Autos sind bereits vierzig geworden. Die Stühle reichen kaum mehr aus und die Herren von der Brauerei sind sich um diese Stunde schon einig, dass man diesem jungen Unternehmen unter die Arme greifen muss.

»Wie ist denn der Kaffee?«, fragt der Metzgerwirt.

»Nicht schlecht. Ich glaub, dass die nur die beste Sorten verwenden.«

»Und die Torte?«

»Die ist nicht vom Weinberger von Steinkirchen.«

»Bezieht denn der alles von auswärts?«

Luzian ist wieder unterwegs. Da ein nettes Buckerl und dort einen Händedruck.

»Jetzt bin ich grad neugierig, ob er uns auch begrüßt«, sagt Frau Gruber.

»Soll er's bleiben lassen, wenn er nicht will! Ich hab sowieso nicht raufgehn wollen. Aber du treibst ja allweil. Verlang einmal die Speisekarte, ich möcht sehn, was es alles gibt, und welche Preise er hat.«

»Schau nur hin, wie sie essen! Der dürre Scheppermaier isst Ripperl mit Kraut. Und bei uns verlangt er um fünfzig Pfennig einen Leberkäs und lasst es womöglich noch aufschreiben.«

In diesem Augenblick hat Luzian den Metzgerwirt und seine Frau erkannt. Sofort kommt er an den Tisch heran.

»Ja, wen seh ich denn da? Herrn Gruber mit Gattin! Recht schönen guten Tag, die Herrschaften.« Er legt seine Hände vertraulich auf die Stuhllehne der Metzgerwirtin und sieht, dass sie die Speisekarte in der Hand hat. »Darf ich Ihnen vielleicht behilflich sein? Das Kalbsfilet ist ganz vorzüglich. Außerdem könnte ich Ihnen noch das Paprikaschnitzel empfehlen oder den Wiener Rostbraten, wenn Sie nicht das Ungarische Gulasch bevorzugen.«

»Später, später«, sagt der Metzgerwirt, verschränkt die Hände über dem Bauch und spielt mit den Daumen. »Aber heut können Sie zufrieden sein mit den Leuten.«

»Es geht, es geht«, antwortet Luzian. »Ich werde den Garten wahrscheinlich vergrößern müssen.«

»So, meinen Sie?«

In diesem Augenblick kommt eine von den Kellnerinnen heran und sagt:

»Die Würste sind aus, Herr Manhart.«

»Was? Jetzt schon?« Luzian schaut auf die Uhr am Handgelenk. »Jetzt sind die Würste schon aus.«

Der Metzgerwirt spitzt seine Ohren. Die Frau aber sagt:

»Da sehn Sie, wie gut das Geschäft geht.«

»Ja, schon. Aber den Bösl jetzt bis nach Aschhofen schicken?«

Da nimmt der Metzgerwirt sich ein Herz und sagt:

»Sind meine Würste vielleicht nicht gut genug?«

»Warum nicht?«, fragt Luzian, liebenswürdig lächelnd. »Verkaufen Sie mir überhaupt welche?«

Der Metzger lacht und schlägt sich auf die Schenkel.

»So eine Frag! Ich und keine Würste verkaufen?«

»Also gut. Zweihundert Wiener und fünfzig Regensburger.«

»Jessas, jessas, und kein Telefon da! Dann hätt sie der Franzl gleich mit dem Wagen raufbringen können.«

»Wer sagt denn das? Natürlich haben wir jetzt Telefon im Haus. Kommen Sie mit.«

Luzian führt den Metzgerwirt ins Haus, wo im Flur das Telefon angebracht ist. Hernach zeigt er ihm die umgebaute Küche und das Gastzimmer, das ebenfalls voll ist. Ignaz Gruber kommt aus dem Staunen gar nicht heraus. In der Küche steht die Wiesmoserin, die beste Köchin, die im weiten Umkreis aufzutreiben ist.

Dann führt Luzian ihn noch in einen kleinen Nebenraum

und erklärt liebenswürdig, das sei nun der einzige Privatraum noch für ihn und seine junge Frau. Er bittet ihn, Platz zu nehmen und schenkt zwei Liköre ein.

»So, Gruber, nun wollen wir einmal ganz vernünftig zusammen sprechen. Ich bin nicht nachtragend und will nicht darauf bestehen, dass mir alles vom Bösl geliefert wird. Jedenfalls will ich den Mann nicht im Stich lassen, wo er doch zu mir gekommen ist, als andere es abgelehnt haben.«

»Prost«, sagt der Metzgerwirt schnell und hebt sein Glas. »Auf ein Blühen und Gedeihen!«

»Danke«, sagt Luzian und fährt fort: »Wollen wir es vielleicht so machen, dass eine Woche Sie und eine Woche der Bösl liefert? Vorausgesetzt natürlich zu den gleichen Bedingungen.«

»Freilich, freilich«, bestätigt der Ignaz Gruber eifrig. »Und wenn einmal eine Sau geschlachtet werden soll, bin ich jederzeit da. Damals hab ich wirklich keine Zeit gehabt.«

»Ist schon gut. Ich bin ja, wie gesagt, nicht nachtragend.«

Als der Metzgerwirt dann wieder zu seiner Frau kommt, glänzt sein Gesicht in satter Zufriedenheit.

»So, jetzt können wir uns Paprikaschnitzel bestellen. Das erste Geschäft hab ich schon gemacht. Gleich wird der Franzl kommen mit den Würsten. Und die Paprikaschnitzel können nicht schlecht sein. Er hat die Wiesmoserin als Köchin. Fragt sich bloß, ob der wamperte Bösl das richtige Fleisch geliefert hat.«

Luzian aber sitzt jetzt beim Förster und seiner Frau, die gerade gekommen sind.

»Ich wollte dieser Tage schon einmal zu Ihnen kommen, Herr Förster«, beginnt Luzian das Gespräch.

»Ja? Und warum sind Sie nicht gekommen?«

»Die Zeit hat mir gemangelt.«

»In welcher Angelegenheit denn?«

Luzian entgeht nichts, er ist aufmerksam und reicht der jungen Försterin Feuer für ihre Zigarette.

»Sie wissen ja«, sagt er dann, »ich bin kein gelernter Landwirt und hinke mit meinen Kenntnissen ziemlich nach.«

»Warum denn so bescheiden?«, unterbricht ihn der Förster. »Meinen Sie, ich sehe nicht, wie Sie arbeiten? Das macht Ihnen so leicht keiner nach.«

»Danke für das Kompliment. Also, zugegeben, dass ich von der Landwirtschaft inzwischen einiges gelernt habe, aber was den Wald betrifft, bin ich ein Waisenkind.«

Der Förster lacht. Dann nimmt er eine Zigarre aus seinem Etui und schneidet die Spitze ab.

»Hören Sie bloß mit dem Wald auf! Wenn der verstorbene Ulrichsberger jemals gesündigt hat in seinem Leben, dann an seinem Wald! Droben im Saltacherwald zum Beispiel: Ich wette mit Ihnen, dass jeder zweite Stamm angefault ist. Gehört alles weg und frisch aufgeforstet. Sie dürfen mir das schon glauben.«

»Wenn Sie es sagen, Herr Förster, glaube ich es ohne weiteres. Ist es wohl sehr unbescheiden, wenn ich Sie bitte, mir beim Wald ein wenig an die Hand zu gehen, mit Ihren Ratschlägen –«

»Nichts lieber als das«, unterbricht ihn der Förster. »Mir tut jedes Mal das Herz weh, wenn ich so einen kranken Wald seh, der das Junge niederduckt und nicht ans Licht lassen will. Das ist geradeso wie bei einem Bauern, der das Heft nicht aus der Hand geben und den jungen nicht aufkommen lassen will.«

»In dieser Hinsicht hat ja Herr Manhart Glück gehabt«, mischt sich die Försterfrau ins Gespräch und mustert Luzian unter ihren Wimpern heraus mit schläfriger Aufmerksamkeit. Sie ist eine blendende Erscheinung. Der Förster ist vielleicht um zwanzig Jahre älter. Sie ist seine zweite Frau, die erste ist bei der Geburt ihres Kindes gestorben.

Luzian hat sich einen Augenblick über ihre Worte betroffen gefühlt, aber dann lächelt er, denn er hat das Empfinden, dass diese Frau genauso dumm ist wie schön.

»Mancher hat eben Glück«, lächelt er und sieht über die

vielen Menschen hin. Dabei überkommt ihn ein wunderbares Gefühl von Stolz und Selbstbewusstsein. Das, was sich heute hier vor seinen Augen abspielt, hat er in seinen kühnsten Träumen nicht zu hoffen gewagt. Vor wenigen Wochen noch hat ein großer Teil dieser Menschen, die heute hier anwesend sind, ihn für einen Eindringling gehalten. Alles scheinen sie vergessen zu haben.

Es will bereits Abend werden. Goldleuchtend flutet das Sonnenlicht über die Apfelbäume hin und einzelne beginnen bereits die großen, bunten Sonnenschirme zuzuklappen, weil sie sich von dem warmen Licht umschmeicheln lassen wollen.

In diesem Augenblick fallen hoch droben in den Bergen kurz hintereinander zwei Schüsse.

»Das bedeutet nichts Gutes. Entschuldige, Lina, ich muss sofort weg.«

Und noch ehe die Frau etwas antworten kann, ist er fort.

»Sehen Sie, so ist das«, sagt Frau Lina. »Da freut man sich, dass er endlich einmal einen freien Sonntag hat, dass man zusammen ausgehen kann, und dann ist es wieder Essig. Am liebsten hätte er sein Gewehr schon hierher mitgenommen. Aber nein, Wilhelm, habe ich gesagt. Heute denkst du einmal nicht an den Dienst. Ach, Sie glauben gar nicht, Herr Manhart, wie einsam ich mich manchmal fühle.«

»Tatsächlich?«, fragt Luzian gedankenlos.

»Ja, aber nun haben Sie ja dieses entzückende Restaurant aufgemacht und ich werde einer Ihrer Stammgäste werden.«

»Das freut mich«, lächelt Luzian. Dann steht er auf. »Entschuldigen Sie mich, man braucht mich dort drüben.«

Es ist die Zeit des Abendessens und Luzian will sehen, wie das alles klappt. Er geht wieder von Tisch zu Tisch, wünscht »Wohl zu speisen« und fragt den Metzgermeister Gruber und seine Frau liebenswürdig, ob das Paprikaschnitzel gut gewesen sei.

In diesem Augenblick schlendert ganz gemächlich, die Hände in den Taschen seiner kurzen Lederhose, lustig vor sich hin pfeifend, ein Bursche hinter dem Haus hervor und mischt sich unter die Gäste.

Niemand hat ihn kommen sehen, und als der Zenno ihn dann entdeckt, nimmt er sein Krügl und setzt sich zu ihm.

»Bist du auch da, Toni?«

Der Rubatscher sieht ihn mitleidig an.

»Schon lang. Du siehst ja die armen Leut nimmer.«

»Das darfst nicht sagen, Rubatscher. Ich hab allweil zu dir gehalten, das weißt.«

»Ja, das weiß ich. Und drum freut es mich, dass du dich hersetzt zu mir. Kannst hernach eine Maß trinken auf meine Rechnung.«

Immer tiefer sinkt der Abend, und die Leute denken gar nicht ans Heimgehen. Bunte Lampions beginnen zu leuchten und hinter den Bergen steigt der Mond auf und überrieselt alles Land mit seinem Silberschein.

Während so auf dem Ulrichsberg die Einstandsfeier vonstatten geht, hat der Jagdgehilfe Thomas Eder die Spur gefunden, diese breite Schuhspur mit den gekanteten Nägeln an der Seite und dem gerippten Eisen an der Spitze, die er schon so oft verfolgte.

Er sitzt im Latschenfeld oben und freut sich an dem schönen Maisonntag. Manchmal hebt er sein Fernglas vor die Augen und blickt ins Tal hinunter. Wie der See in der Sonne flimmert, wie alles um die Häuser blüht! Manchmal schaut nur das rote Ziegeldach unter den Blüten heraus. Er sucht das kleine Haus am Ortsrand, das etwas frei dasteht, weil es noch keine großen Obstbäume umsäumen. Er hat sie erst dieses Frühjahr gepflanzt: sechs Apfelbäume, sechs Birnbäume und vier Kirschbäume. Das kleine Haus hat er sich vom Mund abgespart und es ist erst im letzten Herbst bezugsfertig geworden. Ja, klein ist sein Häuschen. Aber es wohnt ein großes Glück darin, seine junge Frau, die Loni, und seine beiden Kinder, die Monika und der Sepperl.

Ein Gefühl großer Zufriedenheit überkommt den Jäger.

Wenn sie noch zwei Jahre so sparen wie bisher, sind sie schuldenfrei. Dann braucht auch die Loni nicht mehr zu den Bauern zu gehen, um im Sommer auszuhelfen. Nein, sie kann dann nur für das Haus, für die Kinder und den Garten dasein.

Manchmal weht der Wind Takte eines Walzers herauf, und dem Jäger fällt ein, dass ja heute Einstandsfest auf dem Ulrichsberg ist. Der Förster wird auch dort sein mit seiner jungen Gattin.

Eigentlich muss man Respekt haben vor dem neuen Ulrichsberger, denkt der Jäger weiter. Wie tatkräftig er alles anpackt! Und wie haben sie ihn einmal mit ihrem Hass verfolgt!

Plötzlich lässt ihn ein Geräusch aufhorchen. Hat da nicht soeben ein Stein geklirrt?

Thomas Eder reißt das Fernglas hoch und schaut umher. Dann zuckt er zusammen. Oberhalb des Latschenfeldes rennt ein Mann über die schmale Blöße auf den Jungwald zu. Halb geduckt rennt er dahin. In seiner Rechten aber hält er ein Gewehr umklammert.

Betroffen lässt der Jäger das Glas sinken. Ganz deutlich hat er den Burschen erkannt.

»Der Rubatscher«, flüstert er vor sich hin. Und auf einmal weiß er, der Toni muss der lang Gesuchte sein, von ihm wird die verhasste Schuhspur stammen, die ihm und dem Förster schon so viel Kopfzerbrechen gemacht hat.

Dann reckt sich Thomas Eder, umklammert sein Gewehr und steigt rasch durch das Latschenfeld aufwärts. Da er selber die Lichtung nicht überqueren will, muss er einen kleinen Umweg machen, um an das Jungholz heranzukommen.

Vorsichtig, Schritt vor Schritt setzend, schleicht er von Baum zu Baum. Alle seine Sinne sind angespannt. Er weiß, dass der Jungwald nicht breit ist, und dass sich hinter ihm ein Almfeld hochzieht, auf dem die Rehe immer äsen.

Ist der Rubatscher bereits ins Almfeld hinaus? Sucht er weiter oben nach einem Stück Wild?

Nein, das kann nicht möglich sein. Dazu wäre die Zeit zu kurz gewesen. Er muss sich noch in diesem Jungwald befinden, der sich bereits wieder lichtet.

Sieben Rehe sieht Thomas Eder auf der saftigen Wiese, die ein kleiner Bach durchzieht. Das Plätschern dieses Wassers steht als einziger Laut in der sonnigen Luft. Sonst ist es so still, dass man die Tannennadeln rieseln hört.

Jeder Nerv ist in dem Jäger angespannt. Langsam wandern seine Augen von Baum zu Baum, von Strauch zu Strauch. Und auf einmal hat er ihn, kaum zwanzig Meter entfernt, in seinem Blickfeld.

In zusammengekauerter Stellung kniet der Rubatscher neben seiner Tanne und hebt sein Gewehr.

Und da begeht der Jäger Thomas Eder den größten Fehler in seiner Laufbahn. Er hätte den Rubatscher ruhig noch abdrücken lassen sollen. Ja, dieser herrliche Bock da draußen wäre noch unter der Kugel zusammengebrochen. Aber dann hätte der Jäger sich über den Wildschütz stürzen können. So aber schreit er ihn um eine Minute zu früh an:

»Die Hände hoch oder es kracht!«

Der Rubatscher springt gar nicht einmal hoch, fährt nur mit einer halben Körperdrehung herum und drückt ab, eine Sekunde früher als der Jäger.

Thomas Eder steht einen Augenblick wie erstarrt, dann fällt ihm das Gewehr aus den Händen. Langsam sinkt er in die Knie, seine Hände berühren den Boden, dann sackt er zusammen. Er hört noch die flüchtenden Schritte, dann schwinden ihm die Sinne.

Ob er eine oder sechs Stunden so gelegen hat, er weiß es nicht. Aber als er die Augen aufschlägt, ist es dunkel um ihn. Nur durch die Lücken der Zweige bricht ein fahler Schein. Die Wiese draußen aber ist silberhell erleuchtet.

Er will sich aufrichten und bricht stöhnend wieder zusammen. Seine Hand greift in etwas Feuchtes. Es ist Blut, sein eigenes Blut, das den Waldboden tränkt. Auf allen Vieren schleppt er sich mühsam hinaus zur Wiese und bleibt dann liegen. Auf dem Rücken liegt er und das kalte Mondlicht fällt in seine ängstlich aufgeschlagenen Augen. Er begreift plötzlich, dass dies schlimmer ist als ein schmerzhafter Streifschuss.

Und da erfasst ihn nun schreckliche Angst. Eine grenzenlose Verlassenheit stürzt über ihn herein.

Er sieht seine beiden blond gelockten Kinder, wie sie eng umschlungen in dem gemeinsamen Bett liegen, weil es für ein zweites noch nicht gereicht hat. Vielleicht plappert der Bub wieder von seinem schneeweißen Rössel, wie gestern Nacht im Traum. Vielleicht träumt das Mädl wieder von der großen Puppe, die die Augen öffnen und schließen kann. Und er sieht seine Frau, die Loni, wie sie still unter der Lampe sitzt. Wie ihr Haar glänzt unter dem Licht. Und sie kann doch nicht lesen, weil die Unruhe um den Mann sie immer wieder zur Tür treibt. Sie schaut aus nach ihm, denn er hat doch gesagt, dass er spätestens bis zum Abendessen heimkommt.

Und jetzt ist es Nacht. Mitternacht vielleicht schon? Der Mond zieht so still seine Bahn durch den stahlblauen Himmel und die Sterne funkeln um ihn wie Diamanten. Die Quelle plätschert leise und einmal steht klagend ein dunkler Vogelruf über dem stillen Grund.

Das alles nimmt der Jäger noch mit klarem Bewusstsein auf. Dann schließen sich seine Augen wie zum Schlaf. Der Kopf fällt zur Seite und liegt still – still für immer.

Wie ein Lauffeuer verbreitet sich die Nachricht vom feigen Mord an dem Jäger Thomas Eder, den der Förster im Morgengrauen aufgefunden hat. Das Totenglöcklein läutet und am Dorfrand draußen weint eine junge Witwe herzzerbrechend, und die Kinder weinen mit. Das Mädchen versteht vielleicht schon, was geschehen ist. Aber der Bub ist noch zu klein, um schon zu begreifen, was Sterben heißt. Er weint eben, weil Mutter und Schwester es tun, aber er weiß nicht, wie sehr ihn selber das Schicksal in dieser Stunde geschlagen hat, da es ihm so früh den Vater genommen hat. Er weint wohl mit, ja, aber dann denkt er wieder an sein schneeweißes Rössel, das ihm doch der Vater für Weihnachten versprochen hat.

Das Glöcklein hört man bis zum Ulrichsberg herauf läuten und Martha sagt:

»Ach, Luzian, ruf doch einmal unten an, wer gestorben ist.«

Als er ihr dann erzählt, was geschehen ist, steht sie einen Augenblick wie erstarrt. Dann kommt ein dunkles Flimmern in ihre Augen.

»Hast du gefragt, wer ihn erschossen hat?«

»Ja, aber man weiß es nicht.«

Ihre Gestalt strafft sich.

»Aber ich weiß es, Luzian. Der Rubatscher-Toni ist es gewesen.«

»Das kannst du nicht behaupten, Martha. Er ist doch gestern bei uns gewesen!«

»Ja, aber um welche Zeit ist er gekommen! Ich habe ihn zufällig aus dem Wald kommen sehen. Zuerst ist er ganz schnell gegangen, dann langsam am Haus und am Küchenfenster vorbei. Luzian, mein Gefühl sagt mir, dass er es war.«

»Ich weiß nicht, ob wir uns in eine Sache einmischen sollen, die man nicht mit Bestimmtheit ...«

»Luzian, ich muss es tun!« Mit einem Ruck nimmt sie ihre Küchenschürze ab. »Unser gemeinsames Glück hat mich ihm verzeihen lassen. Doch was er jetzt getan hat, darf nicht ungesühnt bleiben. Zwei unmündigen Kindern hat er den Vater genommen, sieh, Luzian, das ist der Grund, weswegen ich ihn melden muss. Ich muss gehen, Luzian, halt mich nicht auf.«

Da nimmt er sie in die Arme.

»Ja, ich verstehe dich, Martha, du musst gehen.«

Eine Stunde später steht Martha in der Försterkanzlei.

»Ich weiß, wer den Thomas Eder erschossen hat, Herr Förster.«

Der Förster springt hinter seinem Schreibtisch auf.

»Was? Ist das wahr?«

»Ja, es kann niemand anderer gewesen sein als der Rubatscher. Ich habe ihn gestern aus dem Wald kommen sehn, dann hat er sich ganz unauffällig unter die Gäste im Garten gemischt.«

Schon reißt der Förster seine Hausjacke herunter, schlüpft in die Jägerjacke und nimmt das Gewehr aus dem Schrank.

»Wenn sich Ihr Verdacht bewahrheitet, Fräulein ..., ach, Entschuldigung, Frau Manhart –«

»Macht nichts«, sagt Martha.

Der Förster steckt schnell ein paar Patronen in die Tasche. »Übrigens, ein famoser Mann, Ihr Gatte. Verstehe nicht, weshalb man ihm erst ablehnend gegenüberstand, aber entschuldigen Sie mich. Mir eilt es jetzt wirklich.«

Der Polizeibeamte Angermann macht sich gerade für einen Dienstgang fertig und pumpt sein am Gartenzaun lehnendes Fahrrad auf, als der Förster fast atemlos dahergerannt kommt.

»Sie müssen mit mir sofort zum Rubatscher. Er steht unter Verdacht, den Jäger Eder erschossen zu haben.«

Fünf Minuten später betreten sie das Rubatscherhäuschen. Die Rubatscherin wischt gerade die Stube auf und fährt erschrocken zusammen, als sie Förster und Polizist zusammen vor sich sieht.

»Wo ist Ihr Sohn?«, fragt der Polizist.

»Mein Bub?« Die Alte zittert am ganzen Körper.

»Hat er was angestellt?«

Währenddessen hat der Förster die Schuhe entdeckt, die neben dem Ofen auf einem Hocker stehen. Er nimmt einen davon in die Hand und betrachtet die Sohle.

»Ja«, sagt er dann. »Jetzt habe ich auch keinen Zweifel mehr. Diese Spur verfolgen wir schon seit einem Jahr. Leider immer erfolglos. Aber jetzt ist er in die Falle gegangen. Rubatscherin, es tut mir Leid, aber wir müssen Ihren Sohn verhaften. Aller Wahrscheinlichkeit nach hat er gestern den Jäger Eder erschossen.«

»Nein, nein!«, schreit die Alte auf. »Ich weiß, er ist ein Taugenichts, aber einen Menschen umbringen –«

»Die Untersuchung wird das schon herausbringen. Wo ist Ihr Sohn?«

Die Mutter ist nicht mehr fähig zu sagen, dass der Toni noch schläft. Wimmernd sinkt sie auf die Bank nieder und deutet mit der Hand zur Stubendecke hinauf.

Sie müssen den Toni wirklich erst wachrütteln. Er starrt die beiden zuerst mit vor Schreck geweiteten Augen an, und als ihm der Förster auf den Kopf zusagt, dass er den Jäger Eder erschossen habe, lässt er tief den Kopf sinken. Er nimmt ihn erst wieder hoch, als er das leise Klirren vernimmt. Der Polizist hat seine Pistole durchgeladen und steht in abwartender Haltung. Da lächelt der Rubatscher sein spöttisches Lächeln.

»Lassen Sie doch das Ding drin. Ich lauf euch nicht davon.«

»Ziehen Sie sich an«, verlangt der Förster barsch. Er hat eine solche Wut, dass er den Kerl am liebsten mit dem Gewehrkolben niedergeschlagen hätte.

Eine halbe Stunde später führen sie ihn mit Handschellen durchs Dorf.

Das sieht Martha noch, die, auf halber Höhe zum Weg nach dem Ulrichsberg rastend, auf einem Felsbrocken sitzt. Nicht das leiseste Gefühl des Mitleids empfindet sie für den Menschen, den sie da abführen. Es ist aber auch kein Gefühl der Rache in ihr. Es ist erloschen, wie die Erinnerung an jene Zeit erloschen ist, in der sie gemeint hat, diesen Menschen zu lieben.

Still und glücklich lächelt Martha vor sich hin. Wie hat sie sich bloß einmal so irren können! Was Liebe ist, weiß sie erst, seit Luzian in ihr Leben getreten ist. An ihm hängt sie mit allen Fasern ihres Seins, ihr Vertrauen zu ihm ist grenzenlos und sie ist stolz.

Und wieder lächelt sie, wenn sie an die Angst denkt, die sie gehabt hat, sein Vorhaben könne fehlschlagen. Die Steinkirchner würden den Ulrichsberg meiden, hatte sie gefürchtet. Der gestrige Tag aber hat bewiesen, wie richtig er alles vorausgesehen hat. Nun will sie ihn ungehindert gewähren lassen. Nun soll er seinen großen Hotelbau, dreißig Meter vom Hof entfernt, haben. Sie weiß, dass unter seinen Händen alles gedeiht.

Warm scheint die Sonne auf sie nieder. Vom Wald herüber ruft endlos ein Kuckuck, so dass es sich gar nicht lohnt mitzuzählen. Den Kopf auf die Fäuste gestützt, sitzt sie regungslos da und schaut auf die flimmernde Fläche des Sees hinunter. Auf einmal hebt sie horchend den Kopf.

Was war das? Da – jetzt schon wieder. Unter ihrem Herzen hat es geklopft, ganz leise, so wie ein ganz schüchterner Wanderer an die Tür eines Hauses pocht.

Das Kind hat sich geregt. Zum ersten Mal.

Über Marthas Gesicht breitet sich ein so wunderbarer Schein. Dann weint sie und wundert sich darüber, denn sie hat bisher nicht gewusst, dass man vor lauter Glück auch weinen kann.

Als im September das Kind zur Welt kommt – es ist ein Knabe – setzen sie drüben im Neubau gerade den Dachstuhl auf. Fünfunddreißig Zimmer sind es im ganzen, mehrere Bäder sind eingebaut, eine große Terrasse ist da und nun denkt Luzian auch noch an ein Schwimmbecken, damit die Gäste nicht bis zum See müssen, wenn sie baden wollen.

Meint er denn, dass er dieses Riesenhaus vollbekommen wird? Ja, davon ist er überzeugt, denn schon auf seine erste Anzeige in einer württembergischen Zeitung hat er so viele Zuschriften bekommen, dass er siebzig Doppelzimmer brauchen würde. Dabei ist das Haus noch gar nicht fertig. Nur die drei Doppelzimmer im Bauernhaus sind belegt, unter anderem von einer Arztfamilie aus Honnef am Rhein.

»Der Arzt ist im Haus«, sagt Luzian lächelnd, als Martha,

gleich nach dem Aufstehen, mit einem unterdrückten Schrei die Bettkante umklammert.

Aber gar so leicht, wie er tut, ist ihm nicht zumute. Er will es sich nur nicht anmerken lassen. Nachdem er den Doktor geweckt hat, geht er unruhig im Haus umher, geht in den Stall und auf die Tenne und wünscht die Stunde herbei, dass drüben am Bau die Maurer beginnen, damit er etwas hat, wo er anordnen und befehlen kann, denn dem Doktor kann er ja nichts befehlen und auch der Magd nicht, die einmal eilfertig mit einem Eimer warmen Wassers die Stiege hocheilt.

Um zehn Uhr, gerade als die Maurer und Zimmerleute Brotzeit machen und alles Handwerkzeug ruht, so dass eine große Stille in der Welt des Schlagens und Hämmerns eintritt, ertönt vom halboffenen Fenster des Bauernhauses herüber ein heller, lang anhaltender Schrei.

»Lunge hat er eine gute«, sagt einer von den Zimmerleuten.

Da steht Luzian auf und rennt hinüber. Der Doktor kommt gerade die Stiege herunter und lacht übers ganze Gesicht:

»Gratuliere, Herr Manhart! Ein gesunder Junge!«

»Wie soll das auch anders sein, bei solchen Eltern«, lacht Luzian übermütig und rennt die Treppe hinauf.

Erschöpft liegt Martha in den Kissen. Und doch lächelt sie ihn an, als er, wie betäubt vor Glück, in der Tür steht.

»Schau ihn dir an, deinen Sohn.«

Ein runzeliges Gesicht liegt in den Kissen Es gefällt ihm zunächst gar nicht. Aber vielleicht hat er auch so ausgesehen in seiner ersten Stunde. Vielleicht sehen alle Menschenkinder ganz zuerst noch so unfertig aus.

An diesem Abend aber setzt er sich an Marthas Bett und spielt zum ersten Mal nach langer Zeit wieder auf seiner Geige.

Hernach ist es eine Weile ganz still. Bis Martha ihm die Hand aufs Haar legt.

»Ach, mein lieber Lutz«, sagt sie. »Wie bin ich glücklich geworden durch dich.«

Im Spätherbst ist der Bau fertig. Doch er soll den Winter über noch austrocknen. Luzian sorgt aber vor. Er lässt nun eine viel größere Tafel machen und am Ortseingang aufstellen. Diesmal heißt es schon anders:

»Berghotel Ulrichsberg. Herrliche Lage.
Bestens eingerichtete Zimmer mit fließend
warmem und kaltem Wasser.
Etagenbäder. Gutbürgerliche Küche. Garagen.
Höhenlage 1100 Meter. Mäßige Preise.«

Ja, die Preise! Luzian hat lange darüber nachgedacht, ob sich ein Vollpensionspreis mit neun Mark je Tag und Gast halten lässt. Er hat mit Martha alles besprochen. Eier haben sie selber, Milch, Butter und Käse auch. Das benötigte Gemüse kann im Garten gezogen werden. Und wenn man es genau bedenkt, kann jeden Monat ein Schwein geschlachtet werden. Das sind Vorteile, die ein anderer nicht hat.

Natürlich hat Luzian sich längst einen Wagen angeschafft, denn es gibt Gäste, die nicht mit eigenem Auto kommen und von der Bahn abgeholt werden müssen.

Es gibt aber auch Fremde, die einen eleganten Wagen haben. Und so ein Mercedes 220 kommt eines Tages oben auf dem Ulrichsberg an und hält vor dem Hoteleingang. Die Dame am Steuer wundert sich, dass nicht sofort jemand herbeigeeilt kommt und die Koffer in Empfang nimmt. Auch ein Empfangschef lässt sich nicht sehen. Unwillig runzelt die Dame die schönen Brauen und schaut umher. Der Herr an ihrer Seite aber ist die Ruhe selbst. Er ist beleibt und an die fünfzig Jahre alt. Er hat ein rundes Gesicht und wenig Haare.

»Hup einmal«, sagt er jetzt, nachdem die Dame ein »Unerhört« herausgezischt hat. »Was machen denn die Leute für

Sprüche, wenn sie in ihrer Reklame ankündigen: Aufmerksame Bedienung! Ich merke nichts von Aufmerksamkeit.«

Luzian steht gerade am Fenster des Bauernhauses und sieht die aufgeregte Dame. Er beobachtet sie und denkt: Und so etwas bin ich einmal nachgerannt.

Dann ruft er seinen Helfer Wastl, der in der Tenne beschäftigt ist.

»Geh rüber und nimm die Koffer in Empfang, trag sie aber hier herüber und sag, dass drüben schon alles belegt ist.«

Der Wastl weiß, dass drüben noch eine Anzahl Zimmer frei sind und versteht seinen Herrn nicht ganz. So geht er denn hinüber, lüftet sein Hütl und fragt, ob er die Koffer herausnehmen dürfe.

»Endlich«, sagt die Dame und steigt aus. Sie zieht ein Spiegelchen aus ihrer Handtasche und schaut hinein. Der Wastl hat inzwischen die beiden schweren Koffer genommen und geht auf das Bauernhaus zu.

»Wo gehen Sie denn hin?«, fragt die Dame.

»Drent ist nichts mehr frei«, sagt der Wastl und geht weiter.

Als die Dame mit ihrem Gemahl den Hausflur betritt, bleibt sie auf der Türschwelle stehen und sagt entsetzt:

»Hier riecht es ja nach Kuhstall!«

»Das riecht man bloß am ersten Tag und dann ist's vorbei«, sagt der Wastl gemütlich. Und der Dicke meint:

»Ich finde den Duft eigentlich ganz gemütlich.«

Als sie im Zimmer ankommen, fragt die Dame sofort:

»Wo ist denn da das fließende kalte und warme Wasser.«

»Ham mir bloß drent«, antwortet der Wastl.

»Nein, hier bleibe ich keinen Tag! Joachim, du brauchst gar nicht anzufangen, die Koffer auszupacken.«

»Jetzt warte nur einmal, vielleicht wird in den nächsten Tagen doch drüben etwas frei«, meint ihr Gatte.

Das Mittagessen aber wird im Neubau eingenommen. Und hier kann Luzian nun wirklich nicht mehr anders. Die anderen Gäste sind es ja schon gewohnt, dass er in einer kurzen Lederhose und einer grauen Trachtenjacke daherkommt. Nur die neue Dame ist entsetzt und starrt ihn eine Minute lang an, als er zur Tür hereinkommt. Dann senkt sie ihren Wuschelkopf tief über den Teller und vergisst dabei, dass dies einer Dame gar nicht würdig ist.

Jetzt kommt er an ihren Tisch.

»Wünsche angenehm zu speisen, die Herrschaften«, lächelt er liebenswürdig.

»Danke, danke«, sagt der Dicke und wischt sich mit der Serviette über den fetten Mund. Hier blickt Silvia Luzian wieder an. Sie denkt, den linken Schneidezahn, der ein klein wenig vorsteht, hat er sich immer noch nicht richten lassen.

Luzian erwidert ihren Blick, ohne mit der Wimper zu zucken, so dass die Dame irre wird, ob er sie überhaupt erkennt.

Gerade will Luzian wieder weggehen, da sagt der Herr:

»Sagen Sie mal, mein Guter, haben Sie denn hier im Hotel wirklich nichts frei? Oder wird vielleicht in den nächsten Tagen etwas frei? Wir wollen nämlich ein paar Wochen hierbleiben.«

»Unter Umständen«, antwortet Luzian ausweichend.

»Na, sehen Sie mal zu, mein Guter. Auf ein gutes Trinkgeld kommt es mir nicht an.«

Luzian verneigt sich lächelnd und geht zum nächsten Tisch.

Am Abend erscheint er noch einmal im großen Speisesaal. Musik erklingt aus dem Nebenraum. Einige Paare tanzen und ein lächelnder Halbmond scheint durch die großen Fenster herein.

Auf einmal ist die Dame verschwunden. So braucht er also nur zu dem Dicken »gute Nacht« zu sagen. Und er sagt es recht liebenswürdig und mit aller Freundlichkeit. Der Herr ist ihm eigentlich gar nicht unsympathisch, und wäre er allein gekommen, dann hätte er ihm das beste Zimmer des Hauses gegeben.

Ein warmer Wind umstreicht seine Wangen, als er auf die Terrasse hinaustritt und durch den Obstgarten ins andere Haus zurück will. Da löst sich eine Gestalt von der Mauer und tritt nahe vor ihn hin.

Er zuckt zusammen. Sie benutzt noch immer das gleiche Parfüm. In einem ist sie sich also doch treu geblieben. Er spürt ihren warmen Atem, so nah steht sie vor ihm und sieht ihn an.

»Kennst du mich nicht mehr?«, fragt sie erregt.

»Doch. Natürlich kenne ich dich, Silvia. Ich habe dich auf den ersten Blick erkannt.«

»Also doch! Wie ich mich freue!«

»Die Freude ist allerdings nicht geteilt. Sie liegt nämlich nicht auf meiner Seite.«

Silvia zieht den Seidenschal etwas enger um ihre Schultern.

»Ach ja, ich verstehe schon. Du bist hier der Geschäftsführer und das ist dir mir gegenüber natürlich peinlich!«

»Peinlich? Keineswegs!«

»Du willst es nur nicht zugeben. Und du brauchst dich vor mir auch nicht zu genieren. Es hat dich aus deiner Bahn geworfen, Luzian. Vielleicht bin ich auch ein wenig schuld daran oder der Krieg, der Zusammenbruch, was weiß ich. Aber ich will dir helfen, Luzian. Du sollst dein Studium beenden und wieder in deine eigentliche Welt zurückkehren.«

»Danke, sehr liebenswürdig! Aber ich will gar nicht zurückkehren. Ich will hier bleiben, bei meiner Frau und meinem Kind.«

»Ach so? Du bist verheiratet?«

»Ja, natürlich! Es hätte ja keinen Sinn gehabt, noch auf dich zu warten.«

Silvia überhört das und fragt:

»Bist du wenigstens gut verheiratet?«

»O ja, sehr gut sogar.« Er zieht sein Zigarettenetui und bietet ihr auch eine an. Als sein Feuerzeug aufblitzt, schaut er dabei in ihr Gesicht. Sie ist immer noch schön, verwirrend schön. Aber es beunruhigt ihn in keiner Weise. Er macht ein paar hastige Züge. Dann sagt er:

»Ich will dir einmal etwas sagen, Silvia. Wann ich heimgekommen bin, weißt du sicher.«

»Das hat mir Alwin gesagt.«

»Schön. Dann bin ich wochenlang hinter dir hergerannt. Was ich von dir eigentlich noch wollte, weiß ich heute selber nicht mehr. Aber auf der Suche nach dir bin ich meiner heutigen Frau begegnet. Was du hier siehst, gehört uns, meiner Frau und mir.«

Silvia staunt. »Da hast du dich ja in ein goldenes Nest gesetzt! Ja – aber sag einmal, wenn du hier der Besitzer bist, dann hättest du uns doch im Neubau ein Zimmer geben können und nicht da drüben im Bauernhaus. Ist denn hier wirklich nichts mehr frei?«

»Doch, aber dann hätte es dir vielleicht so gut gefallen, dass du wirklich ein paar Wochen geblieben wärst.«

Energisch klopft sie die Asche von ihrer Zigarette fort.

»Das ist ja allerhand! Soll das heißen, dass wir wieder abreisen sollen?«

»Um ganz ehrlich zu sein, Silvia: Ja, lieber heute als morgen.«

»Ach, du hast Angst?«

»Nein, du täuscht dich. Ich habe keine Angst. Es könnte nur sein, wenn ich dich alle Tage sehe, dass mir dann einmal der Gaul durchgeht, und ich dir sagen müsste, wie gemein du an mir gehandelt hast, und das will ich nicht, deinem Mann zuliebe nicht, der mir recht sympathisch ist. Übrigens war diese Sorte von Männern eigentlich früher nicht dein Typ.«

»Ach, so ist das«, meint sie gedehnt.

»Ja, genauso ist es, Silvia. Aber wenn ich es genau betrachte, bin ich dir gar nicht böse. Denn dadurch, dass ich dir nachgerannt bin, habe ich mein Glück gefunden.«

»Ist es die Große, Dunkelblonde vorn im Haus?«

Er nickt.

»Dein Geschmack ist immer noch gut, das sei dir zugestanden.«

»Dafür hat sich deiner recht wesentlich geändert, liebe Silvia.«

Ärgerlich wirft sie ihre Zigarette fort. Zischend erlischt sie im taunassen Gras.

»Nenn mich nicht immer Silvia. Das verwirrt mich.«

»Wirklich? Also dann: gnädige Frau.«

»Bitte, spotte jetzt nicht.«

»Daran siehst du, dass ich mich auch in dieser Hinsicht nicht geändert habe. Spott war immer schon meine Schwäche und du hast mich deshalb manchmal getadelt. Also bleiben wir lieber bei Silvia. Wie viele Kinder hast du?«

»Keines.«

»Ich verstehe dich nicht, Silvia. Du bist nicht nur mir untreu geworden, sondern auch dir selber und deinen Idealen. Nach deinen damaligen Äußerungen hätte jede Frau Mutter von sechs Kindern sein müssen. Und nun hast du gar keines. Ich habe wenigstens eins, und wenn nicht alles trügt, werden es heuer zwei.«

»Die Zeit hat sich eben geändert«, verteidigt sie sich.

»Ist es wirklich nur die Zeit, Silvia?«

»Unser Gespräch würde ins Endlose führen, Luzian. Brechen wir es ab!«

»Gut, wie du wünscht.«

»Noch eines: Weiß deine Frau, wer ich bin?«

»Nein. Warum soll ich sie damit beunruhigen? Wenn du morgen wieder abreist, ist es gut. Wenn nicht, muss ich es ihr sagen, und dann könnte es sein, dass sie doch ein wenig unruhig wird, obwohl sie mir vertraut und es auch darf.«

»Also, dann werden wir morgen weiterfahren. Fasse es bitte so auf, dass ich es dir zuliebe tue.«

»Ich danke dir, Silvia.«

Am nächsten Morgen überfällt Silvia ihren Gatten damit, dass er sofort die Koffer packen möge.

»Ich kann diese Höhenluft nicht vertragen«, sagt sie.

»Und mir gefällt es so gut hier oben«, meint er.

»Es tut mir ja furchtbar leid, mein Liebling. Aber du glaubst nicht, wie schlecht ich geschlafen habe. Und ich weiß, dass es nur die Höhenluft ist.«

Seufzend schickt er sich ins Unvermeidliche, packt die Koffer und lässt sie vom Wastl hinuntertragen.

Als sie dann wegfahren, Silvia am Steuer, steht Luzian mit Frau und Kind unter der Haustür. Silvia nimmt dieses schöne Bild in sich auf. Sie sieht noch einmal zurück, zu Luzian, zu der Frau, die so hoch und schön neben ihm steht und ein krausköpfiges Kind auf dem Arm hat.

Und dann rinnen ihr plötzlich ein paar Tränen über die Wangen.

Um diese Zeit kursiert im Dorf eine merkwürdige Mär. Adrian Hinterberger, der Totgeglaubte, soll zurückgekommen sein! Zunächst zweifelt man daran, denn er hält sich ängstlich bei seiner Mutter verborgen. Aber als der Totengräber dann berichtet, dass plötzlich das kleine hölzerne Kreuz, das neben dem grauen Grabstein der Hinterbergers stand, entfernt sei, da muss man es wohl glauben.

Auf dem Grabkreuzlein aber hatte nur gestanden:

»Adrian Hinterberger.
Der Herr sei seiner
armen Seele gnädig.«

Dieses Holzkreuz also ist nun weg und das besagt für die einfachen Gemüter des Dorfes, dass er zurückgekehrt ist.

Ja, er ist zurückgekehrt. Er sieht gut aus, ist gut gekleidet und hat es zu etwas gebracht. Zumindest hat er in der großen Stadt das Mechanikerhandwerk gelernt und könnte jetzt das Geschäft seines betagten Meisters pachten.

Das erzählt wenigstens seine Mutter, als sie in der Früh beim Bäcker die frischen Semmeln holt. Wenn aber Adrian tatsächlich da ist, dann hat man ja der Martha vom Ulrichsberg die ganzen Jahre Unrecht getan. Man hat sie mit Verachtung gestraft, man hat ihr nachgesagt, dass sie den jungen Menschen zur Verzweiflung und in die Fremde getrieben hätte. Schweigend und aufrecht hat Martha Klarwein diese Beschuldigung auf sich genommen und sie tapfer ertragen.

Sollte man nun nicht eher diesem jungen Menschen böse sein, dass er so ein Spiel getrieben, dass er verschollen hat sein wollen, dass er seiner Mutter so unsägliches Leid bereitet hat?

Wer hätte das Recht zu richten? Nur die Mutter allein. Und vielleicht die Martha vom Ulrichsberg. Aber, die Mutter hat ihm verziehen. Sie hat den Heimgekehrten umarmt, wie vielleicht niemals vorher. Sie hat ihm verziehen und denkt nicht lange darüber nach, ob es kindisch oder heroisch gewesen ist, was der junge, gut gekleidete Mensch da vorgibt, dass er nur verschollen hat sein wollen, um das Gewissen des alten Ulrichsbergers zu belasten. Als ob der Alte da oben jemals darunter gelitten hätte! Gelitten hat sie, die Mutter, und vielleicht auch das Mädchen da oben vom Berg, unter dem Schimpf, der sie jahrelang verfolgt hat.

Adrian sagt, dass ihn brennendes Heimweh nach den Bergen, nach den Wäldern und Wiesen zurückgetrieben habe. Dieses Heimweh hätte sich schon im ersten Jahr eingestellt, so dass er manche Nacht sein Kissen nassgeweint hätte. Aber er habe die Zähne zusammengebissen und erst etwas werden wollen, bevor er heimkehrte.

Als er das seiner Mutter erzählt, ist sie endlich gezwungen, ihm zu sagen, dass Martha Klarwein bereits verheiratet ist und ein Kind hat. Da sie aber nicht vorausschickt, dass der Alte vom Ulrichsberg bereits gestorben ist, erschrickt der Junge zunächst bis in seine tiefste Seele hinein. Eine Welt stürzt in ihm zusammen. Martha ist sein Traum gewesen in all den Jahren und er hat wieder vor sie hintreten wollen, wenn aus ihm etwas geworden ist. Nun sind ihm die Lichter erloschen. Nichts hätte ihn schwerer treffen können als dieses. Und darum, nur einzig und allein darum, hält er sich seit Tagen vor jedermann verborgen. Dann geht er doch durch das Dorf, ein wenig bleich von der Stadtluft, aber aufrecht und breit in den Schultern. Ja, er ist ein strammer und ein verschwiegener Kerl dazu, denn wenn ihn jemand fragt, weshalb er nie etwas von sich hat hören lassen, dann lächelt er nur.

Erst nach einer guten Woche findet er den Mut, auf den Ulrichsberg zu gehen. Da aber in dieser Zeitspanne die Kunde seines Heimkommens auch bis dorthin gekommen ist, ist Martha nicht mehr unvorbereitet und sie tritt ruhig vor ihn hin, reicht ihm die Hand und tut so, als hätte er ihr niemals Leid aufgehalst.

»Ich habe schon gehört«, sagt sie, »dass du heimgekommen bist.«

»Ja, aber ich bin zu spät heimgekommen«, antwortet er und schaut sie voller Bewunderung an. Nie ist sie ihm so schön erschienen wie jetzt.

»Um Gutes zu tun, Adrian, ist es nie zu spät«, sagt sie mit einem strahlenden Lächeln. »Und du hast Gutes getan, weil du durch die Heimkehr eine Schmach von mir genommen hast. Ich will dir keinen Vorwurf machen wegen deines Schweigens. Aber warum hast du es getan?«

»Ich wollte das Gewissen deines Vaters belasten.«

»So schlecht hast du ihn gekannt?«, fragt sie zurück. Und weil selbst bei dieser Frage noch das verzeihende Lächeln um ihren Mund ist, verwirrt es ihn ein wenig. Lange Zeit sagt er kein Wort. Aber dann sucht er ihren Blick.

»Ich habe dich immer in meinem Herzen gehabt, Martha. Wie eine leise Hoffnung, weißt du. Aber nun ist das auch zerronnen. Es war dumm von mir, mir einzubilden, du könntest auf mich warten.«

»Ja, das war dumm, Adrian. Habe ich dir jemals Anlass gegeben, so zu denken?«

»Nein, das nicht. Aber ich habe um deine Einsamkeit gewusst. Bist du jetzt glücklich, Martha?«

»Ja, Adrian, sehr glücklich«, antwortet sie und schaut ihn ganz offen und ehrlich an. »Komm mit.«

Sie führt ihn die Treppe hinauf in das kleine Zimmer an das Bettchen ihres Buben, der gerade seinen Mittagsschlaf hält. Pausbäckig, die kleinen Fäuste unter das Kinn gestützt, liegt der junge Manhart in den Kissen. Mit einem liebevollen Blick schaut Martha auf ihn nieder. Dann sagt sie:

»Das ist Glück, Adrian. Es ist für jeden Menschen da, wenn er es sich verdient. Daran musst auch du glauben, Adrian. Du wirst ein Mädchen finden in der Stadt. Morgen, in einem Monat oder erst in einem Jahr. Und dann wirst du dich zurückerinnern an die Zeit, in der du gemeint hast, ohne mich nicht sein zu können. Vielleicht wirst du dann lächeln über die Martha vom Ulrichsberg, die dann schon in ihren Mittag geht, wenn du noch im Morgen stehst. Sei mir nicht bös, Adrian, du bist wohl gewachsen und bitter geworden. Aber ich sehe in dir immer noch den jungen Buben, den ich gern gehabt habe wie einen Bruder, weil er mir zuliebe so viel Leid erduldet hat. Und ich werde dir immer gut sein wie eine Schwester, Adrian. Wenn du mich brauchst, oder wenn ich dir irgendwie helfen kann, dann komm zu mir.«

Da reißt es ihm die Tränen in die Augen. Er streckt die Hände nach ihr und will sie an sich ziehen. Doch lächelnd wehrt sie ab, deutet auf das Kind nieder und sagt:

»Aber Adrian ...«

Sofort besinnt er sich.

»Ja, du hast recht! Ich bin ein Narr. Leb wohl, Martha, und hab vielen Dank.«

»Schreibst du mir einmal, Adrian, wenn das echte und wirkliche Glück zu dir kommt?«

»Es wird nicht kommen, Martha.«

»Das hab ich auch gemeint. Und jetzt ist es doch da. Aber was tust du jetzt, Adrian?«

»Ich gehe in die Stadt zurück und werde die Mutter zu mir nehmen.«

Martha schaut eine Weile vor sich hin. Dann erhellt sich ihr Blick und sie lacht ihn an.

»Weißt du, Adrian, was ich mir jetzt gerade gedacht habe?«

»Sag's!«

»Du hast ein gutes und schönes Mädchen gefunden. Du heiratest sie und hast einen Buben oder ein kleines Mädchen. Und du hast Sehnsucht nach der Heimat, nach den Bergen, vielleicht nach den Wiesen, die wir zusammen gemäht haben. Dann kommt zum Ulrichsberg. Ihr sollt meine Gäste sein, ohne etwas zu bezahlen. Und weißt du, warum? Weil ich dir gut bin wie eine Schwester, und weil du mir zuliebe dem Berg gedient hast, als alles noch so schwer war.«

Was soll er darauf noch antworten? Sie hat ihm einen so klaren und schönen Weg gewiesen. Muss er ihn gehen, nachdem er seine leise Hoffnung verschüttet sieht? Und das Merkwürdige an allem ist, dass er das bildlich vor sich sieht, was sie ihm aufzählt. Und da findet er endlich auch zu einem befreienden Lächeln.

»Ich danke dir, Martha. Und verzeih mir. Erst jetzt verstehe ich ganz, was ich dir angetan habe mit meinem Schweigen.«

Als er dann über den Hang hinuntergeht, begegnet ihm Luzian, der mit dem Knecht die untere Wiese gemäht hat. Adrian erkennt nicht, wer von den beiden der Herr oder der Knecht ist, denn beide tragen in ihren Augen den frohen Glanz, wieder etwas vollbracht zu haben.

Acht Tage später geht Adrian in die Stadt zurück. Er pachtet das Geschäft seines betagten Meisters. Vier Wochen später zieht auch seine Mutter zu ihm. Von ihr, die doch noch alle paar Monate nach Steinkirchen kommt, weil sie es vor Heimweh nicht aushält, erfahren die früheren Nachbarn, welch großartiger Herr ihr Adrian in der Stadt geworden sei. Das ist zwar ein wenig übertrieben. Aber sie ist eben auch nur eine einfache Frau und sieht in gediegenen Verhältnissen schon einen kleinen Glanz.

Die Wahrheit, die wirkliche Wahrheit, erfährt nur Martha Manhart, die von Zeit zu Zeit einen Brief erhält von Adrian, der ihr schlicht erzählt, wie er langsam aufwärts steigt und wie sich alles festigt in seinem Leben. Und sie ist klug und wissend geworden, diese Frau Martha vom Ulrichsberg, denn sie allein kann zwischen den Zeilen lesen, wie seine Liebe Zuflucht zu finden scheint zu einer anderen Liebe.

Als der Sommer zu seiner höchsten Höhe gestiegen ist, bekommt Martha ihr zweites Kind, es ist ein Mädchen. Um diese Zeit ist es bereits so weit, dass man den Namen des Mannes da oben am Ulrichsberg weithin mit Achtung nennt. Man kann sich vor seinem Tatendrang nicht verschließen. Und wo sie dem alten Ulrichsberger eine gute Nachbarschaft versagt haben, hier werben sie darum. Luzian ist es, der damit angefangen hat, den Berg für den Fremdenverkehr zu erschließen. Und die umliegenden Höfe schneiden dabei nicht schlecht ab, denn Luzian und Martha reichen die Betten nicht aus und sie quartieren Gäste auf den Nachbarhöfen ein.

Dass der Rubatscher acht Jahre bekommen hat für seine feige Tat, erfüllt das ganze Dorf mit tiefer Befriedigung. Seine Mutter freilich ist aus Gram darüber zu Grabe getragen worden.

So bringen die Monate, was sie zu bringen haben. Luzian hält seiner Martha die Treue und die Liebe ist immer noch so groß wie am Anfang. An den Abenden nimmt er zuweilen die Geige in die Hand. Das ist dann eine feierliche Stunde. Der Abendwind trägt die Melodien ins Tal und zu den Nachbarhöfen. Dort sitzen sie auf den Hausbänken und schauen zur Höhe hinauf.

»Der Ulrichsberger spielt«, sagen sie dann. Sie nehmen dieses Wort mit Bedacht in den Mund und sind überzeugt, dass dieser Mann es ehrlich verdient habe, weil er als Fremder bereit gewesen ist, sich diesen Namen in harter Arbeit, um der Liebe und der Erde willen, zu verdienen.